琉璃燈

穗青 著

南方出版传媒 广东人民出版社
·广州·

图书在版编目（CIP）数据

琉璃灯 /（美）穗青著. — 广州：广东人民出版社，2018.4
（2023.1重印）
ISBN 978-7-218-12637-1

Ⅰ. ①琉…　Ⅱ. ①穗…　Ⅲ. ①长篇小说—美国—现代
Ⅳ. ①I712.45

中国版本图书馆CIP数据核字（2018）第040390号

LIU LI DENG
琉 璃 灯

穗青　著

出 版 人：肖风华

策划编辑：王俊辉
责任编辑：李　响　黄良起
责任技编：吴彦斌　周星奎

出版发行：广东人民出版社
地　　址：广州市大沙头四马路10号（邮政编码：510199）
电　　话：（020）85716809（总编室）
传　　真：（020）83289585
网　　址：http://www.gdpph.com
印　　刷：三河市同力彩印有限公司
开　　本：890毫米×1240毫米　1/32
印　　张：9.5　　**字　　数**：181千
版　　次：2018年4月第1版
印　　次：2023年1月第2次印刷
定　　价：56.00元

目　录 CONTENTS

序　言 1

自　序 1

琉璃灯 1

后　记 294

序 言

2017年春节过后，开读穗青先生新著《琉璃灯》。帘外雨潺潺，对着稿纸上罕见的工整硬朗的硬笔书法（穗青自幼成长于翰墨飘香的氛围中，他的哥哥余家声治印，堪称旧金山一绝），心中涌起万千感慨，带着留恋、欣赏和钦敬。

穗青和我，都是故国改革开放初期走出国门的第一代移民，同一年（1980年）定居旧金山，于兹三十六寒暑，从春秋鼎盛到华发萧然，如今俱是退休老人。低吟王安石名句："三十六陂烟水，白头想见江南。"我和穗青的"三十六陂烟水"，是异国漫长的劳作，在中西文化夹缝中的挣扎，英语与母语之间的沉浮，一言难尽。我们也有共同的"江南"，它不复指只要花数百美元买上双程越洋机票，万米高空待十多个小时就安然抵达的莺飞草长之处，而是以汉语书写的文学。

我的众多旧金山文友之中，论对文学的虔诚、从事创作的狂热、踏实与韧长，穗青是出类拔萃的。我初识他于20世纪八九十年代之交。在老南家四面墙壁贴着长诗《梅菊姐》手稿的书房里，这位早年写诗、中年改写小说的老友兼乡亲郑重地告诉我：“穗青是咱们圈子里的新星，啧啧，他的小说硬是有味道，非看不可。”

随后，我们在旧金山的《美华文学》杂志（美国唯一坚持出版逾20年的纯文学刊物），陆续读到穗青的长篇连载小说《佳丽移民记》《金山有约》和《雾都之恋》。此事本身，便是教人无限感念的人文佳话——旧金山著名报人、作家，被誉为“海外文坛孟尝君”的黄运基先生独立出资，黄运基夫人戴着老花镜，忍着关节痛打字，把穗青的数十万字心血结晶变为漂亮的版面。接下来，作为杂志发行部骨干的穗青，驾车把杂志送给报摊和订户。每一位都是为寂寞的文学奉献的义工，人间稀罕的理想主义者。

穗青就是这样，把移民生涯的“三十六陂”，化为一颗颗功力深厚的硬笔字（他一直拒绝电脑打字），将众多扎根于西海岸旅游名城旧金山的中国移民，升格为血肉饱满、个性鲜明的文学形象。他的作品以厚实见长，情节与场景经得起推敲，人物的往昔、现状与前景无不真实可信，读它时，感其所写酷肖身边人，不同的只是名字。我一直鼓吹“独家”论：海外华文作家的产品，必须是这样的，不在异国浸泡多年就写不出来。穗青更进一步，不在旧金山移民社会底层打滚如许年月，就酿不出这般劲道的醇酒。我和穗青长期在旧金山“美华文协”共事，同睹时光消逝，眼见多少才华横溢者被“平淡人生”缴走彩笔，几许甫出道即风头无两之辈渐渐沉没于茫茫人海。海外为文之难，在生活压力，在极端寂寞，在“没啥好写”，但是穗青一如既往，独自前行，把一己不无缺陷的人生，转化为小说中纷汇万状的有情世界。那里，既是旧金山原汁原味的现实人间，有唐人街茶楼的水汽，吕宋巷的麻将声和缆车铃的叮当，也是他独具匠心营造的灵性天地。

于是，我们看到，他在完成长达61万言的《金山有约》，27万言的《佳丽移民记》，20万言的《雾都之恋》之后，又推出这一部力作。我早就知道，他写作极为严谨，无论选材、布局、人物、情节、场景，都经过长期酝酿。他每次和我谈写作体会，我没有当面夸奖，但心里在说：旧金山文坛何幸，拥有这般纯情的文学人，带一股傻劲，是永远在路上的“马拉松选手”。这一长篇，使得新移民文学的长廊，增添了新世纪旧金山人物——唐仲谦、高雅琴、唐丹娜、童丽。他们个性迥异，命途有别，但有一共同点，那就是地道。只有旧金山这方水土，只有旧金山的世俗社会，才能出现这般独特的交集、碰撞，才能迸发出这般缤纷的人性火花。当今新移民文学依然稀缺的，就是这一类取巧不得，隔岸观火不得，一不小心就露“不熟悉”之馅的作品。用流行话说，这叫“接地气”——旧金山这一多中国人、多地震、多高科技、多元多情多彩之城（1849年淘金潮兴，它就被称为“大埠”）的地气。何况，穗青这一长篇新作具有浓郁的“诗性”。末尾，沈玉贞送给唐丹娜的“琉璃灯”，是一个笼罩总体的意象，它象征的是“光明澄净的世界”。

刚刚读到美国著名编辑家Arthur Brisbane一段警策的语录：“对普通人来说，‘机遇’最常见、最安全的形式（也是最受忽略的形式之一），就是努力工作。”它适用于两方面：一是穗青笔下的移民形象；二是穗青的写作状态。

刘荒田

2017年春日于旧金山

（刘荒田，美国华文文艺界协会名誉会长，首届华侨华人“中山文学奖”获奖作家）

自　序

但丁在《神曲》中写道："像在你的尘世内，各种肢体发展各种的功用，而你的心灵却是主宰；同样，那最高智慧散布他的善意在群星，而自守于静一。"我写这部小说，等同于记录一段段往事，也是对自己从事文学创作四十年的检视，经历从朦胧视觉走到看山山清、看水水秀的感悟。我不同于出身科班名校的同行，也不同于一夜成名天下知的文人。我一直在探索的路上充实自己，在进取中尝试创新。直到今天，我对文学的追求一如既往的虔诚，从未减退。

我想，一个有作为的作家，应该是抒情的人，是将丑恶的材料提炼成为无瑕的玉石，是可以从乱石堆中发现可能的美丽，是从雾霾中预见可出现的蓝天。写这部小说让我深感岁月不由人，以及世事在更替的自然现象：星移斗转。

如果说文学是一种病，那么我是受了传染，也将它传染给读者。因为文学的启迪，我认定了自己不可能全盘接受现实说教，和某种自我麻醉的认同。然而，世界之大，温暖无疆。当你回望来时路，应该而且能够珍惜今天，展望未来，对生活前景充满信心与希望。

我更加确信：每个人都散发着光和热，大爱人间，正是我们生活的所在。

穗　青

2017年2月10日　序于美国旧金山

1

旧金山的秋天，天蓝水更蓝。在这个集雾都、山城于一身的海城，无论从哪种角度去看都有美感。一年四季只有不到两个月下雨，绝大部分是艳阳天。阳光是金黄金黄的，散发出惬意的温暖。在这里没有冬天，更不会下雪；既没有空气污染，也没有骤冷骤热，用四季如春来比喻海城是恰如其分的。因此很多人都说这里是颐养天年的圣地，是任何人都喜欢选择的长居地。每每柔和的海风从太平洋吹来，你便会感到全天候新鲜空气的无所不在。人杰地灵之说，完全与海城画上等号。开车从渔人码头沿海旁大道向西而去，左面是深蓝的海面，右面是错落有致的各式现代化建筑群。这样的体验通常被人们视为是一种随性的生活享受，换言之，是一种视觉与心灵的温润。

唐丹娜双手握着方向盘，扭头看一眼坐在旁座的父亲："爹哋，记住要按时吃饭。"

唐仲谦点点头："记住了。你说这话跟你妈咪如出一辙。”

唐丹娜没再吱声，专注开车。汽车很快驶到金融区，停在一幢纯白色的五层高写字楼前。唐仲谦下了车，提着小帆布袋，向女儿挥挥手：“小心开车，拜拜。”看着女儿开车远去，唐仲谦嘴角浮出微笑，瞧一眼身上的西装，整理一下领带，走进了大楼。大楼前厅的保安员杰西，一眼便认出了唐仲谦，两人彼此互道早安。唐仲谦用手指了指小帆布袋，朝杰西轻笑道：“这是我女儿给我做的午餐。”杰西耸耸肩，伸手做了个请进的手势：“唐先生，祝你好运。”

乘电梯上了五楼，唐仲谦用钥匙开了自己办公室的门，亮了灯，将小帆布袋放在办公室桌旁的微波炉上，拉开窗帘，看了看金融区的早晨。这时间已是车来人往，开始了喧嚣的一天。他落在皮椅上，习惯性地打开电脑，浏览尚在跟进的保险个案。从事保险业多年，唐仲谦经常忘记吃饭时间，只是咖啡不离手。他前段时间常常感到胃部隐隐作痛，后经医生检查，原来是经常空腹的原因。医生给他开了药方，每天晚上吃两块饼干，再吃一片胃药，此外就是要定时进餐，使胃功能尽快恢复正常。妻子高雅琴对丈夫的病甚为着急，说为了赚钱累出病来不值得，于是与女儿唐丹娜合计，白天由女儿督促他记住按时吃饭，晚上回到家，也是准时晚膳，对唐仲谦实行监管吃饭、吃药。这种日子令唐仲谦顿失暖男形象，成了限时被暖男。

唐仲谦立起来，走到咖啡壶前，取出过滤纸，加上两勺咖啡粉，放妥之后再在壶顶灌上净水，按动电钮。两分钟后，咖啡壶发出吱吱吱吱的声响，接着黑啡色的咖啡从壶孔向下端流出，很快将玻璃壶占了过半。他取出白瓷杯，用小汤匙去取忌廉、砂糖，再轻轻搅拌，正想举杯往嘴边，有人在门板上敲了两下。唐仲谦扭过头来，对方是位年约三十岁的女性。

“请问是唐先生吗？”她问。唐仲谦接过她递来的名片，点头答道：“是的，我叫唐仲谦。”

“我叫余秀明，律师。我的律师事务所今天搬来这里继续营业，请唐先生多多关照。”

“彼此彼此。余小姐是执业律师，以后我还要仰仗您哩。”唐仲谦也回敬给她一张名片。“你客气……对了，我还有个助理，她是个兼职法律系在读生，名字叫钟珍妮。”

唐仲谦刚想张嘴，此时门外踏进来一位略有点秃头、蓝眼白脸膛、全身名牌西装的中年人，点头笑着打了个招呼：“Hello，I am lawyer Hansome，how are you Mr. Tong？”

唐仲谦伸手与他握了握：“Nice to meet you。”汉森朝余秀明送上爱慕的笑容：“She is my partner，exellent partner。”余秀明朝二人做了拜拜手势，闪出门去。汉森一见此状，也向唐仲谦笑道：“So，Mr. Tong，I tell you later，see you。”

明眼人一看便知道汉森正在追求余秀明。唐仲谦从二人的谈话中隐约感到，或许汉森的律师事务所，以前合伙人是余秀明，二人因为产生了问题以致余秀明另起炉灶，搬来新址，自己聘请助理继续执业。时间就是金钱。唐仲谦喝了两口咖啡，回到办公桌前，全神贯注看着电脑，看到有两位投保客人发来的电邮，通知唐仲谦要来他的办公室交保险费。有些客人为安全起见，不肯在网上将保险费交付，而是以交支票方式付费。约摸十点钟，电话铃嘟嘟作响，他接过来听，原来是老同学陈正元。陈正元在华埠开了间保险公司，聘请两位保险经纪，手头上有一批熟客。那边陈正元不失诙谐，说是请唐兄大驾光临，在林苑西餐厅，有要事相告。唐仲谦打趣道，有贵人请吃饭，你不用请我也来。问了时间是下午一点半。唐仲谦办公楼地点在孟金街，离华埠很近，步行只需七八分钟。

接下来又接了几通电话，都是一些客人咨询汽车保险、房屋保险、人寿保险之类，唐仲谦一一解答。他从文件夹取出两张预先打印好的信函，取出信封，用电脑将两位顾客姓名地址打出，将信函封在封内，贴上邮票。那是两封交款通知信函，也是唐仲谦每天都必须做的工作。十几年来，唐仲谦辛辛苦苦开辟了客源，积聚了一批固定保险客。他通常在客人保险期约满前十天，发信通知续期缴交保险金。这时他猛然记起该吃早餐，便从办公室左下方小抽屉，取出饼干铁罐，拿起几块苏打饼干咀嚼，再喝半杯咖啡。过了一点钟后，唐仲谦站起来离开办公桌，走到门口，将挂着的塑料时间牌取下，将时间调到两点半钟，这样是表示下午办公时间两点半钟。他伸手去扭灭灯，锁了门，下电梯来，往华埠方向步行而去。

踏进西餐厅，见到陈正元旁边坐着一位七旬老人，定睛一看，是会馆元老胡培德。胡培德颇谙世故，伸手与唐仲谦握过："唐先生，来得正好，请坐。"陈正元问："仲谦，要茶还是咖啡？"唐仲谦要了杯咖啡。陈正元开门见山，语气轻松："今日请你过来，是告知唐兄，我决定竞选年底换届商会董事。"唐仲谦对陈正元道："正元有此意愿，我当然很支持。"

接着三人商量竞选运作。胡培德动用会馆资源，唐仲谦回同乡会拉票，陈正元运用他所有的人脉关系致力助选。旧金山侨社藏龙卧虎，社会贤达众多，从商者在传统侨社任职比比皆是。胡培德身为元老，名下两家超级市场、两间制衣厂，财力雄厚。陈正元在华埠从事保险业多年，对侨社人事谙熟，自然与胡培德建立了良好关系。胡培德为人仗义疏财，乐善好施，在侨社人缘极佳。陈正元点了三客牛排，唐仲谦、胡培德也不客气，动起刀叉，边吃边谈。这时，唐仲谦手机响起，他停住进餐，拿起手机一听，原来是女儿叮嘱自己按时吃饭。唐仲谦笑了，说自己正在吃饭，丹娜笑问父亲："真是那么巧？"唐仲谦将手机递给陈正元，示意他来跟女儿对话，陈正元接过便说："丹娜，我和你爹哋在吃饭，谈天说地。"丹娜要陈正元将手机给唐仲谦，假装生气地问父亲："爹哋，我的爱心午餐你不吃，跑出来吃牛排。"唐仲谦解释说这是临时决定，那份午餐等回办公室放进冰柜，明天中午再吃。两父女对话间，陈正元暗想："这唐仲谦忒好命哩。妻贤女孝，令人羡慕。有家庭的幸福温暖，是天赐之福。"

唐仲谦对陈正元参选商董当然赞成。商会虽属民间社团，却能够向政府直接发声，争取商家和消费者权益，发挥着巨大的作用。唐仲谦明白陈正元若当选成功，既可为商会做些实事，亦可扩展他的保险业客源，是真正的双赢。在美国你想生活更上层楼，势必努力进取，只要你肯付出，社会必有回馈。在这个充满竞争的社会，大鱼吃小鱼的商业戏码时有发生，凭着机遇，短时间内成为富翁的人数不胜数。尽管如此，很多人都在希望自己过得好的同时，也希望别人过得好。均富之道大有市场，这与耶稣基督、观世音菩萨似乎也没什么关系。

过了月余，陈正元果然当选了商董，他打电话告诉唐仲谦，要请吃饭。唐仲谦本想婉谢，却又经不住他一再邀约。唐仲谦打电话时，女儿坐在一旁看电视，听到父亲应约，便凑过头去对手机叫道："正元叔叔，我也要去吃饭！"陈正元在电话里笑答："爱心小天使，欢迎你和你爹哋光临，最好把你妈咪也请来……"高雅琴轻笑道："正元，你可要大出血哩。"

兴许是陈正元与唐仲谦一家人太熟，以往喜庆节日聚会，总是少不了陈正元。唐丹娜还被陈正元封了个雅号：参谋。

唐仲谦关了手机，道："你们两位尊贵的女士小姐，真的去赴宴？"唐丹娜也不答话，移过身来坐在唐仲谦、高雅琴中间："爹哋是我的男朋友，妈咪是我的女朋友，我们共同进退。"还是高雅琴接上来说："丹娜，我和你爹哋都去，满意了吗？"

无巧不成书。那天晚上，陈正元与唐仲谦一家三口进餐时，唐仲谦留意到前面隔了两桌，余秀明与一位年约三十多岁的男士也在那里吃饭。这间意大利传统餐厅，最有名的是烤猪蹄，吃起来感觉与中国的烧腊火腩肉相似，吃在嘴里，香脆可口。隔了没多久，余秀明猛地发现了唐仲谦，她用眼睛朝他示意：你也在这里吃饭？这边的唐丹娜，美美地喝着暗红色草莓汁，用叉子戳起猪蹄肉，吃得不亦乐乎。高雅琴瞧见女儿的吃相，想笑也笑不出，将自己碟上的猪蹄肉、香肠，分了一些给唐丹娜。准确说来，往日唐仲谦一家外出吃饭，从未光顾过意大利餐厅，多半去吃广东菜、淮扬菜，有时选择京川菜。西餐厅只去牛排房或者吃法国菜、越南菜。

四人都没要酒喝。陈正元、唐仲谦都坚持"饮酒不开车，开车不饮酒"的原则，高雅琴、唐丹娜也照办。最后离开餐厅时，唐仲谦远远地用微笑朝余秀明打了个招呼。

第二天回到写字楼办公室，余秀明悄悄来到唐仲谦办公桌前，打了招呼道："世界真小，我好不容易去意大利餐厅一次，竟然碰见你。那位女士想必是你太太，那位小姐是你女儿？”

唐仲谦将吃饭一事向余秀明说了一遍。她听后若有所思：“那位男士是我在港大读书时的同学，去法国学时装设计，这趟来美国探望他的姑妈、姑丈。”

“余律师，我并没有向你打听些什么……”

“礼尚往来，你我是办公室邻居，互相要有一些了解。比如说钟珍妮，她向我说你不止一次帮她联系当事人。”

“举手之劳。珍妮是个好女孩，肯用功、心细，待人接物诚恳有礼。你请了个好帮手！”

“多谢！不过，唐先生，如果下次你碰见汉森，请不要提及此事。”

“这个当然。”

余秀明离开后，唐仲谦不由地摇了摇头。约朋友见面吃饭也算作隐私？唐仲谦当然不认识余秀明的同学，也压根将昨晚见到余秀明和同学共进晚餐一事抛诸脑后。要不是余秀明郑重其事，他也只当作一阵风吹过而已。处事做人要学会保护自己，不伤害别人。或许余秀明从律师的角度去考量，谨言慎行，不惹麻烦。

余秀明并没有说假话。那位男士的确是她大学时期的同校同学，也是她唯一的男友祝天佑。读大学时余秀明念法律系，祝天佑念艺术系。在一次校庆宴会中邂逅，他们彼此情投意合。后来余秀明来美国攻读法学博士，祝天佑因为一些人为事件耽误来美留学，之后设法去了法国巴黎读时装设计。一别五年，祝天佑通过一些关系找到余秀明，表示自己没有变心。但是，此时的余秀明，已经焕然一新、脱胎换骨了。初来美国时，她还以读书为重，后来交友不慎，差点陷进贩毒者的网中。所幸上天有眼，法律是公正的。警方经过详查，认定余秀明是误交损友，且是留学生，没有任何犯罪记录，因此余秀明重返校园，立志向学，以法学博士完成学业。她变得谨言慎行，从见习律师一直到现在正式注册挂牌律师。她在汉森的律师事务所学师两年，却因为与汉森意见不合而分道扬镳。祝天佑的出现，起先给了她一个意外惊喜，接着便是无名的隔膜。这种无名的隔膜是余秀明与祝天佑之间的一堵墙。

那天晚上，她带着祝天佑回到自己的寓所。她提出要他留下来陪陪她，她是有寂寞的感觉。祝天佑听着她脱衣裳的窸窣声响，心内暗暗窃喜。抱着她白滑微香的身体，他醉倒了。七年来他梦魂萦绕想得到她，而今晚梦境成真。欢愉过后，她独自下床去洗了澡，然后穿起白浴袍从浴室回到睡房来。

“John”，她像从前那样叫他的英文名。他应了声，也像从前那样叫她的英文名字：“Linda。”她坐在床沿，理着她的短发：“你准备几时回法国，又或者香港？”

“我还没有想这个问题。”他留意她脸上的严肃。“或者，暂时住在姑妈家，以后再做打算。”

“John，这样吧，我明天一早开车送你回去，保持联络。”

他扑过去从背部贴紧她，“你好像不欢迎我……我等这一天七年了”。

“我也七年没结识男朋友。你好不容易来美国，与我共度良夜，我感激你。但是，我与你并未到谈婚论嫁阶段，至少这几年不会。”

“那么，我还要等多久？”

“五年！如果五年后你未娶我未嫁，再续前缘。”她霎时想起那时读大学，她与他的第一次，是她二十一岁生日的当晚。他了解她的性格，不会造作。他嘟哝着下床穿衣服，显得有些不耐烦。“什么天长地久？爱情对我对你是一时冲动。”

“王菲唱的歌，有句歌词是：没有什么永垂不朽。”

“我要回我姑妈家。麻烦你送送我。”

“John，你就放心我一个人单独开车回来？……我打电话叫的士，你等一等。”余秀明用手机召唤出租汽车，对方说十五分钟可到。隔了一会儿，余秀明带着祝天佑下楼来，先给司机车钱、小费，又打开车门，让他钻进去，关好车门挥了挥手，看着出租车远去，才折回屋内。掏句良心话，这七年来余秀明确实遇到过几位追求者，但她不为所动，直到与汉森成了律师楼合伙人，但也仅止于好友关系。她认为目前最需要的是夯实事业根基，多存些钱，嫁人留待以后再说；再则与祝天佑久别重逢，言语间他多闪烁其词，尤其提及女性朋友。她以律师的思维逻辑去判断，祝天佑在说谎。他说自己七年不沾女色，除非他是圣人。家境富裕只可以证明他衣食住无忧，也不愁交学费。他说自己晚间去酒吧打零散工，天才知道其中的真伪。他给她上了一课，对待女朋友即使说谎也必须以假乱真，不能吐露半句不忠不贞之语。扪心自问，余秀明为自己筑起了这道墙，不能轻易去相信对方的陈词和表面的事象。诚然，祝天佑在与余秀明的交谈中，刻意隐瞒了他的两段情缘和许多个男女缠绵之夜。

这算什么爱情？说到纯洁，谁都会说自己白纸一张，无污无染。凭良心说，在尘世间任谁都会沾染尘菌，这就要看你的免疫力了。孔子有云：食色性也。圣贤真语，焉不信乎？

接踵而来的事情，让唐仲谦感到做好人还须恭顺兼忍气吞声。这天中午时分，唐仲谦刚刚送别前来缴保险费的顾客，汉森像一阵风吹进了办公室来："Mr. Tong，I can't wait. I give you this file，you give it to Linda，please。"

"Sure。"唐仲谦接过文件袋，微笑着表示愿意效劳。汉森想了一会儿，又说："That case I pass to her. It's my Chirstmas gift，you know?"

唐仲谦点点头："Case is money，you give a lot of money to her，I know。"

汉森笑了："My Chinese good friend，thank you so much，bye!"

直到下午两点后，余秀明与钟珍妮才回到律师事务所，唐仲谦一见二人经过门口，随即拿起文件袋，将它原封不动交给余秀明。余秀明喜上眉梢："多谢唐先生！"

谁知事隔两天，余秀明过来对唐仲谦抱怨说："唐先生，你好心做错事了。"唐仲谦有点莫名其妙，问："此话何解？"

"前天你交给我的文件袋，是个诈骗伤人案件，我并不是刑事辩护律师，我只是民事诉讼律师。汉森将这个案子转给我，是强人所难，我对刑事诉讼辩护并不专业。"

"余律师，我只是照汉森的话，将文件袋转交你……"

"唐先生，你不应该。你应该拒绝汉森的要求，不要代他转达那份文案。汉森是个不按常理出牌的人，他说你一定是说了什么怂恿我推掉这件案子。"

唐仲谦没有作声。停了一会儿，才说："那么，我是接错了文件袋。"

余秀明却道："唐先生，我不知说你什么才好。如果用句法律术语来说，你这样做是串谋，妨碍司法公正。"

唐仲谦被她的话吓了一跳。做律师的说话果然犀利，有理无理先打三十大板。他却也满脸带笑，充满歉意："余律师，我是做错了，可有什么方法补救？"

余秀明一脸严肃："没有补救。我将这件案子用快递寄回给汉森。我不希望以后再发生类似事件，你好自为之。"她转身离去后，唐仲谦一声苦笑："做好人不难，做好人无人怨甚难。"

傍晚，唐仲谦搭巴士回到家里，吃晚饭时沉默不语。高雅琴用眼睛向女儿打讯号：你爹哋不开心。唐丹娜也不说话，偶尔夹菜到父亲碗里。吃过晚饭，唐丹娜泡了壶冻顶茶，给父亲斟了一杯。唐仲谦接过："好，好。"

唐丹娜挨着沙发坐下来，问父亲："爹哋，你有事不开心？"唐仲谦想了想，这些事跟女儿说说也无妨，让她增长见识。谁知唐丹娜听后却掩嘴一笑："余律师是说气话，用广东话来讲叫'抛浪头'。她意思只是希望你以后不要掺和她的事。"

"你不知道她讲话时的表情，连眼都不眨。"

"爹哋，难道要她笑着对抱怨的对象？你安心啦，没事的。我爹哋与人为善，从来不跟人结怨。暖男，爹哋。"

唐仲谦只顾低头喝茶，心里忖思：女儿在社会福利局上班，每天要接待不同种族的贫困人士，对世态看得成熟通透。与人为善是一种品德，也是社会道德，折射出社会中人与人的良性沟通。

2

元旦过后，唐丹娜结束了短期休假，回到福利局上班。眼前这位身材瘦削、牙齿有几颗脱落的男人，前来申请救济金和粮食券。唐丹娜查验了他递过来的绿卡、工卡。他说着咬字吐音不清晰的英语，说他的生活很成问题。他叫洛卡，来自印度孟买。移民来美国一年多，开始时开出租车谋生，后来因为在一宗交通意外中受过强烈的碰撞而患了损伤，经过手术，现在基本复原，就是找不到工作。唐丹娜听后同情不已，帮助他填好申请表格、办妥了手续后，到别的窗口领取粮食券，现金须等待十天才可领取。至于工作申请，福利局有专人负责推介职业训练，可到那边窗口去排队领号，再行咨询。洛卡只有五十二岁，四肢健全，唐丹娜希望他能尽快找到工作。她连续接待了七位申请者，其中有两位仅是领取食物券，其他五位都是失业金领取期过了之后，前来申请领取救济金。午饭时间，唐丹娜到福利局外面的汉堡店买汉堡和饮品。她一眼认出坐在汉堡店门口的洛卡。他朝唐丹娜笑了笑，说自己身上只有两元五十仙，不够钱买汉堡包。唐丹娜明白，即使洛卡领了粮食券也买不到汉堡包，粮食券不能购买煮熟的食物，这是政府的明文规定。再者，汉堡店也不敢收取粮食券，若收取便触犯了欺诈罪，轻者罚款，重者获刑。唐丹娜叫洛卡等她一分钟，自己进内买了两客汉堡包，两瓶可乐，出来时将一个汉堡一瓶可乐递给洛卡。她也不回头，张嘴去咬自己那个汉堡包。这时她感到自己眼眶一热，竟流出了眼泪。

经过此事，唐丹娜对前来的申请者更有责任心，不时会好言劝慰，作一些善意引导。唐丹娜认为，在美国有贫困个人或家庭，但没有穷苦人，只要符合基本条件者都有温饱。身为福利局工作人员，她最大的希望是申请领取救济金和粮食券的人越来越少。泱泱大国，慈善机构数不胜数，可也养活了一些流浪汉。有些流浪汉长年累月不工作，每月领取足够生活费，不愁三餐。福利局可说是官方明码实价的慈善衙门，进来时愁眉深锁，出去时脸上带笑。饥饿与疾病，在美国最容易解决，首先温饱解决，生病了去看医生，医院不会因为你身无分文而拒绝给你治疗，包括药物。一切都待检查治疗报告出来之后，再酌情收费。你欠的医疗费虽然公立医院会发函催促你还，然而时间一长，不了了之。这样的事情发生过无数次，既不会发生任何纠纷，也不会有任何人投诉。

唐丹娜未满两岁便随父母移民来旧金山，从学前班、小学到中学、大学受的都是美式教育，在父母的呵护关怀中长大。唐仲谦与高雅琴，都十分注重给女儿灌输中国传统文化。读中学时带她去课余中文补习班，在家手把手教她写中文，买录音带让她学国语，有时还专门租借有中文字幕的电影电视录像带。因此唐丹娜大学毕业后，已经可以说流利的国语、广东话，英语就更不用说了。在这样的家庭熏陶下，唐丹娜的中文水平越来越高，甚至可以用中文写信。后来流行用电脑，她利用业余时间去读电脑班，很快便学会了用电脑迅速打出中英文。开始时还常常请教父母某些陌生汉字，随着时间的推移，她完全读写自如。她的勤奋、好学也为她寻找工作多准备了一份知识。她的第一份职业是推销员，不到两个月便辞工。后到市政厅职业局查询，了解到邮递员、图书馆管理员、福利局工作员都有名额空缺，便决定报考福利局工作员。社会福利局需要一批双语工作人员，唐丹娜读了工作员守则和相关资料，便去面试，很快被录取了。就这样，被陈正元称为爱心小天使的唐丹娜，成为了试用工作员。这种工作在美国是铁饭碗，福利好、薪酬高、假期也多。唐仲谦、高雅琴为女儿获得的工作深感荣幸，在女儿在福利局工作试用期满被正式聘用的当天晚上，夫妇二人同心合力做了女儿最喜欢的卤水鸭、白斩鸡、红烧排骨，还有豆瓣鱼。唐仲谦特地开了瓶X.O名酒，给女儿祝贺。诸位看官，你猜猜唐丹娜都说了些什么话致敬父母：给父母每人一个深吻；宣布从今以后每月薪金除了三百元零用钱，其他上缴父母；不嫁人，一生一世和父母一起生活。

吃过饭后，高雅琴切了盘苹果端出厅来，笑着说：“丹娜，我和你爹哋知道你孝顺又听话。但你说不嫁人，这我可不爱听。俗话说，男大当婚，女大当嫁。女孩子总要嫁人的。”

“妈咪，我记得你曾经说过，缘分天注定。我还未有缘分。”

唐仲谦有些心疼，女儿的话，使他感到有点茫然不知所措。女儿已经二十三岁，也该有男朋友了。高雅琴想着，女儿还很年轻，待以时日，她会懂得，爱情是从哪里来。可这会儿唐丹娜却说：“你们不要劝我吧。爹哋是男朋友，妈咪是女朋友。一家人开开心心，还想要什么？”

唐丹娜只说对一半，女儿总会嫁出去，唐仲谦想着。可怜天下父母心，做父母的都想自己的儿子女儿健康长大成人，男婚女嫁，日后开枝散叶，儿孙满堂，尤其是在传统侨社。不孝有三，无后为大，传宗接代是件大事。也许丹娜只想着和父母一起生活，现阶段没有谈情说爱的念想，但到底这种念想是不切实际的。从另外的角度去看，女儿除了三百元零用钱，其他全数交给父母，似乎是在作一些暗示，请父母为自己积存金钱，留待以后作嫁妆。当然，唐仲谦夫妇都很乐意当女儿的存折保管员。在美国，一个三四人的小家庭就等于一个小金库。美国不是金钱万能，没有钱却万万不能。唐家现在的房屋，供款已近二十年，再过十年供房期满，届时唐仲谦和高雅琴已到退休年纪。所谓美国梦，无非是居者有其屋，衣食皆富足。尽管女儿心无旁骛，勤奋工作，一家人始终有温暖与幸福。

每年农历春节花车游行，是旧金山居民一年一度的盛事。唐丹娜提前一星期告诉爸妈，说花车游行当日傍晚到父亲的办公室集合，一家三口去看热闹，享受万民同乐的欢乐时光。唐丹娜自己约了福利局的同事任冰去逛市场街。任冰是个性格开朗活泼、颇有爱心的姑娘。一直到晚饭时分，唐丹娜提着一大包用塑胶袋装的衣物，和任冰说了再见后，自个儿从市场街步行至孟金街，来到父亲所在的办公写字楼。杰西之前见过唐丹娜。唐丹娜一见杰西，便称呼他杰西叔叔。杰西笑着欢迎小天使光临，唐丹娜兴高采烈地走进电梯，伸手按了层码5字，很快地出现在唐仲谦的办公室内。

高雅琴望着女儿进来，瞧她那脸上洋溢着青春的气息，便说："丹娜，你到哪里去了？我在这里等了快一个钟头。你买了些什么，这么大包？"

"爹哋呢？"唐丹娜把一大包东西放在桌上。"你爹哋去洗手间了……丹娜，你买了什么大礼物？"高雅琴站过来，伸手想去拆开。

"妈咪，请你等爹哋来，再打开吧。"唐丹娜神秘一笑。话音刚落，唐仲谦回到办公室。高雅琴动手去拆开这个大包，原来里面有三件尺码相若的白色羽绒衣，唐丹娜先取了一件，说："爹哋，这件是你的。"说着递给父亲，取出第二件给母亲：“妈咪，这件是你的。”

“丹娜，原来你自己去逛街，怎不带爹哋妈咪一起去。”

“爹哋，我想给你们一点意外惊喜，怎么样，穿身上合适吗？够暖和吧？妈咪，你的身材跟我差不多，穿上去应该也很合身。”

原来女儿下午去逛市场街，为的是买这三件羽绒衣。唐仲谦、高雅琴都穿上了。唐丹娜穿上羽绒衣，说：“今天傍晚温度12度，还有下小雨，我买这三件羽绒衣都有帽兜，下雨也不怕。”

高雅琴满心欢喜：“真的很暖和。我和你爹哋多谢你，爱心小天使。”唐丹娜却求援道：“妈咪，这三件羽绒衣差不多两百元，你和爹哋埋单，我的零用钱留着做午饭钱。”

“丹娜，我埋单。怎么……你是怎样买的？”

“我申请了一张购物卡，金额是三千元。”唐丹娜笑了：“妈咪，你们都吃过饭吗？”

高雅琴问：“你没有吃吗？我和你爹哋两点钟去华埠，吃了越南牛肉粉。”唐仲谦走过去拉开抽屉，拿出饼干罐递给女儿，唐丹娜接过，从里抓起几块苏打饼干，往嘴里塞。唐仲谦那边斟了杯热咖啡，用小汤匙弄点忌廉、砂糖，递给唐丹娜。高雅琴现在才知道女儿六个小时没吃东西，心里不忍：“丹娜，吃饼干哪行啊，给你叫外卖。”

“妈咪，不用了，吃饼干也蛮不错的。一餐半餐，饿不着我，看完花车游行，我们去吃宵夜。我知道唐人埠有家粥店，开了几十年，远近闻名，好像叫做三和粥店。”

唐仲谦笑道：“丹娜果然是食家。对！那家粥店是叫三和粥店。”

尽管这天晚上天气阴冷，下着毛毛雨，唐仲谦却感到很温暖，因为女儿真的长大成熟了。看那五彩缤纷的花车、步行游行队伍，场面十分壮观。正方形、长方形、菱形、圆形的各式游行队伍，装饰着美轮美奂的大小型花车，来自美国各地的管弦乐队、中国功夫队、八仙过海队、民间技艺队，全美华埠小姐的花车，航空公司代表队花车，州政府、市政府官员花车，传统华侨社团代表的花车，总共将近两百支游行队伍与花车缓缓经过主席台。电视台讲解员用洪亮有力的声音，用标准的英、中文讲出每支游行花车、队伍的名字，近三万观众在大马路两旁见证了这一盛会，笑声、欢呼声、喝彩声，亮如白昼的镭射灯、探照灯，汇成了一片欢乐海洋。

看完花车游行，吃过宵夜，唐丹娜带着父母一起，去停车场取车，车就停在花圈角停车场，从粥店走路也不过五分钟。取了车，唐丹娜驾车，从华埠回家，十五分钟车程。回到家后，高雅琴叫丈夫先去洗澡，她进卧室一会儿，便去敲女儿房间的门。唐丹娜在里面说：“妈咪，请进来。”

唐丹娜坐在梳妆桌前，用圆镜照着自己卸妆。平时上班，她从不化妆。福利局规定工作人员不论男女，上班时间不准化妆，不戴首饰，只准戴眼镜、手表，穿工作服。今天是放假，又是去看花车游行，因此唐丹娜化了淡妆，涂了红唇膏。这会她停住用纸巾擦嘴唇上的唇膏，问母亲："妈咪，你找我，有事？"高雅琴坐到女儿身旁，掏出五张一百元："丹娜，这钱你拿着。"

唐丹娜转过头来，一本正经地说道："你在贿赂市府工作人员吗？我不能收。"

高雅琴嗤声笑了："小天使真的好伟大。"唐丹娜嘻嘻笑道："妈咪，我逗你玩的。你给我那么多钱，买什么用？"高雅琴说道："我不知道你的零用钱够不够用，或者你平时午餐买些高级的吃，这钱，带在身上不会贬值。"

"不，妈咪，我不要。我一想起那个申请救济金的洛卡，身上只有两元五十仙，连个汉堡包都买不起，我就想哭。"接着，唐丹娜将洛卡的境遇跟母亲一五一十说了一遍。高雅琴感到欣慰，这亲生的闺女啊，可比她的母亲达观，更有爱心。

"妈咪，我们处世做人，是不是应自己去争取更好的生活，也希望别人都过得好，这才是生活共同体？"

"当然是。你爹哋和我都有同感。"她瞅着手上的五百元，"这钱，我收回。但是你的钱不够用，记得跟我和你爹哋说"。

回到卧室，高雅琴问丈夫："女儿不肯要这些钱，怎么办呢？"唐仲谦问了原因，便说："女儿太好了。将来我真不知道她怎样去面对追求者？我们是不是想些办法，替她物色一个对象？”

“仲谦，你有什么高见。说给我听听。”

两夫妇你一言我一语合计，最后决定请陈正元出面，悄悄去给女儿物色对象，让女儿走进爱情的人生。可是现实中有些事往往打破常规，陈正元的介绍见面，遭到唐丹娜的严词拒绝。她说：“我不需要爱情，即使爱情来了我也要躲避。和父母在一起生活，无忧无虑，我不嫁人。正元叔叔你不要再为我找男朋友出谋献策了，爹哋是我男朋友，妈咪是我女朋友，我们三位一体，共同进退。”陈正元被唐丹娜的话说得无言以对。世间不要爱情的人也有不少，但那是宗教教徒，却也不是所有宗教信仰者都如此，有的宗教允许男婚女嫁、生儿育女，只要男女双方有共同信仰。

爱情是什么？唐丹娜从来不去猜想，也不想去涉入。但在生活中虽然绝大多数人都追求精神欲望，当然也包括性欲。生活中除了物质，然后是精神、性，人类社会从原始人至今都是如此。道学家也不会否认物质、精神与性，是人类发展迄今的三大基因。社会演变无论如何剧烈，都无法改变这种定论。

爱情是什么？男女情爱肉欲的结合。广义上来说，是两性之间情感交流融汇、身心投入的必然结果。没有爱情就没有社会发展，生活之所以缤纷多彩，唤起人们的信心希望，正是因为有了爱情，这是现实生活中不可或缺的主旋律。

唐丹娜与父母有了莫名的隔阂。她认为爸妈左右了自己的思想，在生活中硬加上一道她不愿意作出答复的难题。女儿消极的抗拒不从，近乎反叛意识的举动，使唐仲谦无法释怀，也使高雅琴脸上多了些莫名的忧虑。女儿的想法过于偏激，与父母南辕北辙。唐仲谦、高雅琴时常商量如何改变方式引导女儿。然而，唐丹娜选择周末两日休假去做义工，一星期七天都工作。父母与她见面沟通的机会少了，甚至逐渐发展到晚饭也很少回来吃。高雅琴问她，在福利局下班去哪里，唐丹娜说去同事家里学古筝弹奏。高雅琴接着问是哪个同事，她答道是任冰，并且给了母亲任冰的电话。原来真有此事，任冰的大姨是金山湾区著名的古筝演奏家，在湾区开班授徒多年。任冰自小得到大姨悉心指教，对古筝弹奏甚是熟练。唐丹娜此举主要是为避开父母。唐仲谦、高雅琴没辙了，女儿现在整个星期七天都上班，渐而晚饭极少回家吃，每天深夜才驾车回家。一进门匆匆洗澡，然后进房关灯睡觉。第二天一大早起床，匆匆梳洗，又驾车出门。这跟以前一有空就黏着父母说说笑、撒撒娇的小天使，真有天壤之别。

女儿的沉默对唐仲谦、高雅琴是一种从未有过的折磨。女儿变了吗？这天夜晚，唐仲谦还未回家，高雅琴驾车到超市买了些粽子。端午节吃粽子，是唐仲谦夫妇婚后二十几年都遵循的风俗习惯。高雅琴是个药剂师，在一家西药房任职。她驾车回到家的时候，猛然瞧见女儿平时开的丰田房车，已停在车房左边。她心内陡地充满了喜悦，急忙将自己开的本田车在右边停好，关了车门，沿石阶蹬蹬蹬蹬几步，冲到门口。正想用钥匙开门，这时门锁开了，唐丹娜朝母亲说："妈咪，你回来了。"

高雅琴留意女儿脸上的平静，笑道："丹娜，今天是端午节，你回家吃饭，真好。"唐丹娜说："妈咪，我在外面熟食店买了几样菜，等爹哋回来开饭，好吗？饭已经煲好半个钟头，要不要再热一热？"

高雅琴很感动，女儿没有变嘛。"丹娜，我买了三只咸肉粽、三只枧水粽，当宵夜吃……丹娜，你买了些什么熟食？"

进厨房一看，是火腩肉、白斩鸡、萝卜炆牛腩，菜篮子里的菜心已洗干净，只差炒熟。高雅琴将提着的塑胶袋往桌上摆妥，对女儿说："丹娜，你想不想喝酒？"

唐丹娜轻轻一笑："爹哋妈咪喝我也喝。"

高雅琴乐了："丹娜，你逗得我好开心。给你爹哋打个电话，催催他尽快赶回家吃饭。""我中午给爹哋发了电邮，他回邮说七点前回家。"高雅琴抬头看一眼挂钟，时针刚好走到六点五十五分。这时唐仲谦进来，笑着说："丹娜言而有信，说回家吃饭就真回来哩。"

"爹哋，你去酒柜拿瓶X.O出来，丹娜要喝酒。"高雅琴用女儿的语气叫丈夫，唐仲谦伸出双手啪啪啪鼓掌："好好好。"

这顿端午节晚餐，吃得最开心的是高雅琴。事前唐丹娜并没有告诉高雅琴，她回家吃晚饭，唐仲谦也没有跟妻子通电话提及此事。丹娜，这个孝顺懂事的好女儿，高雅琴甚至想对女儿说：偶像。对的，在21世纪的家庭，父母视儿女为偶像，子女视父母为偶像，也许就是一种时尚。因为有人将家庭和睦看作是水乳交融、心灵鸡汤。而唐丹娜的转变来自任冰新认识的男朋友。唐丹娜亲见自己的好同事坠入爱河，出双入对。任冰与男友交往了一段时间，整个人变得精神焕发，说话声、笑声都增加了一种与以往不同的女性魅力。而任冰的男友，仅仅是一家实业公司的地产经纪人，相貌普通。但是任冰说，每天上班时间，总是想着与他见面，每次约会都留下相见恨晚的感觉，那种甜蜜体验，言语无法形容，总之一句话，生活太可爱了。

这段时间，唐丹娜每每午夜时分辗转难眠，无疑任冰的恋爱撼动了她的自我封闭。她意识到自己对父母的谆谆教导不去体会，是幼稚可笑而且不孝不顺。爹哋、妈咪是对的，他俩不仅关心女儿的身体健康，同样也关心女儿的心智与生活。她有了一个清晰的认知：做父母对女儿全心全意地关爱，做女儿的要知福惜福，不要忤逆父母的慈爱，而是想着如何报答父母的恩重恩深。天下之大，没有父母的不是，只有做儿女的不是。

唐仲谦对女儿的自我感悟，有种说不出来的欣慰。她与父母从来就没有距离，也不应有莫名其妙的代沟。如果说家庭是个生活共同体，那么这个共同体的每个成员都应不离不弃，亲密无间。唐丹娜是被父母捧在手掌心养育成人的小天使，有着父母善良的遗传基因。从另一个角度看女儿，这就是人性。生活共同体与人生有着千丝万缕的关联，正确的生活观来自所有活着的人和所有的家庭。有人将此诠释为家庭信仰，但是，家庭信仰的定义空泛，还未足以成为世人信服且自觉遵守的定律。

3

每年新历春季一月到三月，是金山华人侨社团体的春宴期，四百多个传统社团，都会互相帮衬，同贺佳节。因此农历春节春宴，酒家食肆更是座无虚席。一天一小宴，两天一大宴，团拜、聚餐、互访天天都有，正是高朋满座，文娱节目特别丰富，多姿多彩。人们沉浸在中国农历春节的喜庆祥和气氛之中，“民以食为天”为此地春宴盛行，作了最贴切的注释。

同乡会的春宴，唐仲谦这些年从不缺席。藉此新春之际与旧同乡老同学把酒言欢，真乃人生乐事。陈正元为此次同乡会晚宴特别请来演奏家、歌星，演奏古典名曲，献唱怀旧经典歌曲，为春宴增添喜庆色彩。唐仲谦一家三口出席，陈正元与同乡会主席、副主席，站在宴会厅入口处，与前来赴宴的乡亲同学、新知旧雨握手寒暄。

“正元叔叔，恭喜发财！身壮力健！步步高升！新春万福！”唐丹娜一见陈正元，赶忙拱手抱拳作揖，乐得陈正元哈哈大笑："爱心小天使，借你吉言，多谢多谢！"他从西装内袋掏出一个红包，笑着送给唐丹娜，在这样的场合气氛下，唐丹娜乐滋滋地说："多谢正元叔叔！"

高雅琴朝女儿轻笑道："丹娜，你一出现，你看正元叔叔有多欢喜！"

"妈咪，正元叔叔是大忙人。以前还来我们家聚餐，如今一年难得见一次呢！是不是，正元叔叔？"

"丹娜，我平日比较忙，你爹哋最明白。但我每个月都有与你爹哋面叙。是不是，仲谦？"

唐仲谦伸手与陈正元握着："正元兄，快人快语，朋友不因远而疏，正元兄有情有义。"

"谦嫂"，陈正元称呼高雅琴，"你还是保养得很好，精神焕发"。

高雅琴嗤声笑了："正元，我来看看你安排什么好看的精彩节目。"

陈正元笑着介绍："今年春宴，搞搞新意思。请的是女表演艺术家。丹娜，你好同事的大姨冼凤群女士演奏古典名曲，金山湾区女歌唱家叶美莹女士献唱怀旧金曲。"

唐丹娜乐得挽住母亲的手臂："好啊，妈咪，任冰大姨弹古筝我以前听过，是仙音下凡，好棒好棒！"

晚宴开始由主席致贺词三分钟，大意是首祝大家身体健康、家庭幸福、世界和平。藉此佳节之际，与乡亲邻里共叙乡宜、敦睦侨社。恭祝诸位来年财源广进，增福添寿，生活更上一层楼。致词后更举杯与众人干杯。接着，陈正元宣布上第一道菜，之后便是请出冼凤群女士即席古筝演奏《春江花月夜》《春风得意》《高山流水》；叶美莹女士献唱《南屏晚钟》《你是春日风》《明月千里寄相思》。席间，主席、副主席一干人逐桌与众人祝酒，气氛喜气洋洋。接近尾声，陈正元举出红色纸箱，宣布此箱内有今晚出席宴会的两百多位宾客名单，现在从里面抽出二十位幸运者，中奖者每人将获赠一个红包。现金捐赠者是同乡会正副主席与几位善长仁翁。陈正元每次将红纸箱翻动摇晃，抽出一名中奖者名字宣读。或许是运气吧，唐仲谦、高雅琴、唐丹娜分别被抽中获红包一个。

散席后唐丹娜笑得可欢了："我运气真真好！正元叔叔又给了我两个红包啊！"高雅琴朝唐仲谦示意一笑："丹娜，我和你爹哋的红包都归你，另外我和你爹哋每人再发给你一封利是红包。怎么样？Six lucky money!"唐丹娜左手挽住父亲手臂，右手挽住母亲手臂："世上只有爸妈好，小天使心里忘不了，投进爸妈的怀抱，幸福永不老。"

"爹哋，你听，丹娜唱起歌来啦。"高雅琴瞧见女儿的高兴劲儿，不由得情绪也兴奋起来。

唐仲谦抿嘴笑道："妈咪，你女儿今晚睡不着觉。"

春节过后，唐仲谦回到办公室。俗话说：一年之计在于春。唐仲谦粗略算了算，手头上有将近500个投保人，在他个人运作的公司购买汽车保、房屋保、健康保、人寿保等等。按提成每月可获近6000元薪酬，除开办公室租金、电费、电话费、杂费等，净赚约4000元。想想在保险业拼搏二十几年，与其他同业人员比较，是算不低的。尽管与金牌经纪人还有一段距离，来年或再发掘一些新客源，尽可能增加收入，赚钱不嫌多，只怕赚不多。他正想去文件架取些业绩表输入电脑，此时进来了两位女客人。

她们是一对姐妹，年长的叫莉兰，年幼的叫莉思，是来自东南亚地区的移民，在唐仲谦的保险公司购有两年多汽车保险。唐仲谦请二人坐下，又问二人是否喝咖啡，莉思摆手道：“唐先生，多谢，不要。我来是追讨赔偿。”

唐仲谦坐下来，细心听取莉思的投诉。事情原因是，莉思开的平治车一个多月前已转卖易主，到今日已接近两个月。唐仲谦猛然记起一个多月前莉思曾致电说过她的车卖了，要求唐仲谦退回两个月保险费，唐仲谦当时答允退保险费，但是要莉思亲来办公室签字才可生效，否则口头上的承诺不能作实，必须以退保文件签字作依据，投保人签上姓名、年月日才可按照投保协议予以退款。

莉思提高噪门，朝办公桌上一拍：“你这样说是不肯退钱？唐先生，我有权去消委会投诉，请律师告你！”

莉兰也在一旁助阵：“唐经纪，是男人就认理亏，赔钱了结。”

明摆着无理取闹。唐仲谦平心静气反问："如果我退这保险费时违反总公司的退赔规定，轻者会受到警告处分，重者甚至要吊销我的经纪人牌照。你们说，孰重孰轻？"

莉思冷笑道："那是你的事！我事前已有电话通知过你，你也承认了。怎么翻脸不认账？你以为坐办公室赚钱有那么容易？你省省吧！"

唐仲谦被她的盛气凌人说得有些愕然。退回两个月保险费，也不过三百多元，便想了个希望双方可以接受的办法："你们看，这事私了怎么样，我按你的保险单截止日期退钱，但不能给全数。我退还一半的钱……"

"你当我们两姐妹来讨饭，一半？退钱还有一半，真是无商不奸。你懂不懂做生意？客人永远是对的！你趁早关门大吉，滚回家去享儿女福吧！看你这个寒酸相，一准是个孤家寡人，无妻无儿，要不然就是一个靠自恋自慰混日子的傻佬。"

这已经是人身攻击了。看这两姐妹的气势、措词，大有拿不到钱就不罢休的蛮横。唐仲谦在迅速组织折衷婉转的语言："不要对我攻讦，这样于事无补。就事论事，我的底线还是私了，退回一半保险费。"

"Son of a bitch!"莉思用英语骂唐仲谦，唐仲谦马上阻止道："Please don't say that, please!"

莉思显得愤怒，站起来用手向唐仲谦一指："你不赔钱，你等着收我律师信，我要告到你坐监，告到你一世行衰运！告到你……”

余秀明闪进来，冷冷笑了一笑：“这位小姐要告他？我是律师，我可以帮你取回公道。不过我的律师费很贵，你这种诉讼案我收五万元。”

莉思被余秀明突如其来的一招，愣了愣，降低了声调：“哦，你是律师？”

“是的。我是余秀明律师，英文名Linda，你会不会花五万元去讨回三百多元的保险费？看你们二位衣着穿戴，似乎很不缺钱。怎么，想不想告他？我的朋友是著名刑事大律师Mr. Hansome，他的师父Bowen，是加州高院大法官。”

莉思立刻意识到这位站在面前、身材略高于自己的余律师，在暗示她们两姐妹行为过分，出言不逊。继而她听到余秀明凌厉逼人的唇枪舌剑：“小姐们，你们好收手了，息事宁人。刚才你们的每一句话，我是证人。你们这样对唐先生，已经触犯了恐吓、勒索、蓄意用下流语言侮辱他人的轻罪。我可以将这些轻罪加码，如果入罪，法官是会判你坐监五年！你信不信，不信？敢不敢跟我打官司？”

莉兰、莉思面面相觑，也不敢再说话。莉思使了个眼色，表示要闪人，莉兰与她立刻走出办公室，莉兰抛下一句：“误会，一场误会。”

“唐先生，你不用说多谢我。我给两位小姐上法律补习课。”余秀明对唐仲谦微微一笑：“我想，像这样的客人不多吧？”

唐仲谦心存感激，说：“二十几年第一次遇见。但是我要说Thank you so much。”

余秀明正想张嘴，钟珍妮站在门口，朝余秀明说：“余律师，有电话找你。”余秀明应了声，又说：“以后如果有类似的事情发生，我做你的代表律师。拜拜。”说完，她赶紧回办公室去了。

尽管发生的这一幕使唐仲谦有些措手不及，然而莉思有句话是对的：客人永远是对的。与人为善，始终也不会错。这个社会，一种米养百种人。莫以善小而不为，莫以恶小而为之，先贤教导我们处世为人，要从善如流。

此事过了约摸两个月。这天是清明节前夕，唐仲谦在深夜打长途电话给住在广州的胞姐，问了她的近况，也请她代他到父母灵前跪拜、献花、敬酒、扫墓，告慰父母在天之灵；日后当会回故城，一家三口拜祭双亲大人。

唐丹娜从自己房间出来，去洗手间折回来，见到父亲在用座机打电话，待父亲放好话筒，问：“爹哋，给大姑妈打电话吗？”

唐仲谦站起来，朝女儿点头道：“是，我和你姑妈通了电话，明天是清明，我有事交代一下。你赶快回房去睡，明天要一早起床上班。”

唐丹娜揉了揉眼睛，落在沙发上，说：“爹哋，我们几时回大陆探望姑妈？”

“我看，或者明年或者后年。等你妈咪有假才行。怎样了，小天使想见姑妈啦？”

“爹哋，我现在除了法定的八天假期，一年有二十五天带薪假期，也不知道要去哪里旅游。去年到过南加州和加拿大旅行，今年去哪里好呢？”

“我知道你在福利局的有薪假期长，你妈咪每年只有半个月有薪假期。我是自己做老板的人，一切都好说。你想爹哋妈咪陪你去哪个好去处，说来听听。”

“我想去纽约、芝加哥几个东部大城市看一看，那边现在天气20度左右，相当于旧金山秋天。我想看看外面的天地。”

女儿的话，唐仲谦也有同感。利用休假去旅行，增广见闻，不啻是生活情趣。人，懂得张弛，放松自己，了解外面的风土人情，是很开心的事。唐丹娜嘻嘻笑了：“爹哋，你懂我的心思。”

那次唐丹娜与父母关于介绍男朋友的事，使得唐仲谦、高雅琴更为谨慎。毕竟女儿在美国受教育长大，生活的周遭环境使她的自我意识随着年龄的增长，渐渐形成了一种排他主义；人缘虽也不错，但对异性产生无形的抗拒情绪。她并不认为爱情有神圣的魔力。而任冰的恋爱改变了她的某些思想认识，重回陈正元为她介绍对象之前的随性。她认为有父母的关爱，以及她所认识的长辈、同辈的善意祖护，足够填满她的感情空白。唐仲谦想着，还是暂时不提女儿的爱情选择。而在爱情的其他方面，试着去加以引导，使她对爱情产生好奇，从而渐渐改变生活观之中的偏执。为了此事，唐仲谦与高雅琴私底下讨论过很多次，分析过种种因由，最后得出的结论是随缘。

“爹哋，当年你和妈咪是怎样谈恋爱的？”唐丹娜鼓起勇气问父亲。

“知青岁月。”唐仲谦放平了语调：“一个无法复制的创伤年代。”面对女儿的提问，他脑海蓦地荡起微澜。或许那些过去的日子如果向丹娜毫无保留地叙述，她会认为匪夷所思。上世纪六七十年代发生在神州大地的大灾难，她的父母仅仅是因一次对可以教育好的子女的集训而相识，继而相恋。唐仲谦、高雅琴都有海外关系，这在当年是一种公认的耻辱，一种违背良心几乎泯灭良知的顺从感，被烙在心坎上。恋爱是违法的，更不要说性爱。清教徒式的集体活动，宗教形式的膜拜唱颂，被压缩在一个模版里重复炮制。所有在模版内的人都有不同程度的内伤，几十年过去了，这种内伤依然存在着后遗症。但是，我们的生活确实不需要借鉴这种充满人格分裂症的回忆，也不需要自圆其说：一切已随着时间失衡，所有深入骨髓的毒菌已经清除，因此都健康自如。因为这种自圆其说并无说服力，它只能是顺应时间潮流的某种相对论。

唐丹娜对父亲母亲当年的相恋感到惊讶，尽管她还在一知半解中去咀嚼父母的过去。父母的爱情艰辛苦涩，终于也修成正果。在一起度过艰难险阻，最终结婚生下她。高雅琴从来不在女儿面前谈及自己与丈夫在中国的知青岁月，因为没有价值。女儿两岁半跟随父母移居美国，一切的一切从零开始。父母已跟过去的岁月做切割，在美国打拼，展开新的生活。家庭价值观是唐仲谦和高雅琴在年复一年的谋生创业中孕育而成。女儿的养育成人，是职业外最重要的大事。父母在半工半读的家庭生活里相互鼓励，携手并肩，一直走到今天。父母为她付出一切，无怨无悔，一如既往地去实践美国梦。父母是她的救世主，是她一生一世敬爱的慈亲。

从东部旅行度假回到旧金山，唐丹娜有了一些改变。她选择周末假日，从图书馆借来她所能读懂的书籍。不论英文中文，也不分书本厚薄。哲学、科学、文学、艺术，她都如饥似渴地去阅读，希望从中获取自己所需的养分，从书本里提炼出她的认知。唐仲谦、高雅琴明白女儿的举动，是对生活的理性求知，是一种自我增值的知识探索。这完全可以理解，学无止境之说本来就是包含挖掘知识财富的真谛。她房间书桌上新添了一盏琉璃灯，是与父母到纽约旅行观光，在一间大型的工艺品展销商场精心挑选，讨价还价买来的。这盏带座衬琉璃灯，雪莹透白，设计巧妙，糅合了中西琉璃工艺技术的尖端。乍看之下，是一团纯白色的莲花座，充满了现代感的奇美绮丽。

唐仲谦明白女儿在尝试改变一些生活方式，充实自己。这种自我增值也许是女儿目前最佳的调适，他暗暗赞许唐丹娜的求知欲。那天邮差送信来，其中有一封来自唐仲谦的客人，他是一名画家，在唐仲谦保险公司买了五年房屋保险。来函附上一张请柬，是邀请唐仲谦前去参观他与其他十位画家、书法家联合举办的书画展。时间是在周六，唐仲谦带同女儿前往欣赏。唐丹娜之前从未到过国父纪念馆，如今与父亲一道来到展览厅，像个小学生似地走进艺术殿堂。国画、油画、水彩画、工笔画、水墨画、炭笔画、重彩画，钟鼎文、甲骨文的书法，楷书、行书、草书、隶书、篆书，唐丹娜看得入了迷。唐仲谦与那位画家寒暄了一番，不时用眼睛去找女儿。那天是第一天展览，人比较多，唐仲谦用手机打电话找女儿。谁知唐丹娜却说："爹哋，我在上面看国父孙中山生平展览，你看完书画展来找我。"

唐仲谦上来找到女儿，说："丹娜，原来你也有兴趣看这些图片展览。"

"爹哋，我现在懂了，美国的开国之父是华盛顿，中国的开国之父是孙中山。前阵子去图书馆借过两本关于历史的书籍，也知道一些世界历史。爹哋，我现在信中国古人所说的'书中自有黄金屋'。真是很有哲理的。"

唐仲谦道："丹娜，今天的其中一位画家，是我的顾客。我还有几个客人，有的教授小提琴，有的教授钢琴，有的教授中国书法，也有的教授中国武术。"

"爹哋，以后有机会，带我去瞧瞧。怎么爹哋有这么多珍藏？爹哋你会不会有些保守，不跟我说？”

“以前你还在读大学，最重要的是读好书，如今你已离开大学，毕业出来社会做事。现在去涉猎其他知识，增广见闻，为时未晚。”

唐丹娜呵呵笑着：“爹哋，你是导师。”唐仲谦逗她说：“如果我是导师，我非要你交学费不可。”

“真的？反正我的收入除了零用钱都给你和妈咪，你要收学费，就从里面扣吧。反正，我肯定交得起学费。”

说真的，唐丹娜这三年多来的薪金，每月除了三百元外，其他全数存进银行。积少成多，唐仲谦知道她的存款已经接近十万元。女儿是个知蓄惜俭的人，这一点唐仲谦、高雅琴心知肚明。因此唐仲谦夫妇晚餐或周末两天，家里的伙食配得很丰富，主要是给女儿多些营养，增进身体健康。

回到家来，高雅琴问女儿书画展好不好看。唐丹娜凑到母亲耳畔说：“爹哋有好多私藏。”

“什么私藏？”高雅琴朝丈夫看去。唐仲谦便将自己客人中的几位教授的事说了。高雅琴轻笑道：“爹哋，这算哪门子私藏？我看丹娜恨不得把名家都见了，附庸风雅。”

“妈咪，我不是附庸风雅，是想增长见识。妈咪，今天下午煲了什么靓汤？”

“蠔豉发菜花生眉豆煲鸡汤，算不算靓汤？”

“当然算。好了，我要回房看书。妈咪，吃晚饭再叫我。”

唐丹娜哼了两句歌，进自己房去了。高雅琴对丈夫说：“她一点也不着急结识男朋友，这女儿有些倔。”

“慢慢来。或者丹娜的缘分未到。有人说缘分是碰来的。说不定某月某日，她遇到有缘人，接着水到渠成。她问过我与你的情史。”

“仲谦，我俩年轻时的事，还是少跟女儿提。我担心她听了之后会对生活产生误解。你知道，我和你遇上了那个时代，那不是正常人的日子。仲谦，幸好我俩走过来了。有时我自己在想，我们不能将不该发生的告诉女儿。这里是美国，不同的体制就会有不同的理解与认识。”

听了高雅琴的话后，唐仲谦点了点头：“对。我对于她的追问仅是选一些主要的事情说。如果她不问我，我也不会主动去说。丹娜思维敏捷，她想要知道的事，我们做父母的，该说的还是要说。不管如何，都不会再发生上次介绍对象见面的事。还是那句话，一切随缘。”

4

陈正元的正元保险公司，聘请了两位保险经纪张绍棠、童丽，加上他自己对保险专业知识的驾驭能力，业绩甚为可观。特别是他在商会、同乡会兼职，对侨社了如指掌，拓展了不少业务关系。靠山吃山，靠水吃水，生意人深谙此理。陈正元这些年发展公司业务，兢兢业业，口碑颇好。他善用人脉关系，将保险业务与侨社联系起来运作，可谓如鱼得水。

最近几天，童丽与客人因为汽车保险产生了各执一词的言语冲突。投保人是个职业工程师，买双程汽车保险加低至两百元自负修理费，换言之，若他投保的汽车有任何损坏，只要超过两百元修理费用，而又非他本人所致，保险公司理赔全部费用。他的座驾是辆五年新的积架，英国名牌车。问题在于这位工程师的座驾停泊在大马路旁，被路过的其他汽车撞凹了，左后方严重损坏，按估价修理约2000元。童丽亲自去看过被撞凹的车，并问这位工程师有没有报警备案，被告知这是保险公司的业务范围，因而拒绝报警。童丽向他解释，这是汽车受到意外损坏必须要的程序，与修理费多少并无关系。这位工程师撂下蛮话，说“你是保险经纪，我已将事发报告，我现在只要理赔”。童丽在不得已的情形下报了警，警察对此事立了案，属于驾驶人不在现场，车被人为损坏。岂知工程师大为光火，指责童丽多此一举，更口口声声说要向消委会投诉，用法律来解决此事。

童丽为此事烦恼，向陈正元请教处理方法：“师父，这单工程师的索赔案，闹得沸沸扬扬，怎么办？”

陈正元问童丽，是否已替单工程师租了辆汽车，供他临时驶用。“你已经做了该做的正常程序。这段时间避开正面语言冲突，看看客人的进一步举动再跟进。你也知道，客人永远是对的。”

此事童丽的处理手法大致上没有出错，但当着单工程师的面报警，使他觉得很没面子。此外单工程师已有过年内两次违反交通规则的记录。他的本意很清楚，既要赔偿，也不要张扬。童丽欠缺了一些细心，再加上对客人至上的道理没有深刻领会。如果多一些圆滑，少一些任性用语，应该可以协调解决。

但是事情的进展却出人意料。警局收到匿名信，举报单工程师在一次醉驾中误伤途人逃逸，这是刑事罪。当然，警方并不会轻易相信匿名信揭露的事相。童丽得知此事，向陈正元作了汇报。陈正元对童丽说："即使他是犯罪嫌疑人，但这次索赔，不应因为其他因素而停办。童丽，在这个社会，消费者权益保障，不受法律左右。"

童丽却说："师父，单工程师此前已有两次违规记录，加上醉驾撞人逃逸，驾驶执照将会被吊销，五年内不得驾驶机动车辆。"

"童丽，单工程师被匿名信举报，警方还在调查中，是一回事；但他的理赔应该受法律保障，是另一回事，不能混为一谈。"

童丽内心并不服气。犯罪嫌疑人堂而皇之地索赔，尽管汽车修理费赔偿她经手过很多宗，但这次她心有不甘。"师父，我认为单工程师的汽车被损坏索赔，没准是一个骗局。人的心理有了问题，处理问题也不会按照常规。首先他第一要先报警，第二他不该动辄去消委会投诉，第三他是犯罪嫌疑人，在警方调查结果出来之前，不给他理赔。"

陈正元知道目前的情形下，并不能使童丽口服心服。便打了圆场："童丽，此事由我跟进，你去处理其他事项。公道自在人心。"

张绍棠对这件保险索赔，还是认为师父的处理手法在理，但他不敢直截了当去给童丽说这事。他与童丽是初恋的男女关系，他实在不想因为工作上的不顺心，去制造不必要的误解。张绍棠不是高富帅，仅仅是移民家庭中长大的普通青年。他十五岁跟随父母移民来美国至今，读高中，念大学，完成学业后做保险经纪。童丽与他不同，她的父亲病逝多年，母亲与她相依为命。她受的是美式教育居多，当然母亲也给她一些中式教育，教她处世做人的道理。“三好”是她的生活指标：一是要居住环境好；二是要职业等身，薪金要有增长性；三是物质享受要到位。母亲的职业是教授钢琴，收入不菲，她认为加入保险业获取佣金提成，是最佳收入指标。做了五年保险经纪，她的进取心有增无减，多做成一个客人的生意，多获取一份佣金，就是对工作的回馈。或许这仅是童丽单纯的生活观，她的年龄并未达到熟练处理保险业中某些棘手事情的程度，换句话说，经验不足。即使出发点并无恶意，却没有以顾客的权益为主，这并不是最公允的做法。

过了五天，此次保险费赔偿案圆满落幕。陈正元跟进此事，用专业手段，问题迎刃而解。就是警方对单工程师的醉驾撞人逃逸一事进行周密调查，结果发现醉驾撞人逃逸者另有其人，肇事者不是单工程师。与此同时，他已聘请律师状告保险公司服务恶劣，没有给予投保人应得的合理赔偿。在投保协议有效期内没有给索赔投保人清晰的答复。

在警方尚未有调查结果前，陈正元当机立断，亲自上门去见单工程师，坦诚处理保险赔偿的不当，愿意全额赔偿单工程师的一切损失，包括聘请律师费用。单工程师有感于陈正元公允善意兼态度诚恳，最后答应撤诉，表示只要保险费赔偿合理，其他一概既往不咎。甚至，单工程师还介绍了一位同事到陈正元的保险公司买房屋、汽车保险。

陈正元将童丽请进办公室，略略谈了此事的满意结果，又将新投保人的房屋、汽车保险案文件交给她，说："童丽，哈哈，你反而多了一个投保人，怎样报答师父？"

童丽此时了解了陈正元所付出的努力，既解决了单工程师的索赔，又带来个新顾客，当然眉开眼笑："多谢师傅。我请师傅吃大餐。"

陈正元含笑道："师傅先记着这一顿，以后再说。跟你妈咪说声，有位爱心小天使想拜见她，欣赏她弹奏钢琴。"

"师傅，到底是哪个爱心小天使？"

"她爹哋你也见过，唐仲谦。"陈正元答道。童丽猛然记起不久前唐仲谦来保险公司找师傅。当时陈正元向童丽、张绍棠介绍过唐仲谦，说唐仲谦是同行。

童丽本能地感到陈正元以喜悦的语气介绍这位未见过面的小天使，说不定是个华埠小姐，才貌出众的绝色佳丽。过了几天，是个周末，陈正元开车来接唐丹娜，带她去见童丽的母亲童琳琳。

童琳琳和女儿站在自家的大门，迎接客人的到访。童琳琳穿件长袖圆领黑绒长裙，裙裾几乎贴着地面。她脖间戴了条珍珠项链，两耳系上吊坠式白玉耳环。这种衣着打扮，一眼便可知道是受过高等教育的女性。童丽平时就十分注重打扮与仪容，今天内着丝质衬衣，外着米色上衣，穿一条与外衣同颜色的齐膝盖裙子，也是米色高跟鞋。她耳边系两只白金耳环，脖上挂着镶蓝宝石的吊坠。唐丹娜并没有去刻意装扮自己，清一色的白：白色长袖运动衣，白色长运动裤，白色运动鞋，可这身穿着全部是美国名牌的产品，对衣着稍有留意的人，都会发现运动衣左上胸前的标志。陈正元自然是西装革履，穿一双黑亮的皮鞋。他带唐丹娜来见童琳琳母女，另一目的便是借此机会见见童琳琳，他心目中的女神。

童琳琳满脸笑容，握着唐丹娜的手："欢迎你来作客，丹娜。"

唐丹娜身体略略向前倾，叫道："童教授，久仰您的大名。"童丽伸手与唐丹娜握过："唐丹娜，你好。"唐丹娜笑道："童丽，我爹哋提起过你的名字。正元叔叔是你老板。"

童琳琳带几人进屋，客厅不大，布置得很精致。客厅右面摆放着一台黑亮照人的钢琴，左面是半圆形皮沙发，玻璃面长桌。客厅两旁近墙处摆放了几盆绿叶茂盛的棕榈、万年青。明洁的大玻璃窗，使得窗外附近居屋的景致一览无余，色调柔和的白绸丝质窗帘，米色的墙壁，中间有个造型美观的壁炉。沙发对面五十公分高的组合柜，柜上是一台四十寸彩电，柜下是唱录设备和摆放得很整齐的CD、VCD、DVD。

童丽进内一会，端来茶壶、茶杯，斟了茶，说："丹娜，请喝茶，再听妈咪的琴声。"

唐丹娜似乎有些局促，端起茶杯道：“谢谢。”她感到童琳琳的双眼正对着自己，陈正元说了一些客套话，童丽笑容可掬。“丹娜，你想听我妈咪弹什么曲子？中式还是西式？古典还是现代经典？”

唐丹娜含笑道：“我对钢琴没有一点知识，完全是门外汉。”童教授喝了口茶，轻轻立起来，朝唐丹娜浅笑道：“弹一首欢乐的舞曲，对你应该是一种享受。”

唐丹娜点点头：“对。童教授说得对。”童琳琳转过身去，走近钢琴，揭开琴盖，在黑白双间的琴键上，用柔美的五指去试音。接着她坐下，扭头向唐丹娜示意点头，表示她要开始弹奏。

童琳琳弹奏的是柴可夫斯基的代表作《天鹅湖》。俄罗斯作曲家的作品，唐丹娜以前也听过两三支，还是在影碟上。现在如此优美悦耳的经典钢琴曲，从童教授的手指上滑出，她十只柔白纤细的手指，在琴键上起伏着，时而缓慢，时而微促，时而跳跃，时而昂扬；琴音里抒发出生活的热情、人性的奔放、爱情的憧憬。当她半闭着的双眸张开时，手指缓缓流出一段神韵般的尾音。她将双手平放在双腿上方，微笑着不说话，表示这首钢琴曲已经弹奏完毕。

唐丹娜、陈正元、童丽用力鼓掌。唐丹娜喜不自禁：“太精彩了！太精彩了！”陈正元啧啧称赞：“童教授的确琴技超群，不同凡响。”

童丽对唐丹娜说："丹娜，我妈咪有个习惯，不论来访者是谁，只弹一曲。来，我带你上二楼参观我的房间。"

唐丹娜赶忙对童琳琳说了句："童教授，我跟童丽上楼去参观。"进了房间，童丽轻笑道："丹娜，你知不知道我师父为何亲自带你来？"

唐丹娜摇了摇头："不知道。"

童丽伸出两只大拇指用指尖碰了碰："他们是这个。"唐丹娜立刻会意。坐下后便问童丽："你妈咪弹钢琴造艺出神入化，你弹得怎样？"

"丹娜，清心直说，我只会弹一些简单的曲子，懂一点钢琴原理，会看五线谱，可是我吃不了这碗饭。我妈咪五岁学钢琴，十岁就已经单独演奏。她的艺术细胞太多太多，她是天生的艺术家。"

"童丽，虽然你这样谦虚，但你有艺术的天分。"

"你除了上班，业余时间、周末假日有什么消遣，或者爱好。"

"读书。当然也上网看些时事资讯之类。"

"你没有男朋友吗？"

"缘分未到。我听正元叔叔说，在保险公司和你一起上班的那位帅哥，是你男朋友。"

"算吧。男朋友，对，我的男朋友。"

唐丹娜觉得自己跟童丽投缘，因此越谈越投契，越谈越多话题。童丽问唐丹娜要了手机，将自己手机号码按了一遍，说：“你看，你有我的手机号码，我们多些联络，我的手机二十四小时都开着。”

唐丹娜解释说，她任职于福利局，工作日只有午饭时间可用手机。也许是二人年龄相若，又是女性，因此语言交流畅顺。两人不觉谈了一个多钟头，直到童琳琳上楼来，对二人说：“姐妹，你们肚子饿不饿？”唐丹娜接道：“童教授，多谢你热情招待。”正说间，陈正元也上楼来，朝唐丹娜说：“丹娜，我要送你回家，向你爹哋交人。”

童琳琳问了原因，便说：“丹娜，那么今天就不留你吃饭。以后常来，你跟小丽都是年轻有为，谈得来，以后做对姐妹。”

“多谢童教授，我有童丽的手机号码，以后我和她会多多联络。”

回到家里，陈正元在唐家吃过午饭，便匆匆驾车前往华埠出席商董会议。他离开后，高雅琴问女儿，上午去造访童丽家，有什么收获。唐丹娜将自己在童丽家的事，一五一十说了。高雅琴正想张嘴，唐仲谦抢先问道：“丹娜，正元叔叔有什么进展？”

唐丹娜笑了：“爹哋，我跟童丽在二楼她的房间聊天，真不知道正元叔叔与童教授谈了什么，我只知道，他俩是这个。”她伸出两只大拇指，像童丽那样，用两个指尖碰了碰。

唐丹娜略略知晓陈正元的家庭境况。妻子患肝癌去世已经十年，有个儿子在深圳做家具批发生意，亦已成家立室。这些年他单枪匹马，做保险业有声有色，也在侨社身兼数职。至于他如何追求童教授，她确实一无所知。唐仲谦对女儿说："丹娜，正元叔叔想你做他的干女儿。"

唐丹娜嘻嘻笑道："我想正元叔叔没有女儿，所以想我做他的干女儿。爹哋，是他跟你说的吗？"

高雅琴拍了拍女儿肩头："丹娜，你正元叔叔也跟我提过，我和你爹哋未有应允。这事你拿主意。"

"爹哋妈咪，我好幸福啊。有童丽做姐妹，现在又有个干爹。"唐丹娜喜滋滋地抿嘴笑了。唐仲谦此时明白，女儿结识了童丽，她有了朋友。任冰也算是，但她与女儿做同事几年，是同事兼朋友。从女儿对童丽、童教授的观感，显然她的朋友圈越广阔，对生活就多一分向上向善的认知。

唐丹娜对陈正元认她做干女儿的事，悄悄打电话给童丽，童丽笑道，丹娜，你中奖了。我师父在保险业打拼了三十年，结交了不少朋友，也有女性朋友认他做干哥哥，可从来没听他说过认干女儿。童教授笑对女儿说，你师父捷足先登，走到我前面。那次她来家访，我就想开口说了，殊不知陈正元慧眼识小天使，我不用妒嫉了。我女儿跟她做姐妹，也蛮不错。唐丹娜是一枚纯洁莹白的玉石，她将来会是你一生一世的朋友。童丽对母亲的话深信不疑，凭着母亲五十多年的生活经历，阅人无数，仅仅一次面谈，就得出这样的结论。童丽自己也感到，与唐丹娜交谈，她那双清澈黑亮的眼睛，是两汪清泉。她让人直觉感到，这就是我的小天使。也许，这就是人们所说的缘分。

唐丹娜与童丽果然合拍，接下来的日子，两个年龄相仿的女孩，似乎天生注定是一对充满爱心的朋友姐妹。唐丹娜认为是上天赐给她一个童丽，是人间的恩典，她很珍惜这种生活奇缘。童丽也很爱护唐丹娜，她从心里认定丹娜就是生活替身，除了彼此的家庭环境、职业不同之外，她俩几乎所有的生活情趣都相同。童丽虽有男朋友，然而随着日子一天天过去，她认为有时丹娜比张绍棠还重要，丹娜也不知为什么对她简直就是言听计从。丹娜不只对她很好，也非常尊重她的母亲。童琳琳对丹娜身上表现出来的善良真诚的品德，是很喜欢的。她对女儿说，将来唐丹娜会嫁一个才华财富都超凡的男士，只是这个幸运的男士还不知道现在何处，什么时候会出现。天下之大，爱情无处不在。兴许，丹娜的缘分未到。

童丽与母亲的想法有些不同，或者这是她难于表白的心声。她想着在自己没有出嫁前，不希望丹娜有恋人，这不是其他什么，而是对丹娜的袒护。丹娜不只一次在童丽面前说自己不想嫁人，更不想结识男朋友。唐丹娜的这种观感迎合了童丽。因此童丽有时会对母亲炫耀，她有一个千依百顺的闺蜜。当她知道唐丹娜业余时间在阅读《神曲》，便将她找来家里，两人来一次烹饪比赛。童丽自己会做肉酱意粉，那是母亲教会她的其中一道便餐。唐丹娜跟母亲学的第一道菜，便是卤水蛋。高雅琴有时在家做这道菜，唐丹娜在一旁细心看母亲的做法，很快就学会了。这回为了比赛，事前专门请教母亲，煮制卤水蛋的一些窍门。

来到童家，童丽见面就笑道："丹娜，我妈咪去教琴，这里是我们的天地。你吃过早餐了吗？"

"吃过了。妈咪给我准备了豆浆、油条。"

"行。那先喝点茶。我泡了你喜欢我喜欢我妈咪也喜欢的英国立顿红茶。"记得第一次去拜访童教授，童丽泡的就是这种茶，虽然是茶包，但茶香，味道甘清。丹娜不假思索便说："好。但是，我想你弹些钢琴曲子，听完之后我们再比赛。"唐丹娜将带来的塑胶袋，轻轻放在地上。童丽看着她小心翼翼放妥，问："你带的是什么？"又翻开胶袋看了："哦，是两盒生鸡蛋，瓶装卤水汁，这小纸包一定是你说过的花椒、八角、桂皮。"

唐丹娜喝了两口茶，催促童丽："你去弹琴，去呀。"童丽不失调皮，用手往脑门上指了指："遵命遵命。"这次童丽给唐丹娜弹奏了两首中国民谣。

唐丹娜站过去按住童丽肩头："童丽，你弹得真好。现在比赛开始。"说到比赛，童丽毫不含糊，肉酱意粉怎样烹饪她了如指掌。先将肉碎炒熟，再去煮拌粉条的酱料、蕃茄酱、侯柱酱、辣椒酱、酱的比例是蕃茄酱四，侯柱酱二，辣椒酱一，用滚水将意大利粉条烫熟，最后用调好味道的肉酱盖在盛好意粉的圆碟上，便完成了。唐丹娜按照以往看母亲煮卤水蛋的做法，先将鸡蛋用清水煮到八分熟。然后将鸡蛋冷却。卤水汁倒进锅里，再加一些开水、一些酱油，适量糖、盐，将花椒、八角、陈皮同时放入，约摸十分钟后再将煮成八分熟的鸡蛋放进卤水汁浸泡，至少一个钟头才可食用。卤水蛋浸泡的时间越长，就越入味，口感香味更佳。

在等卤水蛋做好的空当儿，童丽、唐丹娜跑到二楼阳台上看风景，谈天说地。童丽说她除了会做肉酱意粉，还会做中国菜糖醋排骨、上海馄饨。唐丹娜说她除了会做卤水蛋，还会做广东菜蠔豉发菜炆支竹猪肉、四川菜豆煸鱼，还有卤水鸭、白斩鸡。童丽想了想说："我还会调鸡尾酒。是张绍棠教会我的。"童丽说的这几道菜，糖醋排骨是唐丹娜喜爱的菜式。而唐丹娜说的蠔豉发菜炆支竹猪肉，将童丽说得直吞口水，她说以往在一些酒楼餐厅吃过这道菜，但不是所有食肆都供应这道菜，它是一些酒家餐厅的特别菜式。童丽拉住唐丹娜的手，笑得可开心了："哎，丹娜，我现在向你预定一顿蠔豉发菜炆支竹猪肉，不准赖喔。"

"做你喜欢吃的菜，是我的荣幸，哪会赖？你要是现在想吃，我立刻去买食材回来做给你吃。"

"丹娜，我不是现在想吃，是预定。看哪天我去你家，再慢慢享受。对了，你读《神曲》，感觉怎样？”

“那是一个天堂的世界。你走进这个世界，你一定幸福。但丁笔下的世界，似乎和我们生活的社会，有相同处也有不同处。”

“丹娜，但丁不是完人，他不可能将整个世界都描绘得一览无遗。”

后来两人吃肉酱意粉、卤水蛋。吃过午饭后唐丹娜趁童丽去洗手间，悄悄往盛卤水蛋的锅里多放了一汤匙盐。她走后没多久，童琳琳尝试二人的比赛结果，先吃了肉酱意粉，再吃卤水蛋，咬一口卤水蛋，皱了皱眉头。童丽疑惑地望了母亲一眼。童琳琳说卤水蛋有点咸了，童丽也去尝，感觉和先前吃的明显味道不同。童琳琳问童丽，卤水蛋味道咸了，和刚吃时味道有差异，童丽答是。童琳琳笑了：“丹娜知道我一定会尝试味道，趁你不注意，将卤水蛋加了盐。她想的是要输给你，故意输给你。小丽，丹娜真的太让我着迷，太让我喜欢了。”

5

中秋节过后，童丽约了唐丹娜去她家，要丹娜替她做参谋，怎样将自己的房间重新布置。她感到太长时间住着一个睡房，仿佛是守旧，便试着换些装饰摆设。多些生气多些新鲜感，人的精神面貌就会更好一些。唐丹娜一口答应，便来童家，在童丽睡房看了又看，最后说："童丽，你的睡房墙壁是米色，你对白色也不拒绝，试一试换上白色壁纸；壁柜、书桌的摆设，增加一些素雅的颜色。我的房间你见过很多次了，几乎以白色为主题。"

童丽仰头往床上一躺："好是好，但是我总觉得白色太多，会不会过于严肃呢？有些粉红、淡蓝、菊黄的色调，是不是最适合我？"

唐丹娜也躺下说："你拿主意。"童丽想了想，忽然坐起来，笑着问唐丹娜："全白也是好。不过，我想向你要一样宝贝。"

“什么宝贝？”唐丹娜也坐起来。“是你房间书桌那盏琉璃灯，我超喜欢的，你舍不舍得割爱？”

“你喜欢我就送给你，只要你开心就好。”唐丹娜又加上一句：“你要好好保护它，就像保护眼睛一样保护它，它是平安护心灯。”

童丽凑过去，“啜”了她一吻：“丹娜真是我的好姐妹。”

“童丽，你太用力了。”唐丹娜用手去擦脸上的红唇印。童丽找了纸巾，替她擦干净之后，又说：“丹娜，多谢你。说句上海话：谢谢侬。”

这盏琉璃灯是那年假期唐丹娜与父母到东部旅游度假，在纽约买的台灯。她很爱惜这盏琉璃灯，似乎自从买了这盏琉璃灯之后，好运不断。现在童丽直接开口向她要，她一点也不吝啬，是因为她感到只要让童丽开心的她一定照办。

接着谈了壁纸的式样和要添置的饰品，她俩便一同去商场采购。回到童家，童丽到厨房煮了方便面，盛了两碗端出厅来，一样的小汤碗，一样的方便面，两碗面上都放了一些酱瓜。童丽吃着，说：“刚才煮的时候如果多放一个面，就足够了。”唐丹娜用筷子夹了一箸面到她的碗里。“童丽，你不嫌我这样夹面不卫生就好。”童丽嘻嘻笑道：“丹娜，你是我肚里的蛔虫，我想要什么你都懂。”

吃过面后，两人将睡床、书桌、壁柜挪移到房间中央，开始贴壁纸。房间顶部先贴上壁纸，童丽架上短梯，唐丹娜不放心，生怕童丽站不稳，用双手抱住童丽两条腿，抱得很紧。童丽知道，唐丹娜是想着她站在梯架上更安全。“丹娜，不用抱那么紧，我站得稳。”唐丹娜并不按照童丽所说，依然抱紧。接着，四面墙壁都贴上这种有层薄薄蔓藤纹的壁纸。贴了两面墙壁后，唐丹娜问：“童丽，你想喝些什么？我去拿。”

“喝点凉水吧。冰箱里有盒装柠檬果汁，我要一盒。”唐丹娜下楼不到两分钟，拿了两盒柠檬果汁来，先给童丽一盒，又说：“我见到冰箱里面有碟剩饭剩菜，是用保鲜纸裹住，你也吃隔夜饭菜？”

“我有时吃。你见到那碟饭菜，是我妈咪昨晚去同乡会聚餐之后带回来的。她说与其让剩饭菜当垃圾去处理，不如打包带回家留着吃。”

“童丽，原来你妈咪那么节俭。童教授修养真好。”

“你妈咪呢？她会不会也这样打包带回家？”

“看情形，有的时候也会打包。如果是爹哋、妈咪和我外出用餐，吃剩下的几乎都打包带回家。”唐丹娜想着，言传身教就是一种好家教。有些事表面上并没有特别意义，但在童教授、自己父母的举止上，上一辈人对家教是很重视的。

壁纸贴好后，将壁柜、书桌、睡床归位。童丽笑道：“有了新鲜感，真好。丹娜，谢谢！晚饭在我家吃？”

“不了，那本书我还未全部读完，还有五十多页。明天就到期了，我今晚要读完，明天去图书馆还书。”

“那，我现在陪你去图书馆续期。”童丽往日去图书馆借过书，每次借书是有一次二十一天的延期。

“童丽，你的房间还缺一盏琉璃灯，我明天去图书馆还书，再将那盏灯带来给你……”

正说间，有人在外面按门铃，童丽赶忙下楼去开门，原来是张绍棠和他在当见习医生的远房亲戚唐家明。唐家明的家在西雅图，在旧金山就读医学院，在辈分上张绍棠称呼他堂表哥。一问之下，原来唐家明和张绍棠去蜡烛台看球赛，回到旧金山后，汽车在前面不远处抛锚，唐家明用手机打电话召唤拖车，待拖车来后，办了拖车手续。张绍棠一想，童丽家离此处只有一个半街口，便邀唐家明一道临时造访。唐家明二话没说，从汽车尾箱取出有背带琴套的吉他，来到童丽家。童丽去年在张绍棠同学的婚宴上见过唐家明一面，张绍棠给唐家明介绍了自己的女朋友。

张绍棠对童丽歉笑道：“童丽，真有点唐突，临时来你家。”童丽事前跟张绍棠提过今天她在家贴壁纸，没想到张绍棠没打电话人却到家门口了。童丽有些不乐意，却也不露声色，伸手往里做了个请进的手势。张绍棠却笑道：“童丽，唐家明是你的同行，他弹吉他很棒，与职业吉他手的水准相当。”

童丽轻笑道：“我弹钢琴是业余爱好，你和我才是保险业同行。家明，我说的对吗？”

唐家明接道：“我弹吉他也是业余爱好，是玩玩。绍棠和你是真的同行。你们是一对。”

童丽笑了笑，朝楼上叫了声：“小天使，你快快下来，有两位男士来家访啦！”

唐丹娜飞快地从楼上下来。童丽向唐家明介绍唐丹娜，又说：“丹娜，你也姓唐，你跟他三百年前是一家。”唐丹娜伸手和唐家明握过，说：“你们请坐，要喝点什么？热饮还是冻饮？”

张绍棠见过唐丹娜很多回，自然是熟的。便说：“丹娜，我们想喝点立顿红茶，童丽也喜欢喝的。”

唐丹娜像个开心的女佣，又是泡红茶，又是从食物柜找出威化饼、香酥饼，用木盘端出厅来。童丽待她斟好茶后，说声请饮茶，又把唐丹娜拉到自己身边，笑了一笑：“从这一分钟起，我是丹娜的守护神，两位男士，我恳请你们不要对丹娜有什么心思，她是你们的绝缘体。”

张绍棠赶忙笑道：“不好意思，纯粹是普通朋友见面闲谈，再说，家明和我都不敢有什么心思。家明，既来了，献艺如何，不然浪费了你的吉他。”

唐丹娜正想张嘴，童丽用手按住她的腕，说：“我好乐意听你的神曲，家明，请。”

唐家明微微一笑，取过琴袋，拉开了一公尺长的拉链，从里面掏出一把半旧的吉他，斜挎在胸前。“各位，献丑了，多多指教。”

他先用右手五指试了试音，眼睛注视着四根琴弦，一阵悠扬的吉他琴前奏，他先唱了一首美国名歌《白兰鸽》，接下来说：“现在准备唱一首印尼民歌《哎哟妈妈》。”唐丹娜听过一些歌手的演唱，那是某个演唱会，或者是看影碟，如此近距离听歌者自弹自唱，是头一回。

田里的青蛙从哪里来，
是从那水面向这里游来。
人们的爱情从哪里来，
是从那眼睛到心怀。
哎哟妈妈，请不要对我生气，
哎哟妈妈，请不要对我生气，
哎哟妈妈，请不要对我生气，
年轻人就是这样相爱。

童丽、唐丹娜、张绍棠不约而同地鼓掌叫好。唐丹娜称呼唐家明哥哥，又说：“你请喝茶，吃点饼。”

童丽盯着唐丹娜，有点醋意。她的恋爱经验告诉她，女生对男生的好感甚至倾慕，兴许是从这样的接触中产生。她立刻作出一种应激反应，对张绍棠、唐家明说：“家明的车子拖走，你们不用坐巴士，我送你们回去。”又对唐丹娜道：“丹娜，你回家继续读世界名著，那盏灯我明天去你家拿。”

“好，好！”张绍棠、唐家明都同意。这时，童琳琳从外面开门回家来，童丽叫了妈咪，三人叫了童教授。童丽向母亲简单介绍了唐家明，并说她准备送两人回去，唐丹娜自己开车回家。童琳琳问了原因，便说：“小丽，你送你男朋友回家，丹娜送唐家明回医学院宿舍。丹娜住在马连拿，离医学院比较近。”

童丽心里可不愿意，母亲似乎有意让唐家明接近唐丹娜。可是童琳琳是自己母亲，她只有遵从。出了门来，童丽朝张绍棠苦笑道：“皇后娘娘旨意，只有服从。”

唐丹娜道：“你妈咪是母亲，不是娘娘。我送家明回去之后，回家马上给你电话。童丽，不要皱眉头，笑一个。”

童丽也没辙，只好对丹娜搪塞一笑。童丽先让唐丹娜的车离开，然后让张绍棠上了车，自己钻进驾驶座，挂上安全带，发动车后，呼呼一踏油门。汽车开得飞快。张绍棠知道她有些不开心，便赶忙道歉。童丽还有点气，叽哩呱啦将张绍棠数落了一顿，又说这种事下不为例。

童丽的驾车技术，是很稳当的，她已有八年驾驶经验。但是祸福无常，你驾驶车辆平稳，并不能保证不会发生交通意外。就在汽车转入大马路没多久，一辆超速小型载货车，从右侧碰撞童丽的车，她驾驶的丰田房车，受到强烈挤压，差点没翻车。“嘭”一声巨响，童丽眼前一黑，昏厥过去了……当她醒来时，发现自己躺在医院病床上，这是怎么了？车祸？张绍棠怎样了？妈咪、丹娜、师父……她闭上眼睛一会儿，努力让自己的神志清醒过来，她忽然感到自己的右颊到颈部，都贴上了厚厚的药棉，缠着厚厚的白纱布。我一定是受车祸致伤……她联想到自己到过一些保险客人的交通意外现场，一些血肉模糊的情景像电影般在脑海闪现。也许是麻醉剂药效已到点，她感到右颊颈部一阵阵撕裂的痛，小便失禁，一种从未有过的恐惧袭上心头，她忍住疼痛，张开嗓门：“医生——医生——”

一个值班护士冲进病房，她含着微笑，道：“你醒了，好，我马上请医生来。”她刚转身，一个中等身材的男医生进来，说：“童小姐，你现在感觉怎样？”童丽向医生说了后，又问：“我的男朋友现在怎样？我妈咪知道吗？丹娜在哪里，我的丹娜在哪里？”

男医生先向护士吩咐了几句，转到病床前，微笑着说：“我是章浩良医生，你的主治医生。你的伤不算太重。你的男朋友右脚严重骨折，已经打了石膏，另外有几处皮外伤。你的亲友都在外面。”

“章医生，我想见妈咪，我想见丹娜。”她哀求着说。章医生静默了一分钟，说道：“童小姐，我给五分钟，你的亲友先见你一面，等会用镇痛剂、安眠药，你必须休息。”

童丽说她小便失禁，章医生说已经吩咐护士去取药棉内裤，请耐心等等。章医生朝童丽挥挥手，将病房的灯调亮一些，转身出门。紧接着，童琳琳、唐丹娜冲进来。“妈咪，丹娜，呜呜呜呜……”童琳琳用手抚摸女儿的刘海儿：“小丽，妈妈在，不哭不哭，好女儿，不哭。”

唐丹娜朝童丽脸上轻轻一吻：“童丽，丹娜爱你，不哭。”这是唐丹娜第一次主动去吻童丽，她用手掏了块纸巾，轻轻替童丽拭去眼泪。童丽被唐丹娜天使般的仁爱感动了，又涌出了热泪。她再用纸巾去替她拭眼泪。童琳琳也受了感动，天赐一个唐丹娜给小丽，女儿在这种负伤后的心境颓落之中，得到一份与母爱同样的仁爱，小丽的伤，很快会复原。这时，章医生与护士进入病房来，童琳琳朝章医生说：“谢谢你，章医生。”唐丹娜也边退出病房边说：“童丽，明天我来看你，好好休息。”

这宗鲁莽驾驶致使他人受伤案，经过警方勘查搜证，肇事者承认自己过失驾驶，以致造成车祸祸及童张二人，两人身体受到较严重损伤。陈正元请了律师，为童丽、张绍棠争取最大理赔，而对方没有聘请律师作辩护，坚持自己上庭申辩。唐丹娜问了控方律师，才得知肇事者是有三个儿女的父亲，有个弱智妻子。试想一个做建筑工程讨生活的父亲，经此一宗交通意外，驾驶执照被吊销，致使生计暂无着落，家庭经济一落千丈。尽管肇事者以往驾驶记录清白，无犯罪记录亦无不良行为，不会构成刑事罪，其保险公司能够合理赔偿给两位伤者，肇事者也欲哭无泪。此事告一段落后，肇事者伍志成出现在福利局的申请政府救济金的排队人群中。唐丹娜知道伍志成是童丽、张绍棠车祸的肇事者，她查到了他的住址，不动声色地趁伍志成不在家时，悄悄给伍志成妻子送了一万元现金，以解决伍志成一家五口的燃眉之急。伍志成想不到车祸之后，领取了援助金、粮食券，还可维持家计。而且他在忧虑不安中四处寻找新职时，竟然会有善心人登门送钱，为他解决窘境。看着这一万元，伍志成便想到车祸受伤者还在医院养伤，既然有善心人好心关照，自己应该将心比心，从这些善款中取出一些来买补品，送给两位伤者，以表歉意。他用五百多元买了强钙丸、人参精等，来医院找童丽、张绍棠。

那天恰好是周末，唐丹娜像平时一样，去医院陪童丽。临出门的时候，母亲替她备好了人参鸡汤，这会儿她提着汤壶上车，一溜烟开往医院去了。从停车场往住院部路上，她从背影认出了伍志成。当她快步经过伍志成身边，伍志成并没有认出眼前路过的后生女，当然也不曾想起这位小姐曾在福利局接待过他，为他办理申请救济金、粮食券手续。唐丹娜一机灵，折回自己车前，开门钻进去，给童丽打了一通电话，便坐在车内等候。隔了约摸半个钟头，她见到伍志成从住院部大楼出来，这才从车内出来，提着汤壶去见童丽。童丽的病房还有另外一个伤者同房，她叫温筱梅，也是因为交通事故伤了手臂、大腿而住院疗伤。童丽与温筱梅同房，过了三天后，已经变得很熟了。

唐丹娜一出现，童丽坐着伸出双臂，笑容灿烂：“我的丹娜，你带着人间所有的爱心来了！抱抱我，丹娜！”

唐丹娜将汤壶放到病床旁的桌上，轻轻和童丽拥抱，温筱梅很知情识趣，笑着说：“我知道你俩很多话要说，我出去晒晒太阳。”说着她已经站起身子，夹起脚拐，慢慢出病房去了。

唐丹娜朝桌上的汤壶说：“我妈咪早上炖的人参鸡汤，还是热的，我倒给你喝，我妈咪说，一定要看着你全部喝光。”

童丽故意撒娇，往唐丹娜胸前一靠：“你喂我喝，不然我只喝两口。”唐丹娜笑着不说话，把汤壶上面的碗取下，用汤匙舀出一汤匙缓缓升起热气的鸡汤，闻了闻，将汤匙往童丽嘴边送：“童丽，那位伍志成先生都跟你说了些什么？”

童丽半闭眼睛喝下一口鸡汤：“啊，我的心灵鸡汤，丹娜，你征服了我。”停了一会才说：“他来道歉，送来一大袋补品，他走之后，我将补品全数送给温筱梅。”

“还好，在停车场那边他没有认出我。好悬哩，幸好我先给你打了电话。”

“他说，前两天他外出寻工时，有善心人给他妻子送去一万元，他很有感触，说他在家庭遇到困境时有贵人相助，他说求神拜佛保佑这位善心人长命两百岁，世世代代洪福齐天。”

唐丹娜乐了："我可以有两百岁吗？呵呵呵。长命好啊，可以帮助贫困人。"

童丽瞧见她一贯的天使般的笑容，不禁眼眶有点潮润，苍天有眼，眼前这个真命天使，默默去帮助了一个素不相识的建筑工——三个儿女的父亲，依然若无其事。更不用说童丽住院这些日子里，她除了正常上班，晚饭后都来医院陪童丽。童丽甚至想亲口对唐丹娜说，丹娜，我不要男朋友，我要一生一世跟你在一起。童琳琳有天来探望女儿，见到童丽向唐丹娜撒娇，要唐丹娜替她做肩部按摩，童琳琳赶忙对女儿加以约束，说丹娜刚下班就来医院陪你，不能用人太狠，不能将丹娜当婢女使唤，你要知足知福惜福。母亲这一说，童丽伸了伸舌头，用眼睛示意唐丹娜替她解围。唐丹娜很有耐心地向童琳琳解释，童丽的要求也是她的自愿，我不是她的使婢，童丽车祸受伤，是意外。我能够做的就是让她开心，对生活多一点信心，童丽的喜乐就是我的喜乐。童丽是伤者，她是健康者，健康者给病人再多的关爱也不是错事。只要童丽有任何要求，甚至输血割肾我唐丹娜也去做，做善事不怕多。更何况是您童教授希望我俩做姐妹。

童琳琳面对唐丹娜，真的服倒了。无言以对，真的说不出什么。也许童家祖先有灵，让她女儿在人海中遇见唐丹娜，而唐丹娜从开始就一直将童丽视为密不可分的同胞姐妹，掏心掏肺般宠着爱着。唐丹娜简直是天外来的使者，她似乎为善良爱心而生活，而在人间。

张绍棠也夹着脚拐来看过童丽，说了无数次一切因他而起，累及童丽无辜受伤，使他有负罪感。童丽竟然没有一句怨言，还说这次意外纯属他人鲁莽驾驶所致，你不要胡思乱想，好好养伤，出院之后我们还是男女朋友。张绍棠也受了感动，认为童丽有宽宏大量之心，他日他自会报答她。

陈正元、唐仲谦、高雅琴，甚至唐家明，都来医院探望过童丽和张绍棠很多次。张绍棠父母亦到过童丽病房探望，嘘寒问暖，将她看做儿媳妇般关心。反而是童丽有些腼腆，因为她与张绍棠其实是正在拍拖的男女朋友，还未到谈婚论嫁的阶段。当然童丽羞于明言，尽量附和两位长辈的意思。

出院那天，唐丹娜与童琳琳去医院接童丽，温筱梅见了两人，对童丽笑说："童丽，这个世界上最爱你的两位女性来接你出院，你真有福气。"唐丹娜弯下腰去背童丽，说："童丽，你的脚走路还不利索，我背你。"童琳琳本想开口，童丽早已依偎在唐丹娜身后，亲昵地说："我的天使，我的丹娜，爱你！"瞧着女儿从后面搂住唐丹娜，唐丹娜轻笑地说着轻松的话，童琳琳猛然回想起某天晚上，唐丹娜在童家吃过晚饭，童丽进厨房洗碗筷，唐丹娜悄声对她说，童教授，我跟童丽今日去天后古庙求了一支上上签，解签的人说，你们的姐妹情缘一世不会分开，晚年大富大贵。童琳琳有点讶异：怎么小丽忽然想去古庙求签，这恐怕没有科学依据，但唐丹娜说因为她昨夜做了个梦，梦见童丽和她一起，在荒岛漂流了很多天，最后被一艘驶过近海的轮船搭救，回到安全地。而童丽也做了同一个梦，甚至轮船的颜色、船名说出来都一模一样，白色的轮船，白色的船身上面涂着“天使号”，船长是个叫罗宾逊的老外。童琳琳对此感到神奇而不可思议。唐丹娜还说，童教授，我和童丽不会同性恋，是姐妹情，是命中注定在一起。在美国有的预言家，可以精确推算出五十年甚至一百年内发生的真实，与当事人的所有境遇几乎没什么差别，这已经在不少科学杂志上登载过，科学家对这种现象无法解释。有人将这种神奇归因于灵魂附身交替在世间出现的某些折射现象。

6

童琳琳找了个借口，说自己外出教琴，晚饭不回来吃。童丽想着母亲有些应酬也是对的。童琳琳尚未出门，这时间童丽已经打电话约唐丹娜到家里来，她专门为丹娜烹制糖醋排骨，那边唐丹娜也说，在家弄好蠔豉发菜炆支竹猪肉带过去。

童琳琳是事先约好唐仲谦、高雅琴见面餐叙，对童丽、唐丹娜的事交换意见，引导这对姐妹不要过于沉迷对方，调整生活方式。唐仲谦、高雅琴来到餐厅，见了童琳琳，握手言欢，寒暄了几句。童琳琳叫来侍应生，一次将四道菜全上，她这样是为了节省时间，方便与唐仲谦夫妇谈话。上菜后，三人一边吃一边谈。

童琳琳先将女儿与唐丹娜的近况，详细说了一遍。“仲谦，雅琴，这两个孩子如此下去，何时是个头？童丽这段时间天天跟丹娜一起，连男朋友也冷落了。”

唐仲谦接道：“自从童丽出院后，丹娜几乎每天晚上都去你家。丹娜说她要多些关心童丽，她担心童丽有后遗症。”

童琳琳说：“你女儿的好，我还真挑不出什么毛病。按理说她这样的年纪，该有个谈得来的男朋友。”

高雅琴将几年前陈正元给丹娜介绍对象见面的事，给童琳琳细述了一遍。童琳琳现在才知晓，丹娜曾经与父母冷战，居然是因为此事。唐仲谦说，丹娜在这件事上有过反省，认为自己即便不愿结识男朋友，也不能忤逆父母的好意。这女儿心地太善良，我有时想，她对自己要求那么高，日后怎样面对男朋友。高雅琴也有些感慨，做父母担心女儿不成材，可是丹娜努力工作，业余时间勤奋好学，心理素质很好。特别是她对童丽的感情，已经超过亲生姐妹。她做的一切都以善为前提，从没有半句怨言。

童琳琳说：“丹娜前些日子和我说，她和小丽去求过一次签，是上上签。她说什么灵魂附身交替折射现象，我搞不懂，又不能说她迷信。”

高雅琴想了想，说：“琳琳，如果童丽结了婚，这事或者有个转变。”童琳琳说：“小丽说过，她要结婚至少三十岁以后。我问她，如果男朋友跑了怎么办？她说那我重新再找一个。她还说过，张绍棠也同意她这个想法。”

唐仲谦道：“这么说来，我们现在还找不到合适的方法。琳琳，童丽对丹娜有些依赖，丹娜对童丽视同知己。如果我们做父母的在她们中间插一杠子，恐怕不妥。慢慢去找机会，如果丹娜一旦找到爱人，她全身心投入，那时候自然而然会解决这件事。”

童琳琳没有想到，与唐仲谦、高雅琴商讨，也没有找到目前可行的办法。她想了一会儿，说：“你们的分析言之有理，看来此事先放一放。说起来我真不忍心对丹娜说，要求她少去接触小丽，她俩是我促成的姐妹。丹娜，我真不敢说半句要求她的话。”

吃过晚饭，童琳琳自己开车回家。一进门来，看见丹娜坐在小板凳上，替女儿洗脚。看她用小毛巾去擦小丽的双脚，那种表情宛若女佣替女主人服务。童丽叫了妈咪，丹娜叫了童教授。

童琳琳一时之间，也不知该说什么。应了一声，却道：“小丽好幸福哩，有个天使给你洗脚。小丽，如果妈咪也想女儿替我洗洗脚，你答不答应？”

“答应，当然答应。妈咪，我快洗好了，等一会我去倒一盆热水替你洗。”

“童教授，我跟童丽一起替你洗脚。”

童琳琳知道她的试探就会是这样的结果。这会儿，她含笑道：“小丽，妈咪是说笑的，你别当真……”

“妈咪，女儿给娘亲洗脚是天经地义，是孝顺的事。”童丽说。童琳琳笑了笑，进里间去。她知道自己无论说什么，都说不过女儿和丹娜，童丽也晓得，母亲说这话，是想看看她和丹娜的反应。从小到大，童琳琳跟女儿说话都从不提高嗓门，更不用说要女儿替她洗脚。

童丽嘻嘻笑了：“娘娘说不过我们，进宫了……丹娜，我的脚好不好看？”唐丹娜用小毛巾替她抹着脚踝脚背：“好看。比我的脚好看。你为什么没有上指甲油？”

童丽说：“我上指甲油，只是手指甲。脚趾甲上油给谁看？上班穿袜穿高跟鞋，我又不穿凉鞋。”

“我也不穿凉鞋。”唐丹娜说：“明天反正是假期，今晚我就不回去睡了，跟你睡。”

“真的？哎哟，我的丹娜真好。爱死你。”

唐丹娜在修车行向师傅请教，用了一下午，便学会换汽车机油。通常每辆机车每年换一次润滑油，保障汽车内的机器运转。唐丹娜的想法得到童丽赞同，既学会了换机油，又节约到外面车行去换油的几十元。唐丹娜教会童丽换机油。童丽抽时间将母亲的车也换上新机油，唐丹娜也如法炮制，也趁空档替高雅琴用的本田车换新机油。这样一来，童琳琳、高雅琴与丈夫更没话说，这对姐妹做着充实生活的事。

那天上午，陈正元到童家，找童琳琳谈事情。将车停在车房外，从里面出来的时候，看到这温馨的一幕：

他的汽车已被两人用千斤顶架高五十公分，唐丹娜仰身平躺在车底，熟练地换着机油。童丽蹲在车旁，叫着：“丹娜，来一口。”唐丹娜将头部从车下伸出来，张嘴让童丽喂一口可乐汽水，又将头缩回去。也不知道她们从哪里买来两套修车工制服，那是一种银灰色套着全身的工作服。过了一会儿，这回是童丽钻进车下接唐丹娜，又听到童丽伸出手：“丹娜，机油。”唐丹娜先给她一罐，接着是第二罐。这时候唐丹娜蹲着，伸下头朝童丽笑道：“童丽。来一口。”童丽伸过嘴去，让丹娜喂她喝可乐。陈正元站着没说话，唐丹娜发现陈正元望着这边含笑不语，便朝车下说：“丹娜，你的师父在看我们。”

换好机油，童丽从车底下退出站起来，伸手接过那罐可乐，朝陈正元说：“师父，你跟妈咪谈好事情，我们也替你的车换了新机油。”陈正元拍手笑道：“两位辛苦了。改天我请吃饭。”

唐丹娜笑着问陈正元：“正元叔叔，我和童丽穿起修车工作服，好不好看？”

陈正元笑道：“我还真没想到你们两个穿起这身工作服，完全展现出姐妹俩的英姿。来，你们站好，我给你们拍个照留作纪念。”说着他已经从衣袋掏出了手机。

“师父，等一等。”童丽叫住陈正元，向丹娜问道：“我的脸干不干净呢？”唐丹娜看了看，伸手朝她鼻尖擦了擦：“童丽是最棒的，没问题。”

陈正元说道：“一、二、三！”“嚓”的声响下，他又接道：“再来一张。”照好后又说：“童丽、丹娜，我现在立刻传到你们的手机……”唐丹娜这才发现，她和童丽的手机，都放在楼上那盏琉璃灯下。因为给汽车换油，带在身上不方便。可这会儿想，也不着急去看手机。

原来陈正元来找童琳琳，是给她介绍两个学弹钢琴的学生，都是在读初中生，本身家里备有钢琴，有了一些弹琴的基础。童琳琳将两个新学生安排到她在日落区的教琴室。这些年来，陈正元默默向童琳琳展开攻势，介绍学生给童琳琳是方式之一。这会她从屋里看陈正元给童丽、唐丹娜拍照，心里感到温暖。明媚阳光下，唐丹娜、童丽互相挽住对方的腰，带着青春的笑容正对镜头。用业余时间学会换机油，这本身就是件有意义的事。这对姐妹对生活的求知似乎都不用父母的引导，而是用一种自发的向善去做有意义的事。

陈正元驾车离开后，唐丹娜、童丽收拾好工具，放回到车房的铁架，又在车房洗手嘻笑了一番，才折回屋里。童琳琳朝女儿说：“小丽，待会儿我回教琴室见两个新学生，中午不回来吃饭，你和丹娜合计着解决。”

唐丹娜道：“童教授，你晚上回来吃晚饭，我和童丽商量好，我们洗过澡后，一起去超市买东西。我做菜豆煸鱼、茄汁虾，她做糖醋排骨。”童琳琳也知道，自从童丽康复出院后，唐丹娜来童家，都跟童丽一起洗澡。丹娜说童丽经过车祸后，转腰不像以前那么自如，她替童丽擦背，让她舒服。童琳琳真不敢再说下去，唐丹娜就是这样一个为小丽的生活而生活的天使。童琳琳还了解到，童丽的男朋友车祸康复出院后，周末两天选读西班牙语，也许张绍棠感到自己对童丽有歉疚，也许是出于迁就童丽的生活空间。那次张绍棠致电童琳琳，经过车祸之后，他想的第一件事就是弥补童丽在车祸中所承受的伤痛，尽管车祸是意外，但是他过不了自己那一关。无论童丽向他提出任何要求，他都答应。

在生活中你首先想到别人或者亲友的伤痛，以超越恻隐之心去成全对方，让对方活得比从前更开心、更踏实。这是善良的一面，也是人性大爱的光泽。童琳琳想，其实在自己周遭，她所熟悉的或者不太熟悉的甚至陌生的人，都在做着既要自己生活得好，也要别人生活得好，这样的生活共同体正是《欢乐颂》乐曲的意境，也是生活的清平之境。

童琳琳开车回到教琴室，见了两个新学生及其家长，签了学生学琴协议书。待学生家长离开教琴室，让童教授给学生上一个小时钢琴基础知识课，才回来接回自己的孩子。童琳琳教琴有条规定：学琴者不论年龄大小，不论基础高低，所上的第一堂课必定是基础知识课，是免费的，正式教琴是第二堂课才开始。这二十多年跟她学钢琴的学生虽然不算多，但成绩斐然。在她的学生之中，有的获得过湾区青少年组钢琴比赛金奖，有的得过全美钢琴大赛肖邦奖，有位学生到德国参加面试，成功被交响乐团聘用。她对自己的家庭有些遗憾，丈夫早逝，可是她对自己的专业与职业，还是满意度甚高。再者女儿童丽在她的温暖中长大，已进入社会做事。自从女儿遇上唐丹娜，整个人脱胎换骨，越来越可爱。她从不向女儿提自己的往事，那是她意识到早年的悲苦境况，不应该用没有意义的回忆去给女儿留下灰暗记号。就像唐仲谦、高雅琴夫妇，更多给下一代灌输中国传统文化，共同价值观。她最庆幸的是在知青岁月的砥砺前行中，想尽办法保护好她这双手，保护好在以后的日子可以弹奏出天籁之音的手指。光阴似箭，岁月如梭。改革开放后不久，她嫁给一位华裔工程师，生活由此转折。来到美国后，宽裕的生活环境使她有机会到音乐学院进修两年，而后被聘用在一个交响乐团。三年之后，她辞去乐团钢琴师一职，在旧金山日落区租了间课室教琴。这时的童丽，已经进入中学就读。童琳琳在童丽五岁开始，手把手教她弹钢琴。随着年龄的长大，童丽弹得一手好钢琴，却没有朝音乐方向去走。她对母亲说，我大学毕业后去寻一份有挑战性的职业。这时候，陈正元以师父名义带她进入保险业，果然她当了保险经纪三年，做出了不少业绩。与她一起当保险经纪的张绍棠，每月提成佣金与她差了一截。

童琳琳此刻想到了陈正元，这个长她两岁的同辈人。他在童琳琳丈夫病逝后走进了她的生活。他的妻子去世多年，可他一直没再娶。陈正元稳重成熟，他的事业在发展。本来两人都是欠缺配偶，又谈得来，但童琳琳却一直不敢完全敞开心扉去接受他，只保持着双方在生活上的联系，并不涉男女感情。由于陈正元是女儿的师父，童琳琳对他多了一份别样的尊敬，尤其他同时也是女儿的老板。女儿能在保险业上迅速成长，离不开陈正元的悉心指导、言传身教。童丽曾对母亲说，她从事保险业以来，师父替她解决过两宗非常棘手的保险个案，结果是投保人与经纪都满意。

在童丽、唐丹娜成了姐妹后，尤其是与唐仲谦、高雅琴交谈后，童琳琳决定不再干涉女儿的一切。女儿与唐丹娜是真的有缘，真的成为一对她在几十年生活中从未见到过的贴心姐妹。如果说唐丹娜是天使，那么童丽是天使最真挚的护随，没有什么力量可让她俩分开。童丽自从结识了唐丹娜，就打心底喜欢她，喜欢唐丹娜的纯洁、真诚，这后来逐渐形成了唐丹娜为童丽的生活而生活的那种天使爱心。童丽和唐丹娜最大的特点就在于完全不用长辈操心而自我进步，在生活中发掘向善向上的事物，一边做着关怀对方、携手同行的姐妹。童琳琳知道，女儿与唐丹娜是同年同月不同日出世，彼此相隔不到十天。除了父母的遗传基因，那就是她们身上流淌的血液吸收了许多善良养分，这种养分在一天天增多。

童琳琳甚至想过，女儿以后倘若不结婚，不生儿育女，那就去儿童领养局领养一个孩子。领养的孩子有很多成为杰出优秀的人物，尤其是在美国。她的这种想法高雅琴并不完全认同。高雅琴认为女儿有生育能力就应该结婚生儿育女，这是中国人几千年的传统习俗。不孝有三，无后为大，这是先贤之训。部分美国人有童琳琳同样的设想，可以理解。这里的社会环境完完全全接纳这种生活观而不会非议。童琳琳问高雅琴，你想着早日将丹娜嫁出去，完成父母的责任，但是丹娜似乎并不着急，而将生活的重心放到与童丽在一起的日子。高雅琴被问住了，她无法清晰地为丹娜作决定，只好含糊其辞。说真的，她再不想见到丹娜几年前的那种沉默。那段日子虽然不长，却给唐仲谦、高雅琴一种心理折磨，她一想起就后悔，也暗暗誓言不让这种事再发生。

隔了约摸三个多月，这天童琳琳从教琴室驾车回到家里，见到唐丹娜在替女儿吹头发，她一看已明白，这两个女孩子又接受了一样新事物。童丽一见母亲就说："妈咪，丹娜学习洗剪吹毕业了！我的头发好不好看？"她手上提着一面小圆镜。童琳琳一问之下，原来童丽有个保险客人开发型屋，听到童丽说她有朋友想学剪发洗发吹发，便一口答应，每天发型屋歇业后，教课一小时，学费很低廉，童丽从自己的佣金中开出一张支票，是十小时学费100元。每天傍晚，童丽陪丹娜去发型屋上课学习，到如今十小时课程结束。虽然说不上学到很多关于发型方面的技术，也没有证书，但发型屋的老板说，只要勤于练习，不会亚于普通技术的理发师。

童琳琳看了女儿的发型，完全与外面发型屋的手法没什么两样。丹娜真是聪明好学，有两下子。即道："小丽，丹娜学会理发，那你交白卷？"

“妈咪，我也有收获，琴姨教会我煲汤，北芪淮山杞子党参煲鸡汤。另外是柴鱼花生粥、皮蛋瘦肉粥。”

“你们这对姐妹，合起来全能。如果是全能家庭主妇那多好啊！”童琳琳话音刚落，唐丹娜便接道：“童教授，我和童丽现在学的做的是朝这个方向去的。”

童琳琳有些意外，没想到唐丹娜快言快语，给她这种意外的喜悦。童琳琳朝女儿笑道：“小丽，丹娜已经表态，你总要说两句吧？”

童丽知道母亲给她出考题，说：“妈咪，丹娜的话代表我。你等着我的喜讯，不需要太长时间。”

童琳琳不再继续提问，没准这两个孩子又出新招，让你感到没有发言权，只好说：“我等着。丹娜，既然你从发型屋毕业，明天你给我做一次头发，行不行？”

唐丹娜乐了：“童教授给我机会，我一定做。我正愁还不知道找谁做我的第一个模特儿。”

童丽嬉笑道：“丹娜，我妈咪捧你场，你中奖了。”

童琳琳看了看腕表，将近五点钟，便说：“小丽，我有点困，你弄好饭菜，六点半叫醒我。”

童丽望着母亲进内，唐丹娜凑在她耳边说：“娘娘进宫了。”童丽张大眼睛，又轻笑道：“这以后，这句话该由你说了。经过我的语言训练，你毕业了。”

唐丹娜道：“这是我自学的，不是你教的。”童丽接上来说："是是是，我的丹娜是自学，不用人教，行不行？"

说了一会儿，两人进厨房来，看童丽新学会的北芪淮山杞子党参煲鸡汤。这汤已经熬了两个多小时，够火候了，童丽扭灭了煤气炉。唐丹娜负责去做茄汁虾、芹菜炒牛肉。童丽用汤匙舀了一匙汤，伸到唐丹娜嘴边："来一小口。"唐丹娜用嘴吹了吹，尝了尝："汤好像药材甜味多了一点。"童丽接着尝了尝，点点头："对，加点盐。"

唐丹娜想到，母亲常说女孩子多学会一道菜、一种汤，就是对生活多一种认知。因此每逢母亲下厨，她都很留心每道汤每样菜的配搭，学习烹调的技术，她认为这是一种知识享受。不用说家庭主妇，即便是自己单独去做，也是享受。

晚饭的时候，童琳琳先尝了半碗汤，给了九十分，童丽想不到自己第一次亲手煲的汤，母亲给了高分。接着去夹茄汁虾，吃了一只，又去夹芹菜炒牛肉，吃了一箸，口感味道还蛮不错。唐丹娜临时加的那道黄埔炒蛋，也算滑嫩。想到给唐丹娜这三道菜打分，可说是家庭厨师的烹调，已经接近满分，便换了个说法："丹娜，我明天才打分数，你明天给我做头发，跟做这三道菜算总分。"

童琳琳心知肚明，给女儿打分是一种鼓励，但是若然现在给唐丹娜打分，低了似乎让女儿沾沾自喜，高了与事实不符，只好得过且过，明天再说。

唐丹娜说："童教授，你直说无妨，这三道菜童丽和我商量好才做的，比如牛肉用苏打粉先腌一腌，芹菜下锅用猛火炒之前，先用滚水烫一遍，这样炒起来芹菜会爽脆一些；茄汁虾的茄汁，分三次下，虾用水烫五成熟，因为茄汁在热锅里有相当高的温度，可以使虾自然变熟；还有黄埔炒蛋，锅红油烫，炒要急快，才可嫩滑。”

“原来小丽做参谋。行，三道菜都在九十五分以上。好呐，食不言寝不语，我真有点饿了。”

这顿晚饭，童琳琳只顾夹菜、吃饭、喝汤，装得与平常晚饭一样，但却在想：丹娜、小丽，你们对长辈的孝心是一百分。她最先吃饱，又用汤勺舀了一勺汤，喝过后用纸巾擦干净嘴边的汁渍：“你们慢慢吃，我进去备课了。”

几乎同时，唐丹娜、童丽用不发出声音的口语齐道：娘娘进宫了。

洗碗筷的时候，童丽问唐丹娜：“今晚回家要做什么？”

“昨天下班去图书馆借了本《茶花女》，读读这部小仲马写的世界名著，看了十页，很有意思。”

“我也要读。我不懂的生字，你给我解释。”童丽的头靠到唐丹娜胸前，又要撒娇了。

“行行行。童丽，别这样，我还在洗碗。那本书大概两个星期可以看完，我先去续期，再带过来。”

“我就知道，丹娜最疼我，谢谢侬。”

“今晚要不要我陪你洗澡，要不要？”

童丽想了想："今晚不要。你出来差不多一整天，谦叔、琴姨在家等你回去。"

7

任冰与林阳经过六年恋爱，决定两个月后举行婚礼。她第一时间告诉唐丹娜，并且要求唐丹娜作伴娘。唐丹娜转告了父母和童丽，唐仲谦、高雅琴邀请准新郎新娘来唐家吃顿饭，当然，少不了童丽。童丽甚至包揽了结婚仪式的所有前期布置。她对唐丹娜说，我俩虽然是不婚一族，但也希望朋友结婚幸福快乐。这期间唐丹娜随父母回中国见姑妈的半个月，童丽承担了联络统筹之职，因此与任冰也熟络起来。

在唐丹娜与父母上飞机的同一天下午，童丽开着伴随她六年的本田车，到库玛郡汽车销售基地，按预先谈好的价钱，直接将本田车卖给车行，卖车的钱用来付首期，而开回来的是一辆簇新的日产凌志SUV。这辆新车让童丽开得倍儿爽，各种性能都非常棒。任冰来找她，发现车房多了辆银色的SUV，而她原先那辆本田没见着。

童丽开门后，任冰打了招呼，道："童丽，换新车了？"

童丽答道："怎样？还行吧？"

任冰笑道："这种SUV特棒，林阳表弟去年供了一辆，跟这车款式、年份都一样，只是颜色不同，那一辆是枣红色。"

"任冰，你新婚大喜在即，我组织的新娘姐妹团有五个人，这辆车我开正合适。"

"嘿，童丽，果然大气。怎么样，你上次说伴郎的人选，还有林阳的兄弟团队？"

"你放心，一切都谈好。伴郎找唐家明，新郎兄弟团有张绍棠、林阳表弟，另外三人是他俩的大学同学。"

"怎么不找张绍棠做伴郎，那天晚上吃饭你不是跟丹娜说了吗？"

"他是我的男朋友，不太合适。唐家明还没有女朋友。"

"你的意思是，给机会唐家明？"任冰有些不明白。童丽请她坐下，给任冰倒了杯红茶。她先请任冰喝口茶，说："你也许多少知道一些我和丹娜的事。我有时扪心自问，我自己是不是太过自私？"

任冰顿时明白过来，童丽的用意很明显，借着婚礼给唐丹娜制造机会。当然，童丽是对的，她并没有将唐丹娜看作私人物品供着，而是让外面阳光照射她与丹娜共同感受。以前唐丹娜常说自己缘分未到，也许并非借词。然而童丽在这方面的自我检视，也是善良的心境，是真正爱护丹娜的人。

谈到新娘的五人姐妹团，原来童丽还找来温筱梅、余秀明，还有两位保险业女经纪人。童丽在短短几天之间，就已经办妥了这些事，任冰心里挺佩服她，好一个生活女达人。童丽是在留院时与温筱梅同房相识，出院后也有联络。起先温筱梅跟童丽卖汽车保险，大约也因为工作的事，转而去读法律课程，后来经唐仲谦介绍到余秀明律师事务所任职。因为钟珍妮再过半年就毕业了，她毕业后选择回原居地香港当律师。

童丽有次在唐丹娜家里吃晚饭，晚饭后高雅琴请她到房间里谈了两分钟，这两分钟是趁着唐丹娜洗碗的时间。高雅琴几乎要跪着去求童丽，说了可怜天下父母心之类的话，说得眼眶也红了。她感到一个做母亲的无可奈何。唐丹娜之前与父母的冷战，使高雅琴暗地里发誓不愿再见到这样的事发生。童丽受了这种引导，确确实实替唐丹娜想过，给她机会去相识男朋友。不管如何，至少是给唐丹娜，也给丹娜父母，给自己一种新认知。自从她欣然接受帮助任冰安排婚礼的事开始，她一直在暗中跟进有关唐丹娜的思想波动，她感到唐丹娜在原有的不嫁人主旨里，有一部分是由于她的喜欢和依赖，唐丹娜现在的生活，就是为童丽的生活。尽管在美国同性伴侣可以结婚，享有异性婚姻同等待遇，但童丽没想过要过这样的生活。她认为与唐丹娜能够结为姐妹，甚至是可以生死相许的同性挚爱，是一种运气，也是上辈子修来的福气。做人不仅自己好，也希望别人好，更何况唐丹娜是童丽一辈子的知己。

在唐丹娜回旧金山之前，童丽在一个偶然机会学会烤蛋糕、做月饼。那是她替任冰预订结婚蛋糕、预购赠送亲友饼卡时，认识了饼店老板娘程姨。程姨第一眼就喜欢上童丽。在程姨眼中，这位靓女秀外慧中，若是娶过门来做儿媳妇，定会旺夫旺丁旺财的。一说之下，才知道童丽已有男朋友，可是童丽懂人情世故，要认程姨做干娘，乐得程姨拉住童丽的手不放。童丽提出要求，要程姨教她做蛋糕、月饼，程姨一口答应。童丽一连五个夜晚到饼店学艺，竟然做出师傅级的糕饼，让程姨叹为神女。童丽有些沾沾自喜，认了个心地善良的干娘，多学会一门手艺。待到唐丹娜回来，看到我亲手做的蛋糕、月饼，她不抱我才怪呢！为了这事，童丽专门选了个周末，精心做了松子蛋糕、二十个月饼，将姐妹团、兄弟团、任冰、林阳、张绍棠、唐家明全部请到家里来品尝，获得朋友们一致称赞，说她蛋糕、月饼做得一级棒。

聪慧好学的唐丹娜，上飞机前就跟童丽说，我回来你给我一个惊喜，我也给你一个惊喜。在回中国探亲这段日子，她跟姑妈学会了包粽子、手织毛线衣，还学会了煲莲藕墨鱼猪蹄汤。不仅如此，和父母去逛大型购物商场时，她精心挑选了两对钻石耳环，一来是作为送给童丽的礼物，自己也有其中一对；二来是为在任冰的婚礼上，她和童丽都有同样的首饰。她还给童教授买了条质地上乘的披肩，那是一款中国西藏的著名特产。

半个月很快过去了，童丽到机场接机，一见唐丹娜出闸来，冲上前熊抱一回，这让唐仲谦、高雅琴笑个不停。童丽叫了谦叔、琴姨，又问：“丹娜，你给我个什么惊喜？”

高雅琴抢着答道：“童丽，在飞机上没有睡过觉，给你织羊毛线衣，不过还没完成。”唐丹娜含笑不语，好一会儿，才问：“我知道哩，你弃旧迎新，供了辆新车凌志SUV。”

“一定是任冰跟你说的。还好，我还留了一手。”童丽嘻嘻笑道。

唐仲谦、高雅琴、唐丹娜齐声道：“认了个干娘，学会做松子蛋糕、月饼。”童丽诙谐一笑：“那个未来新娘任冰是无间道啊。”

回到家来，童丽在唐丹娜房间帮忙整理收拾。原来唐丹娜手提塑胶袋，里面是高雅琴所说未完成的羊毛线衣。从塑胶袋翻出来，洁白的羊毛，看着心里就温暖。这会儿唐丹娜拿出两个袖珍小首饰盒，递了一个给童丽：“童丽，你看看喜不喜欢？”童丽接过，打开一看，是一对白金钻石耳环，很是感动：“丹娜，要你破费了。”

“不破费，你喜欢就好。我给你戴上瞧一瞧。”唐丹娜说着替童丽戴上耳环。童丽也替唐丹娜戴，唐丹娜日常因为工作关系极少戴耳环，虽有耳洞却很长一段日子没戴。童丽听见她啊哟轻叫，心疼不已：“对不起，丹娜，我一时忘了你的耳洞太久不戴耳环。”

唐丹娜仰起脸笑了：“我发现我戴上耳环也蛮好看。”

她用左手轻轻按住耳珠，趁童丽不注意间抹去从耳洞渗出的小血点。童丽只看镜子，并没有留意这事。正在谈笑着，高雅琴走到房间门前，敲了两下，童丽开门问：“琴姨，有什么事？”

“童丽，你妈咪来电话，说今晚请我们一家三口吃顿饭，为我们接风。”

童丽乐了：“好呵，娘娘圣旨到，我们都去！”唐丹娜便说：“我爹哋妈咪带了些土特产给童教授，这是他们的一点心意。”

童丽连声道谢，还笑道：“琴姨，你看见了，丹娜和我都戴上新耳环，好看吗？”

高雅琴认真看了看，说：“好看，好看。年轻就是好。”

说真话，这两对耳环花了人民币一万多块钱买下，高雅琴不舍得买给自己，买给女儿还行。女儿的心拴在童丽身上，一想到此间，高雅琴却脸上堆起笑容：“你俩今晚戴上它，大家高兴高兴。”说完她转过身来却想道：双双对对，为什么不是女儿跟女婿，童丽跟丈夫？

晚饭后，童教授先回家，童丽送唐仲谦、高雅琴、唐丹娜回到唐家。童丽跟着唐丹娜上楼来，童丽摘下耳环，放进盒里，要还给唐丹娜，唐丹娜盯着她说：“童丽，你这是做什么？”

童丽略略低头，轻道：“我没想到你会买这种贵重的首饰，我受之有愧。”

唐丹娜却笑道：“好啊，你试试不收。我罚你一个月不见面，直到任冰结婚当天才见。”

这一说比仙丹还灵，童丽立刻软下来，用求援的口气说：“丹娜，我说错话，你莫生气，童丽不敢不收，还要天天戴，行不行？”

“童丽，你就不问我学了什么手艺回来？”

“明摆着你学会了手织毛线衣，不是吗？”

“还有。我学会了用荷叶、竹叶包粽子，莲藕墨鱼桔皮煲猪蹄汤，你晚上回不回家？我今晚就煲这汤，这汤清润生津，又不腻，你一定喜欢。”

“你们刚回来，还没去超市吧？莲藕去哪买来，还有猪蹄？”

“想做这道汤，总会有办法的。我家附近有家超市二十四小时营业，你带我出去兜风，让我好好坐坐你的新座驾。”

“哟，你看我差点忘了，我多配一把遥控钥匙，放在车里，专门留给你的。”

“童丽，我还真不客气呐。我知道凌志SUV开起来感觉很棒。”唐丹娜朝童丽笑道。

“那，走吧，我俩去兜风，你来开。”

过了几天，唐丹娜下班回家的时候，她开的丰田房车因发动机出了点故障，竟在半途抛锚。唐家明恰好驾车经过，便自告奋勇，代唐丹娜打电话召唤拖车。自从那次在童家第一次见到唐丹娜，他已经暗暗喜欢上她。尤其是唐丹娜称呼他家明哥哥，那种略带羞涩的语气，让唐家明久久不能忘怀。

唐丹娜垂着头，不敢正对唐家明的灼灼目光。她用手机打电话将汽车抛锚的事告诉童丽，童丽说立刻来接她，叫她不用担心。当童丽开着那辆崭新的凌志SUV，停在唐丹娜身后不远处。童丽略略睁大眼睛，见到唐家明也在场。这唐家明莫非有顺风耳，知道她的想法？童丽走下车来，朝唐家明打了招呼，又走进他身旁，压低嗓音："唐家明，你最好闪人，任冰婚礼那天你有机会。"唐家明高兴得忘了形，竟向童丽、唐丹娜抱拳拱手道："两位姐妹，后会有期。"他也不多说，钻进自己的车，呜呜一发动车开走了。

"丹娜，上车等拖车来。我给你租了辆备用车。"童丽是保险经纪，处理这些事非常专业。唐丹娜上车来，竟一言不发。童丽望着她，问道："是不是唐家明说了些什么？你这是怎么啦？"

唐丹娜想了想："他只说了两句话，嘿唐丹娜，好久不见，我们有缘。"童丽笑了："哈，丹娜，我以为他问你要手机号码，没有吧？"

"没有，家明哥哥刚想开口，你就到了。"

"哗，我的丹娜开始叫家明哥哥……"

唐丹娜绯红着脸，轻轻辩道："不叫哥哥，难道叫弟弟，他至少比我们大两三岁。”

童丽也不忌讳，说：“他比张绍棠大一岁，张绍棠比我大一岁。”

正说间，拖车来到，唐丹娜、童丽下车来，跟拖车司机聊了几句，也办了拖车手续，看着拖车拉着抛锚的汽车缓缓离开。唐丹娜便说：“童丽，我刚才想了想，要供部新车，我那台丰田车快六年了。”

“好啊，旧的不去，新的不来。来，上车，我先送你去取备用车。”

唐丹娜想了一会儿，说：“要就要最好的，供一辆今年出厂的路虎SUV。”

童丽哈哈一笑：“丹娜大手笔，路虎SUV，又称劳斯莱斯的小弟，这款车到今年是第二代，是制造劳斯莱斯的工厂的现代科技汽车精品。它的价格在奔驰、宝马、奥迪SUV之上，连汽车保险在内大约十万元才可由车行开出。”

唐丹娜抿嘴一笑：“童丽，我还以为你劝我考虑供其他的车。就它了，我供得起。以前看过汽车杂志，这款车的野外行驶也很到位。就它了！”

“好！周末我们去库玛郡汽车销售基地，你去选一辆最棒的。”

周末，童丽在唐家吃过早餐，带着高雅琴、唐丹娜一起驱车到库玛郡。从旧金山到库玛郡，十五分钟车程。昨晚高雅琴听女儿说明天去库玛郡的汽车行买新车，也说要去。

库玛郡汽车销售基地从280高速公路出口右面转弯就到了。双车道两旁，几十家汽车销售行坐落在沥青路两旁，这里集齐了全世界最先进最高性能的新车，也有一部分二手车；既收购客人驾来卖的汽车，也配有各式各样的汽车零件，供顾客选购。

唐丹娜跟汽车经纪上了车，试驾新车。这款SUV真带劲，轻轻一踏油门就自动慢慢加速，刹车系统采用液压制动，稳而扎实，毫无杂音。试驾了十分钟，唐丹娜觉得很满意，就对经纪人说回车行办理汽车供款购买手续。童丽见她驾着SUV回来，伸出大拇指，意思是这车好棒。唐丹娜也伸出大拇指，朝高雅琴笑道："妈咪，这车一流，高科技高性能。"办好了手续，汽车经纪替这辆新车灌满汽油，还向唐丹娜鞠躬致谢，表示万分感谢她的光顾。

从车行出来，唐丹娜驾车，童丽坐在右侧，高雅琴坐后座。童丽喜道："原来这部车除了首期，还有五年免费维修保养，每月供款不到八百元，比我那辆车要棒。"兜了几圈，童丽说回车行取回她的凌志，按事先的约定，到附近那家很有名气的鲤鱼门茶楼饮茶、吃点心。

无巧不成书。进茶楼来，竟见到张绍棠与他父母，唐家明也在饮茶。童丽心想：这回想避开已经不可能，因为高雅琴、唐丹娜和自己一道前来，干脆主动大方去与各人见面。张绍棠父母一眼认出童丽，站起来跟童丽打招呼。童丽向高雅琴介绍了四人，唐家明请来侍应生给原先四人一桌加三个座位。唐丹娜想不到会在旧金山郊外的茶楼遇见唐家明。这会儿真有些害臊，不敢正面去看他。唐家明给三人斟了茶，一说之下，原来张绍棠今日周末放假，专程带父母来这家茶楼饮茶，唐家明也是应张绍棠之约前来。童丽便将唐丹娜购置新车的事说了。

唐家明眉开眼笑："唐丹娜很有眼光，这款SUV世界闻名，很多上流社会、高薪阶层人士都买来当座驾，档次很高。"

童丽瞪了唐家明一眼，意思是你不说话没人说你是哑巴。高雅琴察言观色，问童丽如何与唐家明认识，童丽将上次唐家明汽车抛锚后，他和张绍棠到童家小坐的事，简单说了一遍。高雅琴偷偷打量唐家明，又看了看女儿的神态。这时张绍棠点了三样大点：龙虾伊面、星洲炒米粉、咸鱼鸡粒炒饭。大点送来后，招呼大家起筷进餐。唐家明先给高雅琴、唐丹娜、童丽每人夹了一箸龙虾伊面，又给张绍棠父母夹，给张绍棠夹，最后给自己夹。一碟龙虾伊面的虾肉虾段大约八九块，轮到唐家明自己夹，只剩一箸伊面，没有一点龙虾。高雅琴用公筷往自己前面的碟上，夹了块龙虾肉到唐家明的碟子里，唐家明连说了三次多谢。童丽看在眼里，也不动声色，她知道这种场合，最好是顺着几人意思说话。毕竟张绍棠父母、唐丹娜与母亲都在场。

唐丹娜向侍应生多要了一壶香片茶，先给张绍棠父母斟上，然后是张绍棠、唐家明、自己母亲、童丽，最后自斟。高雅琴与张绍棠父母交谈，一转便问到张绍棠、童丽的婚事。张绍棠父母都说孩子已经长大，如今婚事是儿女决定，作为父母急也急不来。高雅琴说自己女儿已经过了二十六岁，还没有男朋友，做母亲的哪会不心急。张父说唐家明还没有女朋友，可以考虑。张母说唐家明不烟不酒，勤奋用功，读医五年，明年实习期满，考取医生执照，出社会工作，挂牌做医生，前途似锦。高雅琴听后，心中大喜，这不明摆着对面坐着个乘龙快婿，便对女儿说："丹娜，童教授促成你跟童丽做成姐妹，我从未说过半句。现今妈咪说唐家明与你早已相识，你看看试一试交往，好不好？"

童丽干脆来个顺水推舟，向唐家明要了手机，又向唐丹娜要了手机，分别按上对方电话号码，说："琴姨，我这样做没问题吧？"

高雅琴乐得咧嘴笑了："童丽，以后要成了，你是丹娜的恩人。"

这会童丽被高雅琴的词锋降服，看了唐丹娜一眼："琴姨，但愿如此。看来丹娜今天鸿运当头，双丰收，我对丹娜有信心。"

回到家后，高雅琴对唐丹娜软语甜语说了一堆，弄得唐丹娜用双手捂住脸，羞得几乎无地自容。童丽和母亲不约而同将她推向唐家明，羞涩添些兴奋加上朦胧的认知感，少女之心动了。或许这便是人们说的、书上写的爱情的萌芽。联想到唐家明那次在童家用吉他弹奏，自弹自唱的那首印尼民歌的唱词：哎哟妈妈，请不要对我生气，年轻人就是这样相爱。

童丽始料不及，接二连三的偶然，让唐丹娜与唐家明相遇，竟是如此神奇地出现在她眼前。童丽想过给唐家明机会，让她按照她所规限的机会再展开。唐家明的木讷，唐丹娜的羞涩，就是那么在毫无征兆毫无预知下开始，她不得不承认缘分到了，是没有力量可以阻止的，也不应该去阻止。丹娜是她的挚爱，难道上天不会赐给丹娜应该拥有的爱情？以往的几年和丹娜相亲相爱，也许为丹娜披上了一层保护网。然而这样的保护网并不是天衣无缝，它会随着时间的推移逐渐散开，而它的散开是因为有一种不可思议的力量牵引主导，而这种力量，是童丽所没有的。

唐丹娜陷入了从未有过的沉思之中。她已经确认自己将会走进一个崭新的人生旅程。这个旅程兴许漫长，兴许短暂，或者甜蜜，或者苦涩，而这个未可预知的真实，如氧气般涌入她的身体，又如某种维生素增强着生命力。那应该是一双男性的有力的手，与她握着握紧，她的灵魂也会为之颤抖、躲闪。这是爱情的前奏曲吗？她开始感觉时间是一秒一秒地运行，焦灼、疑虑、盼望一直从她脑际蔓延到脚底，在等待某种突如其来的信息。这个信息让她充满兴奋与期待，还有许许多多想不到的事情会发生。无论会出现任何与她有关的事物，她都提醒自己必须理智，必须慎行。

8

童丽俨然成了任冰婚礼的总导演。婚礼所有事项她全包下，要所有参加婚礼的亲友都欢欢喜喜、快快乐乐。她要给唐丹娜一次观摩，让她亲身经历任冰成为幸福的新娘子的过程。

那天童丽约好任冰、林阳去试新郎新娘礼服，也约了唐丹娜、唐家明一道去，童丽也预先为两人选了一套伴娘的礼服。当唐家明见到唐丹娜从试衣间出来的一瞬间，一阵目眩。他欣叹、兴奋、心跳加速。这不仅是伴娘的造型，更像是从试衣间走出来的天使。她挽了个发髻，发髻上缀上几颗莹白的圆珠花。白色的连衣裙从脖下套住她窈窕的身段，裙上的折纹随身动而飘移；她的双臂微微张开，仿佛是迎接神的降临。浅黄色皮凉鞋上，脚趾涂上鲜红的指甲油。

“家明哥哥，你觉得我穿成这样，像不像伴娘？”唐丹娜站到唐家明面前。

“我看再没有人穿得比你更漂亮动人。”唐家明含笑答道。他变得有些不自在起来。她伸出左手朝他的领带整理了一下："你的领带有点歪了，这样最好看。"

"谢谢。"唐家明重复了一句："谢谢，唐丹娜。"

童丽在那边叫唐丹娜去，替任冰参谋参谋她身上穿的婚纱礼服。唐丹娜说都很好看，似乎婚纱拖地部分长了些。童丽蹲下身来，先从侧面看任冰，又到后面看了一会儿，笑道："丹娜，这样也好。有你替任冰在后面牵住婚纱，让你充分表现对新娘子的祝福。店主说，这款婚纱是意大利今年最新最流行的款式。任冰，你穿起来感觉怎样？是不是一百分？"

任冰站着一动不动，笑得妩媚："我的感觉现在就是新娘子。"唐丹娜听后，连忙走到任冰身后，替她挽起婚纱拖在身下的部分。童丽用手做了个镜头姿势："太棒了！人美婚纱美，新娘伴娘美美美！"

林阳从男试衣间出来，全白的新郎服，系上短领带，左胸前袋上插朵折叠成燕尾型的红绸花。童丽拍了两下手掌："林阳，够帅！你这身新郎服非常称你的身材，满分！来，任冰，你俩预先照一张手机婚纱照。"

从婚纱店出来，童丽对任冰、林阳、唐家明说，她要和唐丹娜去选一份贺礼给新郎新娘。唐家明提议请四人吃顿饭，然后再分头去办自己的事。童丽心知肚明，唐家明借此机会去接近唐丹娜，便说："唐家明，给你机会，这顿饭你可要大出血呵。"唐家明摆摆手说："童丽，别说什么大出血。能跟你们吃个饭是一种缘分。”他说这话的时候，深深看了唐丹娜一眼。童丽笑道：“去金宫，在孟金街，离丹娜爹哋办公写字楼很近。唐家明，你知道那家是高级餐厅，每个客人消费至少一百元。”唐家明却笑道：“去，高级才有意思。”

吃饭那会儿，童丽趁着林阳、唐家明一道上洗手间，问唐安娜：“他有没有打电话跟你约会？”唐丹娜摇了摇头：“没有。”童丽略略张大眼睛，道：“我的丹娜，你是慢热型，想不到唐家明跟你一样，还在原地踏步。”任冰说：“童丽，先别急，日后好多机会。哦，对了，丹娜下星期调到新部门，升职加薪了。”

童丽问唐丹娜：“怎么没听你说？”唐丹娜解释说，还是福利局工作员，是调到专门负责接待办理申请加州居民医疗保健卡，有个小小工作间，薪金上调了将近一百元。她又问童丽想合送什么结婚贺礼给任冰。童丽问任冰最想要什么贺礼，任冰打趣道，不要送金银珠宝，折成现金也行。童丽对任冰耳语了几句，说：“任冰，结婚人一生一次。你真的就那么缺钱？”

任冰笑道：“你问起我，我还真的不缺钱。办婚礼的钱林阳全包。他做地产经纪这些年，积蓄十几二十万。我和他昨天去看了那间新居，选中了在列治文区商住两用的那间，楼下的铺位出租给人做美容护肤品生意，我们住二楼，独立门进出，有车房有后院，挺不错的。”

童丽一想，林阳是地产经纪，选购居家肯定理想。便问任冰供屋每月要交多少。任冰抿嘴一笑：“不用供，林阳父母一次付清买房子的钱。”

童丽谦笑道：“我惭愧。你结婚真的好。任冰，你和林阳以后如果生了男孩或女孩，我愿做他们的干娘。”

任冰喜得合不拢嘴：“童丽，这可是你说的。说定了，不能反悔。”

童丽伸出手指朝任冰示意，任冰也伸手指，二人勾了手指。任冰还说：“有丹娜作证，这事定了。如果你以后结婚有自己的儿女，想不想结亲家？”童丽用右手搂住唐丹娜，嘻嘻笑着说：“你不用想啦。我的孩子和丹娜的孩子虽然还没有出世，我妈咪一早就说过，丹娜以后有儿女，就是小丽儿女的亲家。娘娘的圣谕，小女不敢不从啊。”其实，这也是童丽的心里话。

吃过午饭，童丽跟唐丹娜与三人说再见。之后，童丽对唐丹娜说，到唐仲谦办公室去。唐丹娜也不问，两人走了半个街口，走进那幢办公写字楼。杰西一见唐丹娜挽着一位体态轻盈的小姐，还未开口，唐丹娜开口叫道：“杰西叔叔好。”杰西笑道：“欢迎你，小天使。”唐丹娜用手指了指童丽，说：“她是我最好的朋友。”杰西很有礼貌地用手向右一伸：“请进。”

坐电梯上了五楼，唐丹娜用父亲留给她的备用钥匙开门，一进去童丽把门关了便说：“丹娜，你坐下，我先给你洗指甲油。”原来童丽的用意是替唐丹娜洗去涂在手甲上的红甲油。唐丹娜坐下来，童丽搬来一张椅子，坐到唐丹娜对面，打开自己的挎包，从里面取出洗甲水和棉花。唐丹娜伸出双手，让童丽替她洗手甲红油。童丽很熟练地替唐丹娜洗干净了指甲，说：“丹娜，你自便，我自己替自己洗指甲油。”唐丹娜不忍去问童丽要不要也洗掉脚趾甲油。唐丹娜脚趾甲上的红油，是童丽早上伏在床上替她涂上，那种专注神态让唐丹娜感动。她暗想，指甲油还是回家后自个儿再洗。

唐丹娜离开坐椅，去看父亲办公室的摆设，桌上左角是唐仲谦、唐丹娜、高雅琴的合影，另一幅是唐丹娜的单人照，那是唐丹娜大学毕业时的留影，后面是电脑、文件夹，还有一些文具。办公桌背后墙上，是父亲的执业证照、公司营业执照、地保官证照、保险经纪优秀奖牌。唐丹娜了解父亲的处事风格，实在，不张扬，一向低调。这会儿她随手去拉抽屉，发现里面躺着一本硬皮书面的书，金色的封面上是俄文、中文印刷体，跃入眼帘：AHHA KAPEHNHA“安娜·卡列尼娜”，下面印着：列夫·托尔斯泰著。

唐丹娜取出来，书本有点重，至少有八九百页。翻了翻这部小说，里面有父亲用红色圆珠笔作的一些注释和评语。看来父亲读这部小说已有相当长的日子。

童丽在她身后叫道：“丹娜，好看不好看？”她伸出手指，唐丹娜转身一看，哇，新潮，童丽指甲上涂满黑色指甲油。唐丹娜将小说放回抽屉，将抽屉推回原位，说：“童丽，你跟上潮流了。现在流行黑指甲。”

童丽笑道：“你休息天也可以涂上它，我愿意效劳。”

唐丹娜笑了笑：“我不要。我知道你替我洗指甲油，是担心明天我上班的仪容。但是，你的付出，我记着，我这双脚甲上的红油，我不洗，直到它自己逐渐褪色。”

“我的丹娜，不要再说了，我要流眼泪了。去吧，我们去市场街……”

童丽正说间，手机响起，她从挎包取出手机接听，原来是程姨打电话向她求助。说了一分钟，童丽说她现在赶去程姨家。唐丹娜问干娘找她什么事。童丽说，程姨得了重感冒，儿子前两天摔伤了两条腿，请来的临时看护嫌活脏只做了两个钟头就辞工走人，连工钱都不要。童丽知道程姨家里除了儿子外，丈夫在拉斯维加斯娱乐场所做经理，每年休假一个月才回来，她经营饼店生意，雇了六个全工，两个临时工，又要照顾弱智的儿子，真的不容易。这时间向童丽求助，实在没有办法才出此策。童丽想了想，对唐丹娜说想办法回家，她现在驾车到程姨家，因为程姨家在肖化区，离旧金山市区二十分钟车程。唐丹娜说跟她一道去，童丽说他一个人去便好，有什么事再联络。

两人出门来，唐丹娜正想锁门，温筱梅从电梯出来，与两人打了招呼。童丽问：“今日是星期天，怎么你会回办公室？”温筱梅解释说明天她陪余律师出庭为客人申辩，这个案子她依照余律师的交待，回来将案子最后梳理一次，避免出差错，有利于上庭。

童丽即道：“筱梅，我将丹娜交给你，你将她平平安安送回家。”温筱梅笑道：“童丽，你去吧，小心开车。我保证把丹娜平安送回家。”童丽飞似地进电梯下楼去了。

来到程姨家，程姨戴着口罩，说不能靠她太近，怕童丽被传染。童丽便问她儿子现在怎样。上楼开门一看，只见程姨的儿子穿着内裤，两条大腿裹着厚厚的石膏，在自言自语：“姐姐天使来了，姐姐天使来了。”他身上只穿了件薄薄的T恤。童丽取了件羊毛毯替他盖住上身，猛地闻到腥味很重的大便臭味，往下一看，粪便在他的短裤内向外流出。童丽皱了皱眉头，说：“子健，乖，别动，姐姐取水给你洗干净。”转过头去，问程姨洗手间在哪，程姨用手往前一指，童丽进内找个胶盘，倒了些洗手乳液，开了水龙头，调了大半盘水，端进子健的房间。她本想要子健转过身去，可是他双腿打了石膏，动弹不得。她站起来对程姨说：“程姨，你到浴室取条大毛巾来，我替他擦身。”

程姨感动得说不出话来。天赐一个干女儿，心真善良。程姨去取了浴巾交给童丽，童丽说：“干娘，你暂时出外面等等，好不好？”程姨点头，退出房间，却偷偷去看童丽如何替自己儿子擦身。童丽先用浴巾一角替子健擦脸、脖子，又扶他坐起擦上身前面、背脊。童丽替他把裹石膏处以下的腿部擦干净后，说："子健，听姐姐的话，闭上眼睛。"子健果然立刻闭上双眼，童丽认真替他脱去内裤，清洗粪便，擦干净他的下身，又在床边找来一条替换内裤替他穿上。

程姨几乎要哭出声来，童丽这样的大家闺秀，是她生平第一次见到。真的很难想象。挽着发髻，戴着钻石耳环，手指涂上黑色指甲油，一身时髦洋装的童丽，做这种事没有一点畏缩，丝毫不感到为一个赤身裸体的弱智青年擦身是羞事。程姨脸朝墙，双手合十："菩萨显灵，菩萨显灵。"童丽从房间出来，端着装着粪便尿液的脏水，到洗手间马桶用水冲走。她从洗手间出来时，程姨拦住她，要她留下来吃晚饭。童丽婉辞，说她明天一早上班，今日上午替朋友到婚纱店办了些事，现在要回家，给母亲做晚饭。童丽还对程姨说，她有个朋友温筱梅，其母在社区服务处任职，请她替程姨找个临时护士。程姨一听，也不留童丽。童丽临出门时说："程姨，你记住按时吃药，身体要尽快康复，我下次有空再来看子健。"

从程家出来，步行到她泊车的林荫下，童丽再也忍不住呕吐，真的憋不住了，她在替子健擦身的时候，已经感到作闷反胃，她强忍着，强逼自己装得正常自如。她也知道，干娘偷偷看她给子健擦身，就让她感动吧，反正自己不能有嫌脏的表情。她在给子健擦身时，蓦然想起住医院时，温筱梅母亲给女儿擦身的情景，她感觉是温馨甜蜜的母爱，使她感到母亲的天伦至爱。

童丽从挎包取出纸巾，把呕吐时流的泪，慢慢擦干净。想了想，便给温筱梅打了电话，说明自己的意思。温筱梅还在办公室备课出庭。听到童丽要替干娘找看护，一口答应。童丽还问:唐丹娜还在你办公室吗？温筱梅笑道：“童丽呀童丽，我敢留小天使？你前脚出去，我后脚就匆匆带她去取车，用又快又不违反交通规则的车速，将她平安送到家门。”童丽打趣道，看来我跟你在医院留院同房，真是心有灵犀，你懂我。温筱梅笑道：“你现在准备单独去买结婚贺礼，还是别的事？”童丽说，她现在回家见娘娘。

回到家来，见到母亲的车已停在一旁，童丽便倒车将自己的座驾停好，取了挎包，按了遥控器锁好车，用钥匙开门。厨房里童琳琳问道：“是小丽吗？”童丽应了一声，用脚甩下高跟鞋，换上棉拖鞋往里去。童琳琳围了围裙，正在炸肉球，看样子是在做狮子头这道上海菜。童丽叫了妈咪，又说：“今天是什么日子，妈咪好有兴致，做狮子头，好香！”童琳琳扭头望了女儿一眼，说：“小丽，你先去洗澡，洗过澡上楼睡一会儿，吃饭我叫你。”她停住手，走近童丽身旁：“你这身衣服，赶紧放进洗衣机，去洗澡。”

童丽想，莫非母亲知道她去程姨家的事？她也没想太多，上楼进房间去，找了一套睡衣、内衣裤，进洗手间去。童丽住的二楼，也有一个洗手间连浴室，是母亲为了方便女儿用洗手间，几年前特别请装修师傅来改建的。

洗过澡后，童丽抱着一堆衣服下楼来，到后院去。后院棚架下立着同样颜色同样高度的洗衣机、烘干机。童丽将衣物逐件放进洗衣机里，放了洗衣粉，盖上盖子，扭了按钮，洗衣机旋即嘟嘟响着。后院不大，除了这个棚架外，还种植了一棵啤梨树，六盆鲜花，开得很灿烂。童丽望着那盆月季花出了神，母亲在上面叫她接电话。童丽咚咚咚咚几步跑到楼上，进房间在琉璃灯下面取过手机，原来是唐丹娜打电话给她。

“丹娜，想我了，我刚想睡一觉。”

“童丽，你妈咪给我电话说你做了件大好事。”

“谁说的？”

“程姨打电话告诉童教授，她可高兴了，她说今晚下厨做两道菜慰劳小丽。”

“丹娜，过来陪我吃，行不行，我现在想你了。”

那边唐丹娜说自己母亲正在厨房忙着，说童教授陪你吃。童丽却说唐丹娜你要不要我教你两招，你裹足不前，唐家明原地踏步，我想拉近你俩的距离。那边高雅琴听到女儿和童丽通电话，便问女儿什么事。唐丹娜将童丽的话重复一遍，高雅琴笑道：“丹娜，童丽在为你着想，你去嘛，去她家吃饭有什么问题？对，我做了一条松子鱼，等下我包好你带去，替我问候童教授。”唐丹娜没想到母亲开口要她去陪童丽吃晚饭。自从那次在鲤鱼门饮茶与唐家明见过一面，高雅琴比以前更想女儿多跟童丽在一起。

童丽换了套粉黄色运动衣，穿拖鞋下楼来。看着唐丹娜将汽车停在车房门口，从车里出来，捧着一个用锡纸裹住的圆形碟子，知道是道上菜，笑道："你人来菜也来，我今晚破戒喝半杯威士忌。"

唐丹娜略略张大眼睛："童丽，你说真的？我可不喝烈酒。"

两人进了屋，童教授从厨房出来，唐丹娜叫了童教授，又将母亲要她带来的松子鱼，捧着对童琳琳说："童教授，妈咪要我带过来给你。"童琳琳接过碟子，揭开锡纸一半，闻了闻："好香好看，丹娜，你妈咪做的鱼一定很好吃。"

这会儿，童丽早已拉着唐丹娜上楼。童琳琳望着这对姐妹的背影，心里暗想：这两个乖女，早点嫁人就更好了。

一进房间，唐丹娜便说："童丽，你真勇敢，爱你。"童丽趁机伸脸过去："用实际行动表示，亲一个。"唐丹娜伸嘴轻轻吻了她："我这么大的人，只吻过你。"

"丹娜，以后你跟唐家明拍拖，就不会这样说了。"

"你乱讲，我和他还没有开始。"

"那如果制造机会给你们，情形就不同喔。"

"你乱讲，哪有那么快。"

其实前几天童丽早已跟任冰私下谈过，请她配合，在婚礼当天多制造一份喜悦，让唐丹娜和唐家明单独相处。眼前的唐丹娜，似乎对爱情的即将来临没有感应。童丽坐下来，叫唐安娜也坐下，她靠住唐丹娜的肩头：“丹娜，如果我是男生就好，娶你进门。”

“对啊，我也想过，如果你是男生，就嫁给你。”唐丹娜留意桌上那盏琉璃灯，想着童丽每天都将这盏琉璃灯擦拭，让它一尘不染，真好。童丽很珍爱这盏琉璃灯，像自己的眼睛一样爱护珍惜。童丽和她都像琉璃灯一样，纯洁莹白，永远不染尘。

吃过晚饭，唐丹娜与童丽母女聊了一会儿，便告辞而出。童教授知道唐丹娜明早要上班，也不挽留，叫女儿送丹娜下楼取车。童丽送走唐丹娜后，折回屋来，对母亲说：“妈咪，我有话想跟你说。”童琳琳叫女儿坐下，说：“小丽，你很少主动跟妈咪说事情，是不是想说说丹娜的事？”

童丽端坐，凝望着母亲，将自己对唐丹娜、唐家明的开始说了一遍后，又说：“以前我是过于自私，没想过这样是耽误了丹娜的青春，我现在想的就是补偿。要让丹娜走进爱情，要让她更添活力。”

童琳琳下午接到程姨的电话，被女儿的义举所感动。她明白女儿在自我进步，而这样的自我进步是不用长辈的言传身教的，也不用周围的朋友去引导，而是自发地做善事，女儿在走向成熟。现在她又听到女儿用忏悔的口吻去反省自己对唐丹娜的感情。唐丹娜的爱情是一张白纸，而她却过着守护白纸的日子，过着与爱情擦肩而过的日子。女儿也清楚与唐丹娜结成姐妹之后，相依相偎同行，显然这样下去并不是正确的人生，它与男女之间的感情恋爱相悖，是现实生活中一种似是而非的任性。因而她和唐丹娜已经开始有所觉悟。也难怪女儿与张绍棠的恋爱一直胶着，做着表面上的男女情侣。人贵有自知之明。女儿在人生中的感情，使童琳琳内里的一些焦虑与忧心悄然而散，取而代之是母亲对女儿的殷切期盼，这一切应该也是女儿可以想到的。

童丽回到自己的房间，这一晚她失眠了。熄灭了床边桌上的灯，怎么也睡不着觉。干脆扭亮灯去想些其他的事，让脑袋感觉累了，才去睡下。这会她用手抱起那盏琉璃灯，小心翼翼地用丝织的绢巾去擦拭。记得那次唐丹娜送她这盏灯，是在她车祸发生当晚专程送来。尽管丹娜已经知道她住进医院，还是连夜送来。她答应朋友的事，是不会有任何犹豫的，这是唐丹娜最可爱的一面。当然，唐丹娜有太多优点，起码比她童丽多。唐丹娜对她是掏心掏肺的好，好的让童琳琳、唐仲谦、高雅琴都为之叹服。童丽想着，就凭唐丹娜对她的好，做些报答是应该的。尤其是眼下，唐丹娜正站在爱情的十字路口，还未踏出第一步。

9

在教堂里面进行了婚礼仪式后，任冰被姐妹团和亲友们簇拥着从里面出来，走到前面的草坪上，仰天站立着。只听得童丽喊了一二三，任冰背向人群，将手上的花束抛向众人。这是童丽预先给任冰交了底的，要求她向后抛花束时用的力度要适度，而花束刚好到唐丹娜的胸前。在一阵欢呼声中，唐丹娜略一伸手，便接住了这束幸福花。她身旁的女孩象征性地做了个抢夺的姿势，却没有人真的伸手去抢。唐丹娜望了望双手握着的这束黄、紫、白几种花瓣配成的花束，含着喜悦也带些羞涩。

“丹娜，再笑一个，我给你拍张幸运照。你知道吗，按照这里的习俗，婚礼当天新娘子向所有到场的亲友，抛出这束幸福花，接到这束花的女孩，就是下一个新娘子。”童丽用手示意任冰，要她跟唐丹娜合影。林阳将一束红玫瑰交到任冰手上，她接过站在唐丹娜旁边，亲友们纷纷举起相机、手机给新娘伴娘拍照留念。唐丹娜从未被这么多人近距离拍照，瞬间耳朵和脸蛋发热，脸颊泛出红晕。她的伴娘妆，童丽花了半个小时精心描画，虽然是淡妆，但是童丽说伴娘的化妆要淡素一些，让新娘子浓妆艳抹，这样才不会喧宾夺主，也是对新娘的尊重。照相后，唐丹娜将花束交给童丽，她继续替任冰挽抱婚纱后面的裙裾。她的步态优雅美丽，唐家明看得差点儿丢了魂。张绍棠朝唐家明做了个鬼脸，说："家明，是你的迟早都是你的，我对你有信心。"

童丽站到张绍棠身旁，压低声音说："一切顺利，继续努力。"

接下来的安排，是新郎、新娘到女方家中向父母、长辈跪礼敬茶，再到男方家中跪礼敬茶；双方家长、一对新人茶叙后，再到酒家出席婚礼宴会。这种中西式婚礼仪式，在旧金山华人社会甚为流行。对于婚宴后的安排，任冰对童丽说，她私下请姐妹团、兄弟团到卡拉OK饮酒唱歌，账单要童丽过两天给她，她和林阳要送双方父母回家。童丽笑道："新娘子，春宵一刻值千金。我赞成这样。"

童丽集合姐妹团、兄弟团，她带着兄弟团的人坐她的凌志SUV，唐丹娜带姐妹团的人坐她的路虎SUV，一群人到丽晶卡拉OK齐开心。童丽在车上对唐家明说："唐家明，你今天的表现中规中矩，还好。待会儿到了卡拉OK，你做不做得成男主角，那就看你的了。"

唐家明知道童丽在暗示他，想方设法让唐丹娜开心，唐家明若是成了男主角，那么唐丹娜必然是女主角。张绍棠在一旁怂恿道："家明，童丽给你指了一条光明路，你一定要走，你一定行。"林阳表弟也说："家明，我不会看相，但你们站在一起，我感觉就是有夫妻相。"

唐家明不由笑出声来："呵，早知道去古庙求支签……21世纪了，我怎么会想到去求签。"

童丽嗤声笑了："唐家明，不用求签。庙就在卡拉OK，你的意中人就在那里。缘分到了，谁都拦不住。"

到了丽晶卡拉OK，童丽向柜台要了间大房，点了两打啤酒，几碟炸薯片、炸花生、牛肉干。一进房，温筱梅竟开口要余秀明唱第一首歌。童丽正想张嘴，温筱梅介绍说，余秀明读高中时已是学校合唱团成员，读大学时还成为合唱团领唱，歌喉很棒。这一说，令人有些诧异，平时余秀明给人的印象是律师严肃的形象，似乎不苟言笑，也没有谁听过她哼唱。童丽这回鼓掌叫道："Linda，please！"

余秀明原想和一群年轻人来卡拉OK，开心闹一闹，调适一下自己的心绪。论年龄，她比在座的人年长七至八岁。尽管这些年她跻身法律界成为执业律师，一路走来算是有了事业基础，个人收入也逐年递增，然而她毕竟有过一段情史，与祝天佑的相恋、分开、重逢、再分开，似乎命运只对她的事业有所关照，而对她的感情生活没有敞开大门，让她的寄托在迷惘中无疾而终。她的性格并没有因此改变，而是更为执着，她认为事业重于爱情。

余秀明看了一遍歌曲目录本，拿起麦克风，站起来淡然一笑："各位朋友，我唱这首《我心永恒》送给大家。"她又用英文重复了一遍："Sing that song 'My Heart Will Go On' for everybody！"

这是电影《泰坦尼克号》的主题歌。它深沉与高亢，神圣与向往，诉说着一对生死与共的青年男女，因为爱情诠释了一曲催人泪下的旋律。这部电影的最新版本在20世纪末在全世界产生过巨大反响，而它的这首主题歌，自然成为了家喻户晓的经典歌曲，流传至今，不断有歌星去翻唱，普罗大众视之为永恒的经典。

余秀明选唱这首歌曲，或许是一时有感而发，或许是她喜欢这首歌的歌词与音乐旋律。但当她唱毕，唐丹娜竟然感动得热泪盈眶。余秀明用英文唱，姐妹团、兄弟团都是大学毕业的人，自然听得一清二楚。在一阵掌声中，童丽笑着说："Linda，唱得真好。赞！现在我们有请唐家明献唱一曲，怎么样？"

大家异口同声都说好。唐家明从沙发站起来，拿起麦克风："童丽给我机会唱歌，朋友们，我给大家献唱国语歌《夜来香》、粤语歌《万水千山总是情》。"唐家明唱得蛮有专业水准，国、粤语咬字发音准确，歌声里有他的生活态度。他没有选择唱情歌，大约与他今晚的心境有关，他认为不用唱情歌去表达对唐丹娜的爱慕。姐妹团、兄弟团里面都是单身男女，还是尽量不选直接表达的歌曲，要唱有内涵、有感情的民歌。

童丽从坐下来的第一分钟，就跟唐丹娜说："丹娜，今晚这么开心，你喝小半杯啤酒。我知道你出了卡拉OK还要开车，我也一样。"唐丹娜答应她只喝三分之一杯，多了不行。一伙人唱歌，喝啤酒，谈趣闻，说故事，余秀明还以一个诉讼案的始末，谈到法治在这个社会中的功能与效应。一直到差不多深夜十二点。童丽便对大伙说，今天大家都辛苦了，也见证了任冰和林阳的婚礼，今晚聚会告一段落，以后有机会姐妹团、兄弟团再相聚。余秀明走过去拉起唐丹娜的手，说："丹娜，你跟我来。"走到唐家明前面又拉起他的手，让唐丹娜的手与唐家明的手握着，笑道："唐家明刚才唱的歌曲，有几句是：未怕罡风吹散了热爱，万水千山总是情。聚散也有天注定，不怨天不怨命……柔情似水爱共永。"这是童丽事前暗地里请余秀明以这样的方式，结束卡拉OK聚会。至少让唐家明与唐丹娜在大伙面前确立男女朋友关系，这也是童丽此行的重头戏。唐丹娜显然感到太突然，余秀明的举动，大伙都给以热烈的掌声，这会儿她略略垂下头只是傻笑。童丽说："唐家明，你和唐丹娜开始吧，你们三百年前或许就是一家人，我相信你和她应该也会成为一家人，这是缘分。"

余秀明、童丽双管齐下，这招真管用。接下来的第一个周末，唐家明果然约到了唐丹娜。他通过温筱梅要了唐仲谦的电话，也通过张绍棠要了陈正元的电话。他以唐丹娜男朋友名义请唐仲谦夫妇、陈正元饮茶，地点还在上次与唐丹娜相遇的那家鲤鱼门茶楼。居住在旧金山湾区的居民，几乎所有人都知道鲤鱼门茶楼的特色：风景优美，仿古式绿瓦墙，厅堂敞亮。茶楼供应的各式点心、午餐、晚餐味道正宗，品质优良，深得顾客青睐。唐家明提前五天去订好桌，并特地预先订好几样鲤鱼门招牌点心。

唐仲谦一家三口、陈正元应约而至。陈正元深知唐家明请饮茶的意图，他很愿意看到唐丹娜心有所属，有个爱惜她的男朋友。高雅琴一听闻唐家明请唐家三口、陈正元饮茶，心里像灌了蜜似的，高兴得几乎睡不着觉。她特别给陈正元打了电话，要他一定赴约，此事关系到丹娜的幸福。唐仲谦感到高雅琴这几天变得乐呵呵的，那天晚上炒菜不小心被滚油烫了一下，居然没吱声，自个儿用胶布贴住被烫的手背，还哼起一段小调。唐仲谦明白高雅琴也喜欢唐家明。她对唐仲谦说，家明知书识礼，尊重长辈，爱护同辈，学业有成，迟些考取医生牌照，成为一名执业医生，这样的未来女婿现在找不出第二个。唐仲谦之前也听到童丽、张绍棠提过唐家明，略略知道一些唐家明的家庭背景。他从西雅图来旧金山湾区求学，父亲现是一家造船厂工程师，母亲是全职家庭主妇，他有三个姐姐，都已出嫁，他是唯一的儿子。唐家明年前回西雅图探亲，父母给他介绍了一位心脏科医生的独生女，他不为所动。他对父母说，他的爱人在旧金山。唐仲谦认为唐家明还是适合做丹娜男朋友的，至于能否成为夫妇，那还得看运气，也就是说，这要看丹娜是否完全接纳他。作为丹娜的父亲，他也希望女儿心想事成，既找到自己的如意郎君，也找到父母都喜欢的女婿。

唐仲谦一家三口先到达鲤鱼门，随后陈正元也按时出现。唐家明按照童丽的指示，称呼唐仲谦、高雅琴谦叔、琴姨，称呼唐丹娜丹娜，称呼陈正元正元叔叔。他知道陈正元是童丽的师傅，也是唐丹娜的干爹。这会儿给四人斟了茶，又向侍应生叫来点心。唐丹娜偷偷去看唐家明，他似乎变得开朗，言谈毕恭毕敬，说起话来充满人情味儿。短短的交谈，陈正元很满意，两度夸奖唐家明是青年才俊，前途无量，还说干女儿找到这样的男朋友，是缘分。高雅琴更不用说了，说话语气已将唐家明当作女婿，只差未开口叫女婿而已。唐仲谦留意女儿脸上掠过的笑容，幸福、喜悦中含着莫名的羞涩。世上的男女成为情侣的方式有千百种，可是像唐家明、唐丹娜这样方式的确实不多。唐家明很有家教，这是唐仲谦欣赏他的地方之一。他通过请家长饮茶的方式来表示与丹娜的开始，这不光是一种传统习俗的延续，也说明他有文化内涵。尽管他的考试成绩尚未公布，但唐仲谦暗想，他已经是女儿的男朋友，至于是否成功获取医学博士学位并不很重要，关键在于日后他与女儿的相处。

饮过茶后，陈正元说他要回华埠商会开会，改日请唐家明和唐丹娜吃饭，便匆匆离去。高雅琴事前已跟唐仲谦商量好，到南湾一个同学家里聚会，要唐家明陪唐丹娜四处走走，或者到旧金山芭蕾舞剧院看芭蕾舞剧，或者到华埠文化中心看古玩文物展览，那里这几天还办了个海峡两岸暨香港、澳门名家书画展。言下之意，两人喜欢怎样消磨假日时光都行。从鲤鱼门茶楼出来，高雅琴对女儿说："丹娜，你的车爹哋开，我和他去南湾，你坐家明的车。"又对唐家明说："家明，我将丹娜交给你了。"这语气说得像极了一个丈母娘对女婿说的话。

唐丹娜看着父母远去后，对唐家明说："我们现在去哪里？"

唐家明像个学生般恭维她："你说了算。我想了想，你叫我家明就好，行不行？童丽说你叫我家明哥哥她感到别扭，她是你最好的朋友，以后会经常见面，如果她知道你这样称呼我，她会欣然接受。"

唐家明的话，让唐丹娜感到舒服。一开口就提童丽，这不仅打开了二人之间的话题，也使唐丹娜有了谈生活、兴趣、爱好的机会。唐家明有一些激动，但他很快平静下来，首先打开话匣子。

"我听张绍棠说过，你和童丽加起来是全能。你俩懂得真多，会多门生活技艺，在同辈人之中可以说是出类拔萃了。了不起！"

"真的？我也听童丽说，张绍棠说你除了会弹吉他、唱歌，还会发型设计，会调鸡尾酒，会修理水龙头、煤气炉头，真不简单！”

唐家明正面看着唐丹娜，端详了唐丹娜的脸蛋。她有两条弯月眉，黑溜溜的一双眼睛，清澈明亮，鼻梁笔直，两片均匀的红唇，脸庞丰润，一副大家闺秀的相貌，是相书上说的旺夫益子相。唐家明在这方面留心读过一些星相之类的书，因此他看唐丹娜的神态却引起唐丹娜的嬉笑：“家明，你好像在给我看相？”

唐家明解释说以前读过一些星相学书，不过只是一时兴趣。唐丹娜伸出右手，说：“家明，你给我看看手相。”唐家明接过她的手，一看之下，唐丹娜的手相属人中之凤，温润有泽，柔若无骨，命纹财纹都属上品。他猛然记起那次回西雅图，母亲曾带他到庙宇上香，求了一支签，上面有两句签语“远门有女来相助，福禄寿全无蹉跎”，意为将来会相遇贤淑女子，若成夫人必有富贵家境。或许这是一种心理安慰，求签往往也在于此。与迷信之说并无什么关系，信则有，不信则无。

“家明，你捉我的手有点紧，我又不会跑掉。”

“我相信你。他们都说你是爱心天使，天使不会跑掉，天使爱人间，天使的爱福荫无量。”这样的赞美令唐丹娜笑得妩媚娇人，世间任何一个女孩都爱听这样温馨暖心的话语。唐家明正想张嘴，唐丹娜笑着邀请他：“家明，我们去超市购物，今天我做三道拿手菜，一道靓汤，你觉得好不好？”

唐家明听后连连说好。便问唐丹娜做哪三道菜和哪道靓汤。唐丹娜兴致勃勃说了一大堆，竟然忘形地捉住唐家明的双手，一个劲地说她必须做得最好，这是她与唐家明正式开始的第一天。就在两人交谈时，唐丹娜觉察到远处树下有个身影，接着又多一个身影。唐丹娜摇了摇头，却嘻嘻笑出了声：“家明，看来我们要赶快去超市，迟些有人来家访。”唐家明还不明就里，被唐丹娜牵着他一只手，往停车场去。唐丹娜心里明白，童丽在远处注视着她，那是童丽对她的关心。即使唐丹娜是在父母赞成的情形下与唐家明接触，童丽还是持观望态度，这是童丽的一种真诚，她视唐丹娜是一辈子悲喜与共、祸福与共的姐妹。

唐丹娜假装看不见童丽，带着唐家明去超市，买了一堆做美食的材料。这三道菜，也可说是她的得意之作：白斩鸡、菜豆煸鱼、蠔豉发菜炆支竹猪肉。还有一道是她上回到中国探亲时，姑妈教会她做的莲藕墨鱼桔皮煲猪蹄汤。唐家明可真开了眼界，唐丹娜一进厨房，就系上围裙，变成了另一个人。她只许唐家明帮忙洗干净发菜、蠔豉，和一整条两磅半重的桂花鱼。她熟练地用菜刀、肉刀，集齐几道菜的配料调味。一个钟头下来，三菜一汤已经备齐，先煲汤再浸熟白切鸡，支起一只锅先炆发菜蠔豉支竹猪肉，用另一支锅去做菜豆煸鱼。

唐家明在一旁看唐丹娜准备食材配料，用肉刀切猪肉，去鱼内脏，用菜刀切姜、葱、蒜头、辣椒，简直是一个专业的厨师，或者说唐丹娜是个特殊材料拼成的人。她的职业是福利局工作员，这是她的饭碗。而在做好本职之外，她对日常生活的技能艺术挥洒自如，有颇高的生活品味。唐家明想不到他与唐丹娜的第一天，是从家庭厨艺之中展开。他自叹弗如，他预期想象中的唐丹娜，就是这样俘获了他的心。

三菜一汤接近完成的时候，唐丹娜泡了壶香片茶与他对饮。唐家明问她："丹娜，三菜一汤我们两个人吃得了吗？"

唐丹娜含笑道："家明，总会有食客上门，你信不信？"

唐家明笑了："我真要看看谁有口福，能吃到唐丹娜亲手做的三菜一汤。"

话音刚落，就有人按门铃。唐丹娜去开门，童丽一进门就给她个熊抱，嘴里说着："丹娜，我的丹娜，我要抱抱，我要亲亲。"她身后是张绍棠。唐家明立刻明白过来，唐丹娜说的食客，就是童丽、张绍棠。张绍棠带来一个大塑胶袋，递给唐丹娜，说："这是童丽指定买的烧腊文记烧鹅一只。"

童丽发话了："你们两位表兄弟，好好坐着，谈天说地，我跟丹娜进里面，你们可不许进来喔。洗手间在那边。"

进到厨房来，唐丹娜先找出两只大碟子，又去围了围裙，对童丽说："你买这只烧鹅太大只，起码有八磅。"童丽笑道："你眼有准星，这只鹅正好八磅。我看看你的菜。"她看到盛在碟子里的三道菜，逐一翻开："丹娜，你这是摆家宴呵，白斩鸡、菜豆煸鱼、蠔豉发菜炆支竹猪肉。”说完又去揭汤锅盖，看着袅袅升起的热气，闻了闻，说：“莲藕墨鱼桔皮煲猪蹄，这汤好像是为我做的。”

唐丹娜正忙着剁烧鹅块，童丽想伸手去拿。唐丹娜找了双筷子给她：“童丽，用手去拿菜吃不卫生，用筷子夹，不是更干净吗？”童丽乖乖接了筷子，夹了块烧鹅腿肉，美美地咀嚼。唐丹娜切好烧鹅，用锡纸将两只装烧鹅的碟子覆盖，洗了手，对童丽说：“童丽，进房间说话。”

进了房间后，唐丹娜轻轻关上门，道：“你跟踪我。”童丽毫不否认：“我这不是关心你吗？”唐丹娜又问：“那下次我跟家明见面，你会不会再跟？”童丽用笑来掩饰：“这怎么好说。”

唐丹娜像连珠炮一般将童丽说得不敢再说话。“如果你是别人的朋友，我不会开口说这事，但你是我姐妹，是我最信任的人。你不应该用这种关心，我现在是跟男朋友在一起，你有什么不放心？爹哋、妈咪、你师父都很赞成我拍拖，你是不是不喜欢？我要罚你一个月不和我见面，今天是五号，下个月六号再见。”

童丽将头往她胸前一靠，像个孩子般求援：“丹娜，不要生气。你不能说我和你不见面，求你了，丹娜。你知道我一天见不到你，就像丢了三魂七魄。”说完她几乎哭出来，唐丹娜急了说：“行，以后不许再跟，这次的事就当没发生过，以后也不提。”

童丽笑了：“我的丹娜最好了！我的丹娜最好了！”

这会儿，高雅琴在门外敲门：“丹娜，你跟童丽出外面来，菜都摆好啰。”唐丹娜开了房门，和童丽一道出客厅来。唐仲谦、高雅琴从南湾回来，一位老同学送给他们一袋苹果、鸭梨，是在他自家后院结的果实。唐丹娜对唐家明说：“家明，我知道你喜欢鸭梨，吃过饭后我包几个你带回去吃。”

唐家明点头说了多谢。这顿晚饭四菜一汤，着实让唐家明开了眼界。这样平凡、充实而又充满家庭温馨的生活，也是明丽的活法。唐丹娜在这种健康善良的家庭环境中长大成人，她贤惠聪敏，正是做太太的理想人选。唐家明想着，今后与唐丹娜见面约会，要表现出他男人的谦逊与责任。

10

唐仲谦正在办公室处理一些保险个案的存档资料，忽听到隔壁律师事务所传出余秀明的笑声："恭喜啊，祝天佑先生，你不远万里来美国旅行结婚，是为了向我示威吗？"

"Linda，我和佩芝的婚礼，不想惊动太多人。"

唐仲谦本无意去听隔壁传出的声音，可声音实在太大，影响了他工作。再后又听到余秀明似乎激动起来："我是不是很傻，男朋友的新婚妻子已经有三个月身孕，我一无所知。上个月我还收到你的电邮，说你正在努力，争取在年内成立服装设计室，我还回邮向你祝贺，给你加油……"

唐仲谦想了想，便给陈正元打了电话，请他马上来办公室一趟，过了不到十分钟，陈正元赶来，唐仲谦在他耳边说了几句，又拨余秀明律师事务所的电话，说了句有人来相助。

陈正元很有风度地走进律师事务所，余秀明立刻会意。她之前见过陈正元，在任冰婚礼上唐仲谦向她介绍而相识，这会儿她站起来，说道："陈总，这两位是准新郎新娘。"

陈正元彬彬有礼地与祝天佑、程佩芝握过手后，微笑道："Linda是我的未婚妻。"这是明摆着在替余秀明解围。祝天佑一看，向程佩芝用眼神示意赶快离开。祝天佑有些尴尬，挽起太太的手臂，酸溜溜地说了句："陈总，我们告辞。"

当两人离开后，余秀明松了口气，心情也逐渐平复。"陈总，多谢你替我解围。不然，我还不知怎样找台阶下。"

"Linda，不过是举手之劳。是刚才仲谦在电话里说，你出了点状况，要我出面解围。"

"好。改天我请唐先生和你吃饭……"

"Linda，择日不如撞日。我的办公室附近有家西餐厅，你应该会满意。再说，我有个客人想找位律师替他上庭辩护，是交通事故。"

这一说，余秀明喜出望外，点头笑道："好啊，我请。请吃饭多个顾客，我乐意效劳。"余秀明原先的郁闷难受一扫而空。她明白唐仲谦请来陈正元为她解围，或许是那次她为唐仲谦轰走两个不速之客的回馈。在生活中，你帮助过别人，别人就会有回报。大家互相帮衬，这也是一种非硬性规定的社会经验。祝天佑带着新婚太太，确实是想给余秀明来个公开示威，表明他除了余秀明之外，照样有魅力、有能力娶得美人归。从他与余秀明相识至今整整十三年，却是以这种方式画上休止符。余秀明并不感到沮丧，她只是在给祝天佑机会，而她一直不去结识男朋友，除了偏重于事业，还有就是耐心等待，尽管她不确定她与祝天佑的恋情会不会开花结果。那次祝天佑来找她，她给出五年时间，希望双方能在五年之中有所进展、有所收获。祝天佑与新婚太太的出现，使她蒙受了莫名的耻辱，不是失恋，而是不为人知的欺骗。祝天佑一边和她隔几天通电邮联络，一边和新女友谈情说爱，过着一种双重人格的感情生活，这是余秀明厌恶的卑鄙行径。她想：这样的结束未尝不是好事，至少在她，对男女情爱的变数多了一份答卷。毫无疑问，她现在沉浸在近乎与世隔绝的遐思里，脑际间蓦然闪现出英国作家劳伦斯的一段话："所以我现在喜欢守身如玉的节操，因为它是从性交产生出的宁谧。我现在守身如玉，我爱它如同雪花之爱雪。我爱这种节操。"

过了两天，温筱梅回到律师事务所上班，她比往常迟到了五分钟。余秀明打趣道："筱梅，赶回来上班看你气喘的，即使迟些来，我也不会从你的薪金里减少一分钱。"

温筱梅解释说，童丽要她代去图书馆借本书。童丽知道温筱梅隔天就去图书馆查阅相关法律知识，从接手钟珍妮的助理一职后，温筱梅更加用心去研读法律方面的书籍。余秀明随口问温筱梅代借什么书，温筱梅从挎包掏出一本鲜红封面的小说，是《查泰莱夫人的情人》。余秀明记得自己读大学的第一个学期，课余时间读的正是这部小说。余秀明喜欢读这部有阐述女人心理的精彩章节的作品。她翻了几页，却笑道："筱梅，给童丽说一声，我先借看两天，我想重温一些关于女人的诉求。”

温筱梅点点头：“没问题。童丽也不会追我要书。”童丽说丹娜正在恋爱蜜运中，她不能像以前那样整天跟丹娜缠在一块儿，要知情识趣，给丹娜多些私人空间，因此她闲暇找些小说看看读读。

余秀明联想到唐仲谦的老成持重、唐丹娜的纯真友善，不禁由衷于表：“丹娜跟她爹哋，是一对人见人爱的模范父女。那位唐家明认识了丹娜，他一定前世积了许多功德，这辈子有福享呐！”

这天唐仲谦清晨回到办公室，打开电脑，看到有则电邮短讯上写：“谦叔，我求您了，丹娜已经五天没跟我见面。我不敢给她打电话，但我又很想念她。怎么办？谦叔，请您替我想办法。童丽即日。”

唐仲谦沉默了一会儿，自言自语道：“小丽，丹娜的软肋是童教授，你就不会跟妈咪说这事？”

唐仲谦给童丽回了电邮，说此事好容易，保证她下班回家见到丹娜。唐仲谦了解女儿，丹娜将童教授视为慈母一样的长辈，她说过，如果童教授有什么疑难，她会不顾后果去付出。唐仲谦给童琳琳致电，说明原委。童琳琳这才知道女儿有情绪不开心，便想了个办法请唐丹娜来童家一趟，说她患了感冒，想见见丹娜。看着挂钟的时间，离唐丹娜下班只有一分钟，童琳琳拨了唐丹娜的手机号码，唐丹娜接了电话，先问候童教授，又问找她有什么事，童教授说自己不舒服想见见丹娜。唐丹娜连连答应，说现在她下班，立刻驾车来童家。唐丹娜进门坐下不到两分钟，童丽也开门进来，见面就说："妈咪，丹娜真好，又来看你。"

童琳琳接道："丹娜，你来看阿姨，阿姨心里高兴，今晚我来做上海馄饨给你吃，好不好？"

唐丹娜乐了："原来童教授叫我来吃馄饨，我有口福啦！"童琳琳朝女儿使了个眼色。童丽说："丹娜，妈咪做馄饨，一向自己单独完成，我都没见过。你跟我上楼，你就等吃好了。"童琳琳也说："对对对，小丽说的一点没错，到吃馄饨的时候我叫你俩下来。"唐丹娜嘴里应着，也没有吱声。

一上楼进房，童丽从后面把唐丹娜抱了个紧，用脸贴在唐丹娜身后，咬牙切齿地说："丹娜，你折磨我五天，我要你还！"唐丹娜任由童丽用脸用唇去亲她，却道："童丽，你长本事了，用我爹哋引我来你家。你行啊，走伯父伯母策略，毕业了，童丽。"

童丽被她一语道破，将唐丹娜按在床沿坐下："谁叫你不理我？娘娘爱女心切，将你骗过来。"

"童丽，你不能怪我。家明得了急性肠胃炎，住了两天医院，现在还在宿舍养病。我没有见你，也没告诉你。多多包涵，多多包涵。他是我男朋友，懂吗？"

童丽听后，立刻想起那次车祸受伤住院，丹娜尽心尽力的关怀与爱护，亲姐妹一样的贴心照料。唐丹娜就是这样一个为朋友掏心掏肺的天使。这会儿她蹲下来，头躺在丹娜的大腿上，赶紧赔个不是。唐丹娜瞧见琉璃灯下那本小说，凑近看了看："这几天你在读劳伦斯的作品，这是一本好书，世界名著。"

童丽取过书，翻了几页，说："还不是因为没见到你，心里不舒服，看书打发时间。"唐丹娜说："怎么没听你提起张绍棠？"童丽说："天天上班天天见，午饭都在一起吃，腻歪了。还是跟你在一起开心。"

唐丹娜取过那块童丽平时擦拭琉璃灯的丝绸布，轻轻擦着。童丽也另外找来一块新的丝绸布，也参与擦拭。这盏琉璃灯见证了许多童丽、唐丹娜的生活片断，它是那么平凡、质朴，又是那么光彩、凝重。

童琳琳在楼下叫两人下楼吃馄饨，童丽不管三七二十一，夺过丹娜手上的丝绸布，连同自己手上的丝绸布一起扔在桌上，拉起丹娜的手，蹬蹬蹬蹬几步下楼去了。

唐丹娜回到家里，瞧见父亲在客厅的沙发上坐着浏览平板电脑，叫了爹哋，又问："妈咪在家吗？"唐仲谦停下来，摘下眼镜，答女儿："你妈咪刚睡下。丹娜，家明现在怎样了？"

"他好多了。要不是下班去童丽家，我还得去陪陪他。"

唐丹娜坐下来说道。

“难为他了。离开父母来这边求学。丹娜，你和他有什么进展？”

“我和他都感觉挺好。他是个很谦虚的君子。”

“小丽那事你不要怪她，她就是喜欢向你撒撒娇，她是个孝顺懂事的好女孩。爹哋知道你宠着她，你也要给自己点儿时间。”

“爹哋，我知道了。”

唐丹娜了解父亲的脾性，他对后辈一向说话体恤、宽容，从不轻易说出批评的话。或许唐丹娜自小耳濡目染，得到父母的言传身教，宁愿自己受委屈也要对身边的亲友宽容，这几乎就是唐仲谦的处世哲学。做人严于律己，待人厚道，即使对方出于某些私心，也从不指责，甚至逆来顺受。唐丹娜的人生哲学是我为人人，而并不执着于人人为我。人生活在世上，是和所有人一道度过春夏秋冬，没有阶级，只有贫富，没有高低，只有距离。尤其她在福利局任职后，更认识了生活的道理：自己要好，别人也要好。共同在地球村生存，彼此没有仇视，只有和睦。

唐家明病愈后找唐丹娜，他要替唐丹娜父母做一次头发，唐丹娜笑道：“家明，我爹哋、妈咪对发型并不很讲究。妈咪偶尔也叫我替她剪发、吹发，却从不改发型。”

唐家明说：“我住院养病，你爹哋、妈咪都来看我，你妈咪还煲粥送来给我吃。我只想作一点报答，不是想搞新潮发型，你懂我的意思吧。”唐丹娜喜道：“那我先多谢你。我回家给爹哋、妈咪说，你想几时来我家？”唐家明说选在周末，你爹哋、妈咪都休假。唐丹娜按照唐家明的意思，回家跟唐仲谦、高雅琴一说，高雅琴乐呵呵地说：“家明，懂得回报，我成全他。”唐仲谦便说：“那我也将头发剪短一些，求个精神爽利。”唐丹娜想了想，又说：“干脆聚餐，把童丽、张绍棠都请来，人多才有气氛。我也有一个多月没和童丽一起吃饭了，也好让唐家明、张绍棠两老表见见面。不过，妈咪，我只负责采购食材，你开菜单，由你掌厨。”

高雅琴笑得合不拢嘴：“我做五菜一汤，这回的汤，用花胶鲍鱼煲鸡，行吧？”唐丹娜拍拍手掌，叫道：“妈咪万岁！妈咪万岁！”其实高雅琴早就想叫女儿带唐家明多些回家吃饭。那次到医院探望唐家明，他刚动过手术醒来，第一眼见到的竟是高雅琴。高雅琴说丹娜要上班，由她暂代照顾家明。唐家明双眸湿润，说：“琴姨，你很像我妈咪。记得小时候我出麻疹住院，她就像您一样，坐在床头静静看着我。”高雅琴知道他触景生情，便安慰他：“家明，你就当我是你妈咪，做母亲对儿女只有付出，不求回报。”这一幕，唐家明深深印在脑海里。

到了周末，唐家明应约而至，用完午餐，便给高雅琴做头发。唐丹娜、唐仲谦站在两旁观看。唐丹娜想着，家明这双手不仅会用手术刀，也会用剪发刀，他也算多才多艺。唐仲谦看着唐家明用剪发刀很熟练，像个专业的发型师，也颇为欣赏。差不多给高雅琴做好头发时，童丽、张绍棠出现了。童丽还是改不了，照例给唐丹娜一个熊抱。见到唐仲谦、高雅琴在场，她不敢吻唐丹娜，何况那边还有一个唐家明。张绍棠也提着个大塑胶袋，递给唐丹娜说："这是童丽指定要买的北京烤鸭一只。"唐仲谦说："小棠，来家里聚聚，不必破费，快请坐。"

这回童丽又发话了："唐家明，给琴姨谦叔做了个头发，你有功。你们两老表不许乱跑，我跟丹娜进房间，你们不准进来。"唐家明一脸笑容，说："我看你大老远地送来北京烤鸭，好感动，哪敢乱动。你跟丹娜说的是闺蜜语，我们可不敢听。"

童丽拉着唐丹娜的手进内，唐丹娜先将烤鸭从胶袋取出，整只放进微波炉，洗了手，才带童丽进房间来。关了门，唐丹娜嘻嘻笑道："童丽，你又有哪门子新闻要说？"

童丽将陈正元出现替余秀明解围的事，一五一十地跟唐丹娜说了。还说："Linda蛮有女丈夫气度，不哭不闹。换作是我，至少也要给那个什么芝一顿骂。"

唐丹娜却道："这都是缘分。余秀明的男朋友也是有思想的人，不管他出于什么目的。当面给余秀明一个交待，虽然形式有点急，他或许应用别的方式告知余秀明。"

童丽换了话题："我师父仗义，替余秀明说了公道话，敢当着面说余秀明是他的未婚妻。"

"正元叔叔是对的。但在余秀明与男朋友之间，他们感情上的事，我们是局外人，是不该去作评论的。童丽，我想男女爱情只有三种：甜蜜、毒菌、麻药。我和你都是属于第一种，也应该是第一种。是不是，童丽？"

"也许是。丹娜，你像在怂恿我去结婚，不，等到哪一天我真的累了，再去结婚，反正我这个人不会移情别恋。我只会跟一个男生相好。"

"你不是说过我是你肚里的蛔虫，现在不是了。童丽正在不屈不挠。你的自信心太强，怎么我好像不是那样去想？"

"丹娜，你向神发誓，你是不是处女？"

"我发誓，我对灯发誓，我是完整的少女身。"唐丹娜毫不忌讳，哪怕她面对父母。

"张绍棠父母每逢周末都上教堂做礼拜，我也去过一次。但是，这世上真的有神存在？"

"进教堂里面的人，也不全部是教徒。据我所知，一百个人走进教堂，六七十个是敬奉某种仪式，做心灵寄托，一二十个是随波逐流的临时祈祷者，真正的教徒大约不到十个。我没有信仰。"

"对的。这世上的信仰太多，太泛滥。每个社会都有几种甚至几十种信仰。你想想，政治、宗教、社会科学都有自己的信仰，我不如信仰我自己。”

“童丽，你的观点与我相同。对啊，自我信仰，多么实在。就像那个申请社会援助金的印度中年汉，他的国家信奉印度教，可是他是个无信仰主义者。他说他有自己的家庭信仰。他说一家人努力工作赚钱过上好的生活，互相扶持、祸福同受就是他的家庭信仰。”

“丹娜，这段时间我读了一些书，发现生活里面有信仰，尽管不是人人有信仰。信仰并不能直接产生物质生活。就像某种大型机器运转的润滑油。一台大机器的运转不会单靠一种润滑油，它是由多种具有润滑功能的液体辅助。”童丽笑了：“丹娜，我俩为什么去讨论今日聚餐以外的事。丹娜，你妈咪到底准备了什么美味佳肴？”

“你想听我就说，松子鱼、贵妃鸡、椒盐虾、卤水蛋、芥蓝牛肉、花胶鲍鱼煲鸡汤。你流不流口水？”

“哇塞！丹娜，琴姨今天不比寻常，烹制拿手好菜。端的是犒赏我们，还是为唐家明而设？”

“是啊，家明专门来家里为她做头发。她弄几道菜回馈家明，在情也在理。不是吗？”

“是是是，谢谢侬。”

吃过晚饭后，小坐了一会儿，唐家明、张绍棠、童丽告辞而出。高雅琴将预先留起的一胶盒菜肴，给唐家明带回去明天吃。唐家明欣然接受，又说多谢琴姨。来到车房前，唐家明叫张绍棠、童丽先驾车离开，他还有话跟丹娜说。看着张绍棠、童丽的车渐已远去，唐家明转过头来说：“丹娜，今天我替琴姨做头发，发现她新长了白头发。岁月催人老！”

“家明，你想说什么，我听着。”

“我想听听你的意见。你听了我的话之后再说。我想毕业考试过后，我们结婚，好不好？”

唐丹娜的心噗噗作跳，一时不知该如何去回答。唐家明察言观色，反而自己一笑：“这只是我的提议，你有时间考虑。”

“家明，给我一点时间，我现在没有准备结婚。”

“丹娜，不急，这只是我的提议，你自己拿主意，或者和谦叔、琴姨做些沟通。你明白我，这只是我的提议，不是决定。”

唐丹娜抬起头，几乎是斩钉截铁般答道：“家明，我在短期之内不会结婚。请你不要逼我。”

或许这是一种预兆，或许这是天意。此前唐家明苦思冥想了很多个晚上，即使试探也要说出来。他甚至做了个噩梦：梦里的他被几层铁链锁住，动弹不得。他掉进一个漆黑的伸手不见五指的深渊里，他呐喊，声嘶力竭地吼叫，但没有任何回应。突然，一道强烈的光束朝他照射，那光灿烂无比，他睁不开眼睛，只觉得眼前骤然一黑，他整个人苏醒了。他感到梦境很恐怖，竟然置身在一个漆黑的世界，看不见任何东西，也不知身处何方；醒来的时候，他全身渗出了冷汗。

他不得不由此联想到不久前母亲在电话里、在QQ视频中向他说明，在他毕业典礼时会与家明父亲一道来观礼，还有那个跟他相过亲的女孩沈玉贞，她也陪同他的父母前来。言下之意，父母带着沈玉贞，应该是一种逼子成婚的预兆。他感到自己处于两难的局面，无法脱身。唐丹娜拒绝了他提出的结婚要求，而他的父母与沈玉贞很快会出现。如果他忤逆父母，后果会怎样？如果唐丹娜坚持短期内不结婚，那他作何选择？有人说婚姻是碰回来的。那么，他宁愿做个弃儿，既不想见对方受到伤害，也不想昧着良心委曲求全。这莫非是天意，他不愿再往下想，再想就神经不正常了。他发现自己变得容易激动、心跳加速，常常莫名其妙地做些怪诞的梦，而他梦中所见，与现实生活是两个世界。

11

唐丹娜对唐家明的结婚提议，本能地作出婉拒。她认为与唐家明相处感觉良好，彼此几乎无所不谈，然而相识的时间只有几个月，她不能轻易答应结婚。唐丹娜认为结婚一生只有一次，她的爱人也只有一个。唐家明也是在众人推举和父母亲友许诺下，走进了她的生活。她感到唐家明很着紧她，也很喜欢她。当然，唐安娜对唐家明也是一片真情。结婚是男女真正地在一起共同生活，必须了解对方，彼此互相信任，互相扶持。唐丹娜认为与唐家明只是在男女朋友阶段，并未走到谈婚论嫁这一步。她也替唐家明想过，趁着大学毕业同时也获得爱人下嫁，是美好的理想。但她认为两个人还未彻底了解，或者说双方未经受过考验，她不会因为目前两人的感情进展，而被甜蜜蒙住眼睛，放弃最后的防线。

唐家明被唐丹娜婉拒后，心里很不是滋味。这几年他刻苦攻读医学博士，每次期中考都是高分，他的医生实习成绩是满分。他的博士生导师对他寄予厚望，说他完全有能力取得医学博士学位，这是他自信心很强的原因。与唐丹娜成为男女朋友，他也放开了自己。几个月来，他真心喜欢唐丹娜，但他未敢说爱她，他也不知道自己在顾虑一些什么。他提出的建议是在试探唐丹娜对这段感情的定论，也是为躲避父母、沈玉贞即将出现，作出不妥协的举动。如果与唐丹娜结了婚，就没有了来自父母、沈玉贞的干涉，他学业爱情双丰收，夫复何求。如今考试已过，成绩已公布，他已获得博士学位，可是他却高兴不起来，甚至有惘然若失的落寞。再加上这些天来，几乎每晚都做些奇怪的梦，更增添他内心的不安。最后他选择了单独约谈高雅琴。

高雅琴不动声色，依照唐家明预先约定，到星巴克咖啡店见面。唐家明到后，坐下不到一分钟，高雅琴也来到咖啡室。唐家明叫了琴姨，又问她要喝点什么，高雅琴说就喝星巴克咖啡。侍应生很快将两杯升腾着袅袅白气的星巴克咖啡送来。

“琴姨，我获得了博士学位。”

“家明，恭喜你。丹娜知道吗？我们全家人请你吃饭，为你庆祝。”

唐家明喝了口咖啡，将自己向唐丹娜提出的结婚要求，以及近来的事，向高雅琴扼要叙述。高雅琴这时才晓得女儿婉拒了唐家明提出的结婚要求。女儿婉拒唐家明，也许是认为两人相识日子尚浅，还未适合结婚。唐家明是高雅琴认定的女婿人选。她注视着唐家明，怜悯之心油然而生。家明这孩子，本性善良，学历高，有孝心。他或许对婚姻、对女儿了解不足而操之过急。高雅琴开解他，要他振作起来，千万不能因为丹娜的婉然拒绝放弃。至于女儿，她会以母亲的身份去试着说服她。唐家明依然愁眉不展，高雅琴安慰他："家明，你有什么心事，试着说给我听听，或许我可以帮你出点主意。家明，你不说出来，又怎知道我能不能替你解除烦恼？"

唐家明低头不语，似有难言之隐。高雅琴留意到他轻轻皱着眉头，便说："我以母亲的名义担保，丹娜在你之前从来没有拍拖，也没有男朋友。家明，你不愿说，我怎么帮你，是不是你父母方面有些什么事？又或许你有过女朋友？又或者你要作出一种选择？家明，说给琴姨听，我帮你，我帮你娶丹娜为妻，你做我女婿。"

高雅琴一席话，打开了唐家明心中的结，他忘形地捉住高雅琴的手，几乎要流眼泪。高雅琴捧住他的手，语重心长地说："家明，人一生结一次婚最幸福。"

唐家明像决堤的洪水，将自己想说的一切，哗哗地倾泻而出。高雅琴如今完全知晓唐家明心中的块垒。倘若家明此时不作出选择，他必须放弃另一种选择。他的父母、沈玉贞五天后出现，到时是摊牌，还是淡然化解？高雅琴想了一会儿，对唐家明说："你放心。只要见到你的父母、沈玉贞，我自会不留痕迹地处理这事。即使摊牌，也会合情合理。"

唐家明送高雅琴去停车场取车，见四下无人，突然下跪：“琴姨，我给你跪下磕头。”未说完已经“咚——咚——咚”磕了三下，高雅琴吓了一跳将他拉起来：“家明，现在下跪，还早了些，到你和丹娜拜堂成亲那天再跪。但是，你这一跪，我认了你这个女婿。”

高雅琴在驾车回家路上，已经构思了一个绝对有赢面的计划。这个计划必须有自己的丈夫、陈正元、童琳琳配合，要女儿做一回无辜的人。回到家里，已是晚饭时分，问了丈夫，知道丹娜下班后去了童家。两夫妇在厨房吃晚饭时，高雅琴将下午见唐家明，以及唐家明目前的处境一一细说之后，向唐仲谦说了自己的计划。唐仲谦虽然同意妻子的计划，却也担心丹娜的情绪。高雅琴说：“仲谦，这事现在是争取唐家明尽快成为我们的女婿，没有什么顾虑。你了解女儿，我也了解女儿。要是让她去面对唐家明父母、沈玉贞，她颜面何存？现在我们只要有了话语权，日后女儿会明白这一切。除非你放弃家明做我们的女婿。”

经过连日来的暗中行事，在唐丹娜毫不知情的情形下，高雅琴分别去找了任冰、林阳、温筱梅、余秀明、程姨。在她的计划里，并没有将唐丹娜、童丽、张绍棠包括在内，这是高雅琴为了避免节外生枝，特意采取的手法。她的这个计划堪称瞒天过海，既能夺得话语权，又符合这个计划参与者的意愿。至于唐家明父母、沈玉贞，当三人亲眼看到了唐家明、唐丹娜的结婚登记证明书（由市政府婚姻注册处签发），亲眼见到唐家明、唐丹娜拥有的新居（屋主所有权证明文件是由市政府房屋署签发），亲眼见到唐家明、唐丹娜婚礼仪式的VCR，亲眼见到新娘子唐丹娜的父母、唐丹娜、童教授以及姐妹团、兄弟团在婚礼现场的祝福……这一切足以使他们在目瞪口呆之余，除了责骂唐家明忤逆、败坏门风之外，还能怎样？高雅琴深知唐家明父母很重视中国传统道德文化，沈玉贞自小生长在医生世家，是大学的优等毕业生，他们非但不会对此事提出质疑，只会叹息来迟一步。而唐安娜，尽管她或许会提出质诘，甚至非议，但她面对爱她如珠玉珍宝的父母、一群衷心为她送上祝福的朋友，她会默认、承认，或许还会给点意想不到的回馈。

事态的进展，完全在高雅琴的掌控之中。唐家明父母、沈玉贞抵达旧金山翌日，高雅琴与丈夫一起，以亲家的身份与他们会面，高雅琴将随身携带的文件袋拆开，将唐家明、唐丹娜是夫妻关系的所有证明一一列出。唐家明母亲无奈之下，说要见见唐丹娜，高雅琴推说唐丹娜是福利局工作员，依照上司指示出差公干，十天后才回来。唐家明依照高雅琴的叮嘱，一进酒店房间便向父母下跪，一言不发。唐家明父亲颇有士大夫的气度，在送别唐仲谦、高雅琴离开酒店时浅笑道：“祸兮福所倚，福兮祸所伏。”

高雅琴对自己拟定的计划的结果，甚为满意。在唐家明父母、沈玉贞返回西雅图后的半个月，适逢中秋节，还特别以亲家的身份寄去一盒五黄莲蓉月饼、一张印刷精美的中秋节贺卡，她先让唐仲谦签名，自己再签名。一星期后，唐仲谦夫妇收到唐家明父亲的亲笔信函，虽然信文很短，大意是说请两位亲家有暇来西雅图旅游，最好是女儿、女婿联袂而来。这意味着唐家明父母公开承认了儿子的婚事。

这件事在不着痕迹中结束，唐丹娜并没有异样，唐家明、童丽、张绍棠也如常来串门、聚餐。唐家明除了深深感激高雅琴的仁慈和厚爱之外，与唐丹娜继续保持着男女朋友关系。日子过得飞快，转眼已近感恩节，唐家明并没有选择自己开诊所，而是应聘到旧金山一家公立医院，任职外科医生。

但在生活中，总会有些涟漪，会有些意想不到的事情发生。即使与你只有某些联系，但它毕竟与你有关，甚至在某些层面上给你带来影响。感恩节那天晚上，唐仲谦、高雅琴夫妇约定陈正元、童琳琳、唐家明、童丽、张绍棠来家里过节，吃火鸡，喝点小酒，大家聚一聚，乃属人生一大乐事。就在大伙儿准备开饭之际，唐仲谦接到唐丹娜的电话，说她临时有些事要处理，不用等她吃晚饭。

高雅琴问唐家明、童丽、张绍棠，丹娜究竟有些什么事须现在处理。福利局今天是按法例休假，全美国都放假，这恐怕是处理私事。高雅琴与丈夫热情款待，气氛充满节日的愉悦祥和。聚餐后唐家明用吉他现场献唱三首中、俄、美民歌，童琳琳用双手拍掌为他打拍子，也不时和着唱一两句。一直到将近晚上十一点，大伙才告辞而出。待大伙离去后，唐丹娜从后院经厨房进屋。高雅琴问：“丹娜，你到哪里去呢？”唐丹娜答道：“去见一个朋友。”唐仲谦正想张嘴，高雅琴用眼睛示意要他进房，唐仲谦说了句：“丹娜，妈咪给你留了火鸡和几样菜，你自己去厨房热了吃。”说着便进房间去了。

高雅琴给女儿泡了杯花旗参茶，她接过说了句：“多谢妈咪。”

“丹娜，你好像有心事……”

“妈咪，你知道我去见了谁？”

“谁？”

“沈玉贞。现在她已上了飞机，是旧金山飞往巴黎的航班。”

“她去巴黎干什么？”

“去进修，攻读艺术系。她说她会多拿一个博士学位。”

“这么说，沈玉贞都将上次她跟唐家明父母来此地的事，全都跟你说了。丹娜，请你不要怨我，我别无选择。”

“妈咪，你不是别无选择，你是在替家明和我冒了一次险。沈玉贞是多么善良、多有高贵气质的女生。”

“丹娜，我冒险也是为了女儿、女婿的幸福。就算坐牢，我无怨无悔。”

唐丹娜似乎完全站在沈玉贞的立场上与母亲对话。她说，沈玉贞读大学时修读过证鉴课程，因为她原先想成为一名鉴证专家。当高雅琴打开文件袋，向唐家明父母、沈玉贞出示那份由市政府婚姻注册处签发的证明文件，她第一眼便看出是赝品，因为文件下方没有盖水印。VCR所出现的新郎新娘，是张冠李戴，配音技术不高，对于一个有相当鉴证专业素养的人，这些技术伪装笨拙、不到位。她说，当时她并没有提出任何质疑，经过一些暗中调查，她知道了真相。她的一位表兄是旧金山警察局刑侦处探员，因此她获得许多一手资料，包括爹哋、你、我所有的社会关系和背景资料。最后她选择了宁愿自己去尝苦果，也不愿给出任何置评。妈咪，你知道吗，有几个男生追求她，她是品学兼优的心理学博士。我听了她的陈述，简直无地自容。可是她祝福家明和我的爱情坚贞不渝，一起白头到老。她还说："当我知道你默默帮助了一个因为交通意外以至失业的建筑工，他是三个孩子的父亲，我就决定不会追究。因为你对一个素昧平生的建筑工，即便他鲁莽的驾驶令你最好的朋友受伤住院，都没有一句抱怨，还伸出援手。就凭这一点足以使我深深感动，唐丹娜，你是真的天使，世间所有一切会给天使让路，你一定要幸福。"

高雅琴听完女儿的叙述，有些惭愧。如果沈玉贞果真追究此事，那么伪造文件、破坏婚姻法这两条已经触犯了法律，至少要被法官判监禁两年或以上的刑罚。

高雅琴真不知向女儿说什么了。她垂着头，心里仿佛被滚烫的烙铁烙了一下，痛苦地咽住了。唐丹娜反而笑了："妈咪，你该高兴啊。沈玉贞也是天使，你也该为她祈祷祝福。不是吗？”

“丹娜，你是不是一早就知道我的计划？”

“我只知道一点点。是任冰告诉我的。”

“童丽说她是无间道，果然不假。”

“妈咪，任冰是一片好心，你不能怨她，她快要做母亲了。”

“那好，我恭喜她。你呢，我经过这件事，已经明白了何谓法外情，善良无敌。可是我真是好喜欢家明，你不知道那次他约我到外面咖啡店见面，那副失魂落魄的模样，在停车场他跪下求我磕了三个响头。丹娜，我不是铁石心肠，为了女儿和她男朋友一生的幸福，我豁出去了！”

唐丹娜扑过去搂住高雅琴，靠进母亲的怀里：“妈咪，多谢您！”高雅琴原来那一点苦涩与忏悔，被女儿的话融化了。女儿长那么大了，她似乎都没有正式去吻过，这回她毫不犹豫地在唐丹娜脸上啜了一个深深的吻。

“妈咪，太好了。妈，你是不是留了火鸡，还有几个菜，我真有点饿。傍晚我送沈玉贞上飞机前，只喝了一杯咖啡。”

高雅琴从沙发跃起，笑着对女儿说：“丹娜，我给你热一热，你先去洗个澡，洗好澡来厨房吃。”

这个感恩节，唐丹娜感到是她有生以来最有满足感的节日。沈玉贞的祝福，母亲的热吻，都是发自心底的炽热。她满怀感触地对着浴室的椭圆镜说："唐丹娜，你一定要幸福。"她记得自己对沈玉贞说过，等沈玉贞从法国学成归来，做她和唐家明结婚的伴娘。沈玉贞临上飞机前与她紧紧拥抱，轻轻说道："丹娜，天使，我爱你。"

午夜，唐丹娜躺在床上，盖着棉被，辗转反侧，怎么也睡不着。中午吃过饭后，她接了一通电话，来电者用手机打到唐家，说有要事跟她商谈，她问对方是哪位，对方用温柔友善的语气自我介绍，说是唐家明前女友沈玉贞，她现在在旧金山国际机场。唐丹娜匆匆取了挎包，对父亲说了句"爹哋我出去有点事"。在机场与沈玉贞对谈了将近六个小时。随着沈玉贞的描述，她从紧张到平静，再到豁然开朗。她被沈玉贞谈话的辨析力与穿透力降服了。沈玉贞仿佛是个演说家，具有很强的逻辑思维推理判断力，显然这与她是心理学博士很有关系。她感到沈玉贞身上散发出一种特有的女性的高贵气质。而这种高贵气质是她所见过的同辈人中所没有的。沈玉贞与唐家明同龄，也就是说年长唐丹娜两岁。但她的学养气质却是那么与众不同，在处理感情上又是那么合乎逻辑，合乎道德，富有人情味。她从开始与唐丹娜谈话到结束，没有一句怨天尤人。当说到自己，她轻描淡写地说此果由我栽，品味该我来，也因此她决定到法国进修攻读另一个博士学位。

唐丹娜联想到因果循环之说。每个人在社会中，做善事是会有好报的。她在心甘情愿的驱使下，暗暗帮助过伍志成，仅是尽了一份善心，从未想过回报。沈玉贞的深明大义，对她惺惺相惜，在了解了真相之后反而没有作出丝毫反应。这是冥冥中给唐丹娜的回报，这便是善有善报。这与唐丹娜的生活观很吻合。是的，做人要做善人，做善事，人在做，天在看。

唐丹娜将这件事悄悄和唐家明说了，唐家明满脸惭愧：“我欠了你妈咪、沈玉贞一份大人情。”

唐丹娜安慰道：“家明，我知道你的本意是不想我受到伤害。可是你想不到沈玉贞那么通情达理。”

“丹娜，我与沈玉贞有缘无分。”

唐丹娜跟唐家明说了沈玉贞承诺做伴娘一事，唐家明说：“这样也好。不然我真不知道怎样还她这份大人情。”

“家明，我们以后多做善事，就是给沈玉贞最好的回报。”

唐家明告诉唐丹娜，这个周末医院与华埠几个传统侨团联合举办为艾滋病人步行慈善筹款活动。唐丹娜立刻响应，说将爹哋、妈咪、童丽和张绍棠都约齐，一块参与这次有意义的活动。

“丹娜，童丽和张绍棠前几天已经报了名参加。”

“呵，好个童丽，把我给瞒了。”

这天下班后，唐丹娜约了童丽到家里来，聪明慧黠的童丽一见面就说：“丹娜，我求你大人有大量，请莫见怪。”

唐丹娜问：“你除了带着张绍棠去，还有其他人吗？”

童丽知道瞒不过唐丹娜，便说：“我还通知了姐妹团、兄弟团的人，他们个个都去。”

“童丽，你把我晾到一边去了，我要罚你。”

“甘愿受罚，你要我怎样做？”

“我爹哋妈咪今晚有应酬，不回来吃晚饭。我罚你做肉酱意粉给我吃。”

“丹娜，你就那么一点要求，再加一点儿行不行？”

“好你个童丽，懂得以进为退，长本事了。不过我就这点儿要求。”

童丽做的肉酱意粉很地道，既保持了原汁原味，也掺进了黑胡椒、芫茜，吃起来特别开胃，两个姐妹在厨房一边吃着一边说。童丽问唐丹娜怎会想到请沈玉贞来当伴娘，而将最好的朋友晾在一边。

唐丹娜笑道：“你想不想咱俩同日结婚？”

童丽立即会意：“原来你已经想好了。好，咱俩同一天成为新娘子，人间美事。丹娜，其实我没有告诉你慈善筹款活动，是想你跟唐家明多相处一些时间。”

“我早想到了。原来童丽那么容易就认罚，我好爽呀。”

童丽停住进餐，两只手托住腮帮：“我现在在回忆，天使给我洗脚，惹得娘娘吃醋。”

“我早就知道你爱我了。可惜，我又不能嫁给你。”

“丹娜，那天经过市场街，看见有款新型羽绒衣上架，银白银白的好美，但是我没买。”

“你喜欢为什么不买？”

“要先对你说，你喜欢我才买。”

“你是想投桃报李吗？”

“我是在想，我的丹娜穿上那件银白银白的羽绒衣，会不会更像天使。”

12

人无远虑，必有近忧。唐家明任职的公立医院，福利很不错。他被分配了医生才有资格入住的单身员工配套住房，住房在医院大楼后面不远处，是共渡式建筑。

唐丹娜、童丽、张绍棠帮忙唐家明搬到新家。唐丹娜、童丽替他布置房间，唐家明和张绍棠负责客厅的摆设。半个钟头下来，唐家明对家居的厅房布置很满意，说：“真好，有丹娜、童丽、绍棠帮忙打点，这个家给我的感觉很温暖。”

因为四人都去参加为艾滋病人的徒步联合慈善筹款活动，这会儿要赶去步行起点处集合。唐家明说：“下次我将厨房炊具及餐具配好，备好食材，至少三菜一汤，再请你们来吃饭。”

童丽哈哈笑道：“唐家明，你挑战我和丹娜。”

唐丹娜含笑道：“童丽，他有这个资格。经我妈咪秘密培训，家明到现在起码会做三菜两汤。”

童丽朝唐丹娜说：“琴姨偏心。人家说女婿是半子，这话我信。”

唐家明笑道：“童丽，到时请你多多指教。”说着，从衣袋中掏出一把钥匙，将它交给唐丹娜，唐丹娜不肯收，说这是你家的门匙，还是留着作为备用，自己保管。童丽一手夺过钥匙，拿起唐丹娜的手：“我给唐家明面子，我要你收。”唐丹娜没法，只得收下。童丽靠在唐丹娜耳边笑语了两句，唐丹娜脸带娇羞，说：“童丽，你什么时候成了作家，想象力超强喔。”

来到步行起点处，唐丹娜瞬间感到：侨社力量大，参与慈善活动的人很多。唐丹娜首先见到父亲、母亲与同乡会一群叔伯姨婶，又见到陈正元与商会董事们。陈正元一见唐丹娜、唐家明，便过来打招呼：“丹娜、家明，跟我来，我介绍胡培德元老给你们认识。”

胡培德满头白发，精神矍铄，穿一套蓝色球衣裤。陈正元向唐丹娜、唐家明介绍胡培德，又向胡培德介绍两人。唐丹娜、唐家明都叫胡伯伯好。胡培德朗声笑道：“细侄细侄女，你们这样年轻就懂参与社会慈善，将来一定有回报，福寿禄全乐无边。”

“胡伯伯，您老当益壮，为善不让后辈，我好佩服您。”唐丹娜感到了胡培德眼里的慈祥与温暖。看今天的场面，男女老少，还有部分是西裔人士、黑人、墨西哥人，唐丹娜乐滋滋地说：“我记得有次做梦，也见到过这样的场面。”唐家明朝她说道：“丹娜，你看，那边姐妹团、兄弟团的人都来了。”

温筱梅、余秀明，还有童丽和她的同事，张绍棠、林阳表弟和他的同学，都向唐安娜、唐家明齐道：“欢迎欢迎。”余秀明谑笑道：“家明、丹娜是夫唱妇随。”谁知唐丹娜却轻松作答：“Linda，今天并非正式的夫唱妇随，但你这话，我爱听。”余秀明立刻变得一本正经：“丹娜，你是爱心天使，世上的一切会给天使让路。”唐丹娜含笑不语，她记得沈玉贞也说过同样的话。

将近两公里的步行，唐丹娜望着来参加的人，真的好开心。前面看不到领队，后面看不到最后的人，右手拉着唐家明的手，那种美妙幸福的感觉就是恋爱的感觉。蓝天白云，暖暖的加州阳光映照着每一个人。浅灰色的水泥路边，绿茵交织，风一吹来，那些青青的草苗点头致敬，多么惬意。

“家明”，她松开拉着他的手，“你住那里厨房的炊具餐具，我替你买”。

“丹娜，好啊，但是你知道要什么尺码？”

“我进厨房看过，尺码记在脑子里。只是你需要什么样的餐具？中式还是西式？”

“最好是中西兼备。西式餐具只要刀、叉、碟就可以了。再说西餐我只会煎牛排、焗牛尾，煮罗宋汤。”

“不简单。你也是全能。我喜欢多才多艺。”

“丹娜，你再夸我，我吃不消了。你跟童丽的手艺加起来，顶好多个家庭主妇的手艺。光是给汽车换机油，我就不会。以后你得教教我。”

“原来你说这个。行，你也教我发型设计，我只懂洗、剪、吹，不懂发型设计。”

“你会用荷叶、竹叶包粽子，你会用手针织毛线衣。”

下午三点钟后，结束了步行慈善筹款活动。唐丹娜用手机给童丽打了电话，问童丽有没有空闲。童丽这会和张绍棠在程姨家里，跟子健一块玩电脑游戏。接了电话，原来丹娜想童丽陪她去买炊具餐具。

子健说：“姐姐天使不要走，子健要姐姐陪我玩。”程姨端了碟豆沙饼从里间出厅，问有什么事。童丽聪敏，笑着说：“干娘，有位天使请我协助她完成一项天使的任务。我应该怎么办呢？”张绍棠接道：“童丽，你去协助她。我陪子健玩。”程姨也说：“童丽，干娘通情达理，你去。子健，姐姐天使有事做，你要让姐姐天使去。”

子健有些不愿意，却抓起一块豆沙饼要喂童丽，童丽伸嘴去咬了又用手接着：“子健好啊，姐姐天使有饼吃。”

从程家出来，童丽走到前边路边，唐丹娜的车已经停在一边。童丽上了车来，将半截豆沙饼往唐丹娜嘴里一塞：“丹娜，你够快的，我接电话你就来了。”

“童丽，我担心我搬不动。”她将替唐家明购置炊具餐具的事说了一遍。

“丹娜，我好感动啊。”童丽一语双关。唐丹娜说：“家明明天上午有台手术要做，我多给他点时间去准备，这有什么感动？”

“丹娜，你知道吗，今天的慈善筹款活动，程姨带着子健去了。我妈咪也带了她的两个学生去。”

“善良无敌。我却没想到连子健这样的弱智青年，都去参与。当然，是程姨教儿有方……我怎么没见到童教授？”

“妈咪今天教琴的两个学生，是邀请她一起去，学琴课时间留到下次，她们走在步行队伍的后面。”

“童丽，你眼观六路，耳听八方，了不起。”

“丹娜，我怎可跟你比。手牵手，笑对笑，你侬他侬，甜甜蜜蜜。”

唐丹娜换了个话题，问：“你陪我去买完东西后，要去哪里？”

“丹娜，我上了你的车，就是你的人。你带我到北极南极，我也去。”

“童丽长本事了。说话甜甜的，声音美美的，声调绵绵的……”

在五金店买好炊具，又到陶瓷店买餐具，满满两大纸皮箱。唐丹娜望着童丽说道：“幸亏有你在。”童丽笑道：“我不在你怎么活？”

唐丹娜笑道："童丽，不跟你说了，该买的全买好了。走吧，把这些东西送到家明新居后，我请你吃顿贵的晚餐。"

"好了好了，我就是一吃货，陪你吃陪你睡。"童丽故意娇滴滴地说道，惹得唐丹娜故意打了个寒噤。

到了唐家明的新居前，唐丹娜泊好车，和童丽一块将两箱炊具餐具搬到房门前。"喀嚓"，门开了，走出来一个年纪约摸二十来岁的少女。这少女长得很靓丽，标致的五官，挽一头黑长发，紫花长裙，黑色高跟皮凉鞋，十只白皙的脚趾涂着鲜红的指甲油。

"请问你们是？"她友善地问道。童丽将唐丹娜与唐家明的关系，自己和唐丹娜的关系说了。"我请问你是？你怎么会有唐家明住舍的钥匙？"

"我叫林静美，英文名字May，我爸爸是这家医院共渡住屋管理员，今天他病了，我暂代他的职责。"

"你进他的房间，他知道吗？他在里面吗？"唐丹娜浅笑问道。

"他还在医院巡房，大概两小时后回来。你们不要误会，我已经有男朋友，他目前在服兵役。"

童丽笑着对林静美说："林小姐，那么辛苦你了。"

林静美落落大方，望了两人一眼，说："我刚才在里面简单地替他整理了厅、房，还送他一盘兰花，恭贺他乔迁之喜。如果两位不介意，今晚我请你们三位吃顿饭。"

唐丹娜答道："多谢林小姐一番盛情，改天吧。我忘了介绍自己，我叫唐丹娜，她叫童丽。我们将这些炊具、厨具放进厨房就会离开。"

横空闪出来这样一个如花似玉的美女，她对这样的见面应对自如，而又友善大方。童丽便说："林小姐，丹娜姓唐，她男朋友也姓唐。"

"我知道。再见，我不打扰两位。See You。"她朝两人做拜拜手势，一转身，她那头长长的黑发，随身轻轻摆动，迈着时装模转儿的脚步，走到拐角处沿楼道下楼去了。

童丽朝唐丹娜做了个鬼脸："丹娜，你的前面有座山。"

唐丹娜扑哧一笑："你就那么敏感，唐家明不是她的菜。"

两人搬好之后，童丽问："丹娜，是留在这里等唐家明，还是……？"

唐丹娜将挎包往肩上一挂，笑道："走，童丽，我请你去那家德国传统餐厅吃烤猪蹄。上次正元叔叔请我们一家三口吃过，那味道想起来要咽口水……"

童丽回到家里，心里忐忑不安。想起林小姐那甜甜的笑，婀娜多姿的身段，自己看了也有几分羡慕。丹娜却丝毫不放在心上，她对唐家明很有信心。童丽本能地感到林小姐似乎对唐家明颇有好感。想了想，便给高雅琴打了电话，高雅琴说，小丽，家明对丹娜那份发自心底的挚爱，没有什么理由去挑剔，不要担心，那位林小姐待我抽个时间去会会她。

过了两天，高雅琴特地煲了靓汤，用汤壶盛好，看了手机里童丽传给她的一个地址，那是唐家明新搬进去的住址。出门后，她看了看腕表，是正午时分，便上了车，往那家医院去了。来到共渡屋前，高雅琴看清楚门牌，便去敲门。来开门的人竟是林静美。她自我介绍后，又问高雅琴跟唐家明是什么关系，高雅琴答了之后，问她："林小姐，既然家明去医院上班，那你在他家干什么？"

林静美让高雅琴进屋，请高雅琴坐下，笑道："伯母，我现在帮家明烫衣服。"她指了指那边烫板上的衬衣。

高雅琴不由心里一怔，这个林静美简直当自己是家明的女朋友，真可谓人不可貌相，却也不露声色，故意去说些其他事。林静美说她现在当家明是她的哥哥，因为家明很爱护她。高雅琴心想，看来童丽的担心有道理，林静美喜欢家明，但这行不通。家明是女儿的男朋友，林静美在这时候插上一杠子，到底是何居心？

林静美给高雅琴泡了杯热红茶，又问："伯母，您吃饭了吗？"高雅琴答道："吃过了。我来找家明，是见见他，给他带壶汤。"她刚从提袋里取出汤来，林静美竟然笑道："家明哥哥好幸福呵，女朋友母亲炖汤亲自送来。"说着便接了过去，说待家明回来给他喝。

高雅琴问："林小姐，怎么你不用上班吗？"

“我爸爸病了，我代替他暂时做管理员。”

“林小姐，怎么做管理员连住客家里的活你也包下？”

“我喜欢。我喜欢帮家明哥哥做点家务。”

“你知道，家明是我女儿的男朋友。林小姐，你这样守在家明的住舍，不好吧？”

林静美一点也没有退缩，反而说：“伯母，我愿意。家明哥哥值得我为他做点事。你不会明白，对一个人好，其实也不用找理由。”

“听说你已经有男朋友？”

“对。他在服兵役，两年后退役。”

“林小姐，你对家明应该是暂时的好感吧。”

“不，伯母。我有生之年，就得对他好。”

“那我女儿摆哪里？”高雅琴这会儿有点沉不住气了。

“你女儿有你女儿的爱，我有我的爱。”

高雅琴听罢，又好气又好笑，这林静美懂得爱吗？她毫不掩饰充满占有欲的爱，或许与她的年轻不更世事有关系吧。这时，唐家明开门进来，一见到高雅琴，便叫道：“琴姨，刚才我在门口外面见到那辆本田车，我知道您来看我。”

“家明哥哥。”林静美跳过去，抱住唐家明。唐家明说：“小美，别这样，琴姨在这儿。”

高雅琴有点气恼，冲着唐家明说：“家明，我给你带了汤，你喜欢就喝，不喜欢就倒掉！”说完，从沙发上站起来，开门要走。

“琴姨，你听我解释。”唐家明伸手拦住。高雅琴道：“家明，不要忘了，你下跪向我磕过三个响头。”唐家明手一松，高雅琴拉开门，急急脚走出去。唐家明追出来叫琴姨不要走。高雅琴也不回头，钻进驾驶座，打着火，汽车一溜烟开走了。

唐家明叹了口气，只好回到屋里来。林静美从汤壶里倒出一碗汤，说：“家明哥哥，你的汤。”唐家明站过来，说：“小美，你坐下，这汤我喂你喝。”

林静美乖乖坐下，看着唐家明用汤匙舀汤喂她，张开嘴，喝了一口，又张开嘴，喝了一口。“这汤好醇香，鲜甜。”林静美问唐家明：“这汤是什么汤？”

“这汤叫花胶鲍鱼鸡汤，补身，你喝了有益。”

“家明哥哥，我的事全世界只有你一个人知道，不要告诉别人喔。”

“小美，我向你保证，不告诉别人，为你保守秘密。”

“我就知道，家明哥哥最疼我了。”

高雅琴并没有将眼见的一切告诉女儿，只是给童丽通了电话，要她三缄其口。童丽心知肚明，也装做什么都不知道。倒是唐仲谦发现唐家明一个多月没到唐家，便打了电话问唐家明，唐家明推说自己常常要值夜班，这段时间比较忙。

唐丹娜照例去找唐家明，唐家明也没有异样。有时唐丹娜在家明住舍见到林静美，彼此有说有笑，还在一起吃过饭。童丽问唐丹娜，唐家明和林静美是不是在恋爱，唐丹娜坚决否认，说他俩以兄妹相称，没有行差踏错。高雅琴暗中观察女儿，也未发现唐丹娜有异样，但心里总是不舒服。高雅琴不敢向女儿提一个字，是她了解女儿，在感情上的事，她有自己的一套，既要鲜明踏实，又不能眼里揉沙子。这样过了一个多月。那天是高雅琴生日，唐仲谦照以往形式，在家里摆一桌丰盛酒菜，请几位好友来相聚。但那天晚宴，唐家明没有出现，也没有打电话来说明原因。唐丹娜打电话给他，无论家里的座机还是他本人的手机都没人接听。高雅琴偷偷对童丽说：我们去来个突然袭击，看看唐家明到底在干什么。童丽想了想，唐丹娜有唐家明的门匙，这事还是要跟她说。唐丹娜答允，于是三人一道前往唐家明住舍探个明白。

唐丹娜驾车时，心里有些不安。她认识的唐家明是君子，家明处事做人从不藏着掖着，光明磊落，这也是唐丹娜喜欢他的原因。高雅琴在车上对女儿说，古人有云：是福不是祸，是祸躲不过。童丽说，家明到底有什么难言之隐，我们确是一无所知，但他是丹娜的男朋友，我必须过问此事。唐丹娜想，母亲、童丽太紧张她，林静美的出现，并没有造成唐丹娜与唐家明之间的任何摩擦。

来到唐家明住舍，开门一看，唐家明颓然坐在地上，他的面前已经有好几个空啤酒罐，这会儿他举着啤酒罐，喝着闷酒。屋里一片凌乱，看样子已经好几天没有收拾整理。唐丹娜吓了一跳，几天前她才来过看家明，不是眼前这副模样，看样子家明受了很大刺激。唐丹娜蹲下去扶唐家明，他一甩手，叱道："老天不开眼！老天不开眼！"唐丹娜抱住他，问："家明，发生了什么事？你为什么变成这样？"唐家明嚎哭，那种令人心酸的哭调，是痛失亲人的感觉。

高雅琴、童丽目瞪口呆：这是唐家明吗？唐丹娜紧紧抱住唐家明的头，用手抚住他的发梢，安慰他："家明，我是丹娜，我是你的天使。"

唐家明推开唐丹娜，痛苦地叫道："天使？天使可以救小美吗？"

唐丹娜脸色"唰"地白了："林静美？小美怎么样了？"

"她现在躺在重症特别监护病房。"

"小美得了什么病？"

"白血症，最后一期。"唐家明掩面啜泣。这等于间接宣布林静美的死讯。高雅琴哎哟蹲下来，哭道："家明，那天我那样对你，真对不起。"

童丽默默地流出眼泪，她只见过林静美一面。那天她和唐丹娜将炊具厨具送来，与林静美见面交谈。她知道她误会了林静美，也误会了唐家明。高雅琴心里非常难受，再不敢说话了，甚至不敢去看唐家明的脸。

"琴姨"，唐家明擦了把眼泪，"我没有怨你。我瞒住你们小美的病，是我能为她做的最后一件事”。“她才23岁，23岁啊！老天为什么要这样惩罚她？”

唐丹娜立起来，轻轻对高雅琴、童丽说道：“妈咪，童丽，你们先回去吧，我留下来陪家明。”

说真的，唐家明最感痛苦无奈的是身为医生，对林静美的病束手无策，以至于被外界误会他毫不介怀。对于一个不久于人世的如花似玉的少女，上天竟会无情至此。他作为一个健康的人，对一个身患绝症的人，付出一份人性的温暖，难道不是人的善良本能吗？林静美太年轻了，真不敢去想象她对即将离开的世界，会有怎样的未了心愿？如果有，也一定是人间最瑰丽的语言。林静美真的太年轻了，父母、兄妹、男朋友都爱莫能助。她那位同样是23岁的男朋友吉米，从服役的军营请假专程回来，在医院守了几天几夜，几乎是一言不发。她的父母、兄妹轮流看护她，一脸的凄然。人如果有来生，唐家明祈愿在人生某个驿站，与她相遇，彼此诉说前生事，再续未了缘。

13

有句话说得好，也颇有哲理：你是谁并不重要，重要的是你和谁在一起。唐丹娜就是这样认为，她自己仅仅是父母的独生女儿，而她的朋友圈却是生活中努力奋进、彼此帮衬、互助互勉的群体。这些朋友的存在，还有她的生活面，使她渐渐有了新的认知：她的生活，只有在这样的生活共同体里面，才会看到光，感到温暖，汲取养分。特别是童丽，与她有着一种仿佛是隔世知遇、上天恩赐的姐妹情缘，一种有如骨肉相连的亲密感觉。也许灵魂附身交替的折射，渗进了她俩身体的每一部分。唐仲谦、高雅琴、童琳琳也在她俩的互动中感到神奇叹服，不得不说是美妙的奇缘。

自从与唐家明相识后，唐丹娜感到自己的生活有了新的动力。唐家明身上散发出善良、宽厚、睿智的男性吸引力，她知道这种吸引力使她逐渐放下了以往的短见，人类社会不可以没有爱情。唐丹娜认为自己并非信仰主义者，因此不必担心因为爱情而感到不安，也不必在意某些意识形态的束缚。她执着认定：爱是专一的崇高的生命灵丹。在林静美辞世后不久，她曾经有过要与唐家明结婚的冲动，她希望用真爱来抚平唐家明那颗受伤的心，至少她为他能够有所付出、有所慰藉。但从另一角度去思考更深一层后，她放弃了结婚的选择。那是因为她的生活经验告诉她：结婚既然是神圣的，就不能凭一时冲动。再者，她给沈玉贞的承诺言犹在耳。几次慎重思考，她得出了结论，当结婚的光环投在她的额上，她欣然接受，就像她在任冰婚礼仪式上，她略一伸手便接着那束幸运花。

童丽总是感觉，她的前生像是唐丹娜，不然唐丹娜怎么和她在同一个夜晚做同一个梦，而这梦中境遇完全同一版本。自从唐丹娜将那盏心爱的琉璃灯赠送给她，冥冥中有种无形的爱在保护她，因而童丽对唐丹娜可说是唯命是从。她想到的唐丹娜同样会想到，她未想到的唐丹娜从来都比她先知先觉。童丽认为上天对她太恩赐，人海中使她与唐丹娜相遇、相知、相恋，当然，她爱唐丹娜绝非同性恋那样，而是一种甘愿从心底付出所有的真挚。毫不夸张地说，唐丹娜占据了童丽的灵魂。她视童丽为同性知己，而她对童丽的付出可说是纯粹的，她与童丽是一生一世都不分开的姐妹。特别是在爱情、婚姻的观点上，童丽完全站在唐丹娜的一边，没有一丝一毫的差异。

任冰为女儿满月摆了八桌满月宴，除了男家女家亲友，也请唐丹娜与父母、童丽和母亲、陈正元、姐妹团、兄弟团。通常满月宴多半是中午设宴至下午四时。满月宴与婚宴、寿宴、生日宴、庆贺宴等不同，它是一种喜庆答谢形式的便宴。满月宴有糕饼、点心，也有几样小炒，且一定会有象征喜庆的红鸡蛋和甜醋猪脚姜。

任冰抱着女儿，将这个可爱的小宝贝，逐桌给亲友们见过。唐丹娜和童丽也陪着，任冰笑着问她们："丹娜，童丽，几时喝两位的喜酒？"

童丽呵呵笑答："任冰，大概等到你女儿会走路讲话，或者再早些。"

任冰又说："丹娜，你呢？"唐丹娜笑答："童丽怎样办我就怎么办吧。"任冰有些不解："童丽，你跟丹娜都商量好吗？"童丽笑眯眯说道："任冰，到时候我要双份贺礼，你可给足啊。"

任冰似乎知道童丽在耍太极，便说："行。就等你们来报喜。"

唐丹娜抱过任冰女儿，亲了亲她红红的脸蛋："任冰，有其母必有其女，她像你。"

童丽去接过来抱，亲了亲小宝贝，问："给女儿起了名字没有？"

任冰接过女儿抱着，说："林阳爹哋给她取了名字叫林丽欣。林阳给她取了英文名字叫Jennifer。"

童丽笑道："珍妮花，好名字。任冰，是不是应该三年抱俩？”

任冰即道：“正确。既然决定要孩子，起码两个，让孩子从小有个伴。不论弟弟或妹妹，以后他们的成长，会多一份亲情。”

唐丹娜赞同道：“对。多一个孩子，多一份亲情。童丽，记住了，以后起码要两个孩子。”

童丽嘻嘻笑道：“丹娜，那可是你说的。任冰，有你作证，我这厢应了。丹娜以后也要两个孩子，我们是在创造理想。”

散席后，童丽问唐丹娜：“唐家明现在怎样了？”唐丹娜瞧了瞧陆续从酒家出来的人群，便说：“回去再说。”

“去你家还是我家？”童丽问。

“我看你还是去我家。家明今天有手术做，他大概也没时间过来。爹哋妈咪今晚有应酬。那张绍棠你怎么安排？”

童丽掏出手机，打了张绍棠的手机，说她到丹娜家。那边张绍棠答道：“好，你去，有事我联络你。”唐丹娜又问：“童丽，那童教授……”童丽说：“娘娘今天傍晚跟一群学生开派对，听说有个学生前两天参加湾区青少年钢琴比赛得了银奖，娘娘可乐了。”

“那行，走吧。”唐丹娜一回到家，便将满月宴散席时主人家奉送的红鸡蛋、甜醋猪脚姜，倒在汤碗里，放到微波炉热一热。童丽知道满月宴上，唐丹娜只顾跟任冰聊天，也没吃什么东西，便说："把我的这盒也给你，够不够？"

"不，你的那盒带回给童教授。"唐丹娜从微波炉取出汤碗，问童丽："来，一块吃。""你吃，我有事做。"

童丽却从自己的挎包里取出一瓶指甲油、指甲钳、涂指甲油的小笔，又去搬来靠椅，说："我替你脱掉高跟鞋、丝袜，把脚伸到我的大腿上，你尽管吃你的，我替你剪脚趾甲。"

"童丽，你怎么会想到替我剪脚趾甲。"

童丽说："原来你的脚趾甲刚剪没多久。行行，我给你涂上最近流行的银色甲油。"

"好个童丽，跟上潮流啦。怎么好意思，我吃东西，你替我涂指甲油。"

童丽也不答话，聚精会神替唐丹娜涂指甲油，不时用嘴去吹刚涂上的脚趾甲。十来分钟，童丽呵呵一笑："怎么样，丹娜，这种银色甲油够新潮吧？"

唐丹娜看了自己的双脚，含笑道："好看，童丽的审美观又进步了。你的呢？"

童丽脱去自己脚上的高跟鞋、丝袜，伸出她那双白皙的双脚问："丹娜，我早上涂的，美不美？"唐丹娜看了，不禁笑道："怎么你的脚趾甲点了这些个颜色？"童丽的脚趾甲上，是用银色甲油作底色，上面另外添了黑点、黄点、红点、蓝点，确实有另一种美感。

"如果你认为美，下次我给你涂这种多色甲油。"

“好啊。挺美的。怎么你跟任冰在那边说了些什么秘密？”

“也不算秘密。任冰说她准备接手楼下那家美容护肤品店来做，恐怕不回福利局上班了。”

“原来是这样。我作为她的同事，祝她生意兴隆。童丽，以后你少不了去帮衬。”

“任冰说，你和我去光顾都有八折优惠。”

“我对任冰说，你接手美容护肤店来做，是赚钱买花戴，你又不缺什么钱。”

“任冰说，她的女儿有佣人带着，她不能游手好闲。总之，她结婚再加上生了个女儿，诸事吉利。这样是好归宿，女人的好归宿。”

唐丹娜听后，道：“童丽，你是不是自己想将婚期提前？”

童丽摇摇头：“不，你跟我早有约定，我不会提前。”唐丹娜想了想说：“童丽，我现在就为你做件事。”

童丽问：“什么事？”

唐丹娜说：“陪你洗澡。现在你的腰没出现什么问题吧？”童丽伸出双臂去抱唐丹娜：“我的丹娜，每一次说话都给我感动，你太好了。”

自从童丽车祸住院，康复后唐丹娜只要是有时间都替童丽洗澡擦背。童丽感觉很优越很舒服，尤其是唐丹娜用海绵擦沾着香皂沫替她擦背，她感到唐丹娜那双天使般的手，是在保护着她的每一寸肌肤，是那样温柔而充满爱心。这个时间她会闭起双眼，甚至短暂的屏息呼吸，让唐丹娜的手在她白滑的背肌上擦拭。

唐丹娜刚与童丽相识的时候，童丽是染着棕黄色的短发。她见到唐丹娜没有染头发。后来彼此熟络了，童丽问丹娜为何不染头发，唐丹娜说染发剂虽可将头发染成自己喜欢的颜色，但毕竟染发剂里面含有的化学原料，对头皮、头发有某些程度的侵蚀，若长期染发，对身体并无益处。这以后，童丽就再没去染头发。唐丹娜学会剪头发之后，童丽要丹娜剪成丹娜的发型，纯自然披肩黑发，不短也不长；也学丹娜那样，平时给头发抹些护发素、护发脂，有时也喷些发胶，扎个丸子头。唐丹娜的生活习惯，童丽全部搬到自己身上，她知道唐丹娜很喜欢她的模仿。这样日子一长，童丽连脾性都学唐丹娜。唐丹娜身高161公分，童丽比她矮半厘米，两人站在一块，穿上高跟鞋，谁都看不出来，都认为她俩的身高一样一样的。童丽对唐丹娜有一种莫名的崇拜，她却说不出来，其实这已是一种向善的境界。

这会儿童丽心情舒畅，问唐丹娜："丹娜，家里有没有排骨，我给你做糖醋排骨。"

"童丽，晚饭的好菜，应该是你的菜。我妈咪昨晚做了一1只贵妃鸡，只要放进微波炉热几分钟就可吃。另外，我今早出门之前，将蠔豉、发菜、支竹浸泡，猪肉烫过水。一道蠔豉发菜炆支竹猪肉，你试试做，我在旁边给你参谋。”

童丽心花怒放，忍不住拍手笑道：“丹娜，你是我肚里的蛔虫。太棒了！蠔豉发菜炆支竹猪肉，我的上菜！走，我们去厨房。”唐丹娜抿嘴一笑：“你看看你，就一吃货。”

童丽从后面抱住唐丹娜，嘻嘻笑道：“我就吃你吃你。”

说真的，童丽以往看唐丹娜做这道菜，已经很多回。对蠔豉发菜炆支竹猪肉的火候、时间，早已了然于心，记得滚瓜烂熟。现在丹娜是给她有种考试高分的感觉。就在童丽将食材倒进锅里开始炆燉的时间，唐丹娜只是观看，不发一言。童丽却问：“丹娜，次序都对吧？”唐丹娜说：“都对。”童丽听着闷烧锅丝丝的声响说：“这是生活美的节拍。”唐丹娜问：“童丽，两道菜加一个汤，好不好？”童丽答道：“好。”唐丹娜先取个汤碗，又拉开冰箱，从里面取出一盒杂菜粒，一个鲜鸡蛋。

“童丽，这道汤是家明教我做的，叫做方便汤。”

童丽看了看杂菜粒盒，撕开纸皮，倒在汤碗里。原来是青豆粒、红萝卜粒、芹菜粒。唐丹娜说，这汤做法简单快捷，只需将杂菜粒放进锅里，倒进大半碗汤水，烧开之后，让汤煮10分钟，杂菜粒出味后，将鸡蛋打开放到汤里搅拌即可。调味料是盐、鸡精、葱花。童丽看着唐丹娜在她身旁做这道方便汤，非常熟练、到位。唐丹娜把汤做好后，童丽用汤匙舀了一点，放到嘴里一尝道："味道不错，这汤好。"童丽心里明白，唐丹娜是趁着这个时间教会她做方便汤。童丽记得母亲说过：唐丹娜就是一个为童丽的生活而生活的天使。童丽明白唐丹娜对她有着隔世知遇的真挚纯爱，如果有连科学家都无法解释的灵魂附身交替的折射现象，那么，童丽认为她与唐丹娜的姐妹情，是几代修来的运气，因此，她对唐丹娜不仅依赖，也言听计从。她赞赏、认同并且刻意去迎合唐丹娜，换言之，她认定丹娜说的做的都是对的。

吃饭的时候，童丽问唐丹娜："丹娜，以后我俩一起结婚，两个家庭，我想两家人合起来供一间大屋，即是两个大单元那种。"

"童丽，我自己好办，爹哋妈咪也会赞成，我还要问问家明。"

"中午满月宴，我悄悄问过林阳，现在这种两单元的大屋市价是在一百八十万到两百万，三十年供满，首期付四十万。"

"好个童丽，美国梦在你眼里，是顺理成章的事。以张绍棠、你、我、唐家明的薪金收入去供这种大屋，没什么困难。我的想法是尽可能提早几年或者用二十年时间将大屋供款付清，不是更好吗？"

"好，有志者事竟成！说真的，在美国人人都能实现不同形式的美国梦，只是时间长短。有的人打工租房子住，一直干到退休年龄，存了一笔钱，可以每年享受旅行，申请住政府分配的老人居屋，等三五年便可入住，水电费全免，租金只需交退休收入的三分之一，医疗保健费全部由政府支付，这是一种美国梦。有的人一家大小，省吃俭用，先供下第一间房子，再用此屋去向银行净值贷款，省下第二间屋的首期，接着供下去，这也是一种美国梦。我和你算第三种。"

"当然。如果仅仅是这样的美国梦，人人都可实现。我们应该去想大一些更适合我们的美国梦。"唐丹娜望着童丽，用手向上一指："我们应该去想大一些的梦。"

接着下来，唐丹娜去找唐家明，将童丽与她商议的结果告诉他。唐家明笑道："好，我十分赞成。丹娜，有件事我也想向你说。"接着，唐家明便告诉她最近联合国世界卫生组织招募一批医务人员志愿者，前往非洲某地区，为当地民众赠医送药，是国际人道主义的援助，他已报名参加，月内便有消息。唐丹娜问他去多久，唐家明说至少两年。他还说，这也是对他的人生考验。在城市生活时间长了，对外界的民间疾苦不了解，他很想去看看外面的世界。

唐丹娜点头道："家明，你是对的。换作是我，也会报名参加。"

唐家明道："丹娜，我有个请求，你可不可以答应？"

唐丹娜答道："你说，我答应。"

"我父母那边，我通知他们。谦叔、琴姨暂不要说，待我出行之后再说。另外我准备临行前，请你和童丽、张绍棠来我这边好好聚一聚。”

唐丹娜笑道：“家明，我答应，我都答应。”

隔了一天，唐丹娜下班后到童丽家，将这个消息告诉她。童丽睁大眼睛问：“丹娜，你舍得让家明去？”

“为什么不舍得？”唐丹娜望着童丽。“自从发生了林静美的事之后，我感到家明一直在想着为病人多做些善事。你是不是担心些什么？”

“家明的人品很好，我是担心你。还好，只是他一人去，我的丹娜在我身边。”

“若是我有这样的机会，我也会报名去。”唐丹娜还未说完，被童丽用手捂住嘴：“丹娜，不要说，再说我要哭了。”唐丹娜扶住她说：“童丽，我不是在这吗？不去，我不去，我要陪童丽，哪都不去。”

童丽扎到唐丹娜怀里：“你是我的丹娜。”唐丹娜捧起她的脸，逗她笑道：“童丽，不哭。丹娜最疼你。”

“我要你做肉酱意粉给我吃。”童丽撒娇道。

“你要考我吗？童丽，你可没教过我啊。”

“我是诈你的。你坐好，打个电话回家，说你不回去吃饭。我妈咪今晚有应酬不回来吃饭。我给你做最好吃的肉酱意粉。”

唐丹娜笑了：“这回我赚了，童丽下厨慰劳我喔。”说完，便掏出手机给母亲打电话说自己在童丽家，不回家吃饭。高雅琴笑答，那你跟童丽开心晚餐，我和你爹哋今晚是二人世界。

唐丹娜悄悄走到厨房门口，偷看童丽下厨。童丽可精着哩，也不回头，嘻嘻一笑："丹娜，你要看进来看，我知道你偷看。"

唐丹娜故意装作若无其事，说："我不敢。"

很快两碟热腾腾的肉酱意粉摆到桌上，唐丹娜感到真有些饿，动起叉子就吃。童丽看着她吃了几口，将自己碟子的肉酱意粉，又拨了一些给她："丹娜，慢慢吃，不够饱，我再做。"

"好吃，童丽做的肉酱意粉就是好吃，甘拜下风。"

"丹娜，你就是爱夸我，从不损我。"

"哎呀，别说了，我要打寒噤。对了，家明去非洲，那我们的四人计划怎样进行？"

"你是担心钱的问题？"

"不，我不担心。家明说他先拿出六万块钱来作为供款，由我们调配。以后他回来之后，再继续参与四人计划。"

"好。我看周末我俩去找一趟任冰，跟林阳将这个计划说一说吧，请他给点专业意见。然后，我们去看房子。细细地看，找满分的看。"

两人边吃边谈，直到童丽妈咪回到家来，唐丹娜才告辞。

待唐丹娜驾车离开后，童丽将四人计划合伙供屋的事，跟母亲说了一遍。童琳琳大表赞成，说："小丽，妈咪听到你们有这种志气，真替你们高兴。钱的问题，解决了吗？"

童丽将自己的想法以及和唐丹娜商量的结果说了。童琳琳道："先谋事而后动。我们住的这间房子，前年已经供满，净值贷款至少有三十万，我还有些积蓄，十几万不成问题。"

童丽说："妈咪，我好惭愧。做了那么多年保险经纪，银行存款还不到十五万。"

"小丽，只要你过得好，我就安心。你们还年轻，实现美国梦只是时间问题。我女儿争气，要供间大屋，我多有面子。"

"妈咪，谢谢您。"童丽笑道："以后我和丹娜一起当新娘子，生儿育女，妈咪，您的孙儿孙女到时候围着您转。"

"小丽，妈咪都听进去了。你起码给我生两个男孙或女孙。"

这一夜，童丽失眠了。母亲的激励，使她愈感母亲爱女之心。瞅一眼床前桌上的琉璃灯，她温柔地笑道："丹娜，我们一定要幸福。"

然后，生活是波浪式向前推进的，不会风平浪静。幸福也不会叩门而入，总有些波折，总有些眼泪，那样的起伏过后，才会见到幸福的来临。

14

唐丹娜每次读着唐家明发回来的电邮，心里就充满了喜悦与忧虑。她眼前仿佛闪现出非洲大陆生活的游牧土著。其实他们早已经是现代人，只是继续过着原始部落的与世无争的生活。天、地、人、花草树木、飞禽走兽，是他们的世界。在这里没有电灯，没有电脑，也没有汽车，交通工具是驯服的野牛，自卫武器是木制的弓箭。当你从现代文明社会走进去，当然是走进另一个世界。唐家明说，他以前读大学那会儿，对原始社会耕牧民族只是从书本上知道，现在是实地体验这样的生活。简朴而悠然自得，野性而充满人性。21世纪仍有这种日出而作、日落而息的土著人群，然而他们对联合国派来替这个族群医病疗伤的医护人员，却显得友善好客。唐家明说，如果将这里以外的精神、物质等的人类文明搬来，这将是一个妙不可言的社会。显然，你会感到现在的枯燥无味，甚至有些格格不入。但当你怀抱着这样一个纯大自然生态的，没有战争的、没有人与人之间猜忌、仇视的环境，你的心态也会自然调适。

鲍勃教授是医疗队的领队，这位慈祥和蔼的老医生，脸上永远挂着微笑，他对医疗队的同事们有如家人。他说，孩子们，我们奉主的旨意，来到这里工作，这是一个精英群体合作。来自挪威的安娜、英国的塞门、加拿大的詹姆斯……十二个人当中只有鲍勃与唐家明来自美国。鲍勃说，他是第三次来非洲执行联合国人道主义援助，这是他的使命。唐家明了解到，鲍勃是个医术医德极好的外科医生，也是个虔诚的基督教徒。唐家明不感到意外，鲍勃的宗教信仰并不会对他有什么影响，重要的是鲍勃的敬业和专业操守感动着他。在生活中，信仰者与无信仰者共同完成某项工作，是普遍现象，也说不上谁影响谁。或者说，在思想意识的见解中，彼此之间有着殊途同归的长远的共识。来自加拿大的詹姆斯，比唐家明年轻一岁，他是医学院最优秀的博士医生，也是东正教徒。唐家明跟他很谈得来，从中得知詹姆斯的祖父祖母是白俄罗斯贵族。詹姆斯信奉东正教，似乎便是理所当然的事了。宗教信仰旨在压抑人的犯罪心理意识，引导人向善的潜能。尽管从科学角度去看宗教信仰，许多观点含糊不清，很容易被人理解为某种科学论据。因为许多科学家本身就是有宗教信仰者，甚至当今政坛上叱咤风云的人物，也多半是信徒，当然也包括政治信仰。

唐家明知道自己需要的是什么，除了宗教信仰从他身旁擦过，其他的事物都引起他的兴趣。当他拿着平板电脑向土著人首领介绍这是最新面世的科技产品时，那个首领却问他有没有可口可乐汽水。第二天唐家明给他带去半打正装可乐，他喝得津津有味。这个土著人首领叫固玛，小时候在英属殖民地生活过，能说流利的英文。到了青年时期，他选择了回归大自然生活，加入放牧一族，从此开始他无拘无束的与原始生态环境朝夕相处的漫长岁月。他说，他知道人类生活在变化、进化、现代化，但他还是认为目前的生活现状适合他。他有三个妻子，十六个子女，大儿子已经结婚，有五个孩子。有这样一个两百多人的族群归他统领。他说，现代人是他的邻居，他们生活在城镇，而他和他的土著人族群，向往天郊野旷，和睦相处。固玛的生活认知，给唐家明一种世外高人的感觉，原来人类生活有很多选择。

为什么我们现代人要局限于某个模式的生活？答案是社会的原因。但是模式凝固并不是坚不可破，它总会有瓦解的时候。现代人用喋喋不休的高谈阔论去阐述自己的进步，在固玛看来是邻居的言论，可以听之任之，只要不触及他的族群。他们信仰冥冥中自有天神的庇护，唐家明看到固玛手上握着那本两寸厚的经书，就已经得出了结论。

唐丹娜对于唐家明在非洲的生活体验，有一份说不出的忧虑，长时间过与现代人有距离的生活，会不会改变一个人的思想意识。可是她从唐家明的叙述中，得到了这样的启示：人类社会走在最现代的前端，他们的祖先是人类母系社会族群。固玛的生活方式是演绎这种生活循环的其中一例，没有对错，没有所谓先进与落后，也没有人与人之间的歧视。他看到的是多元化的人类社会发展生态。渐渐地，唐丹娜认为唐家明是在用科学家一样的求知欲去剖析生活，自己的忧虑显得多余，只要家明注重身体无恙，工作尽心尽力，一切都平安，那就是最好的答案。毫无疑问，甘于在花草树木、飞禽走兽的原始部落中自由自在地生活，未尝不是一种境界。就像我们的生活色彩，有人喜欢重彩浓墨，有人喜欢大红大紫，有人喜欢纯白素雅，彼此互相尊重对方的色彩，尊重不同的生活方式，人类因此而发展进步。

唐丹娜将唐家明的境遇告诉了童丽，童丽听得津津有味，甚至与唐丹娜讨论现代人生活是为谁、为什么，以及价值观等等。她几乎每次都是在唐丹娜的论点里得到新知识，而在这段时间对美国梦加深了理性的思考。唐丹娜与童丽用了许多周末时间去看房子，将旧金山所有的区域都根据介绍资料去看了最满分的房子。最后在日落区选中了一幢两大单元、屋龄只有十几年的大屋，以一百九十万的价格、四十万首期付款，买下了她俩心中的靓屋。这幢淡黄色外墙，有双车房配一单元，后院有八十平方尺草坪的豪宅，在旧金山民宅中算不上最贵最好，只是最适合两个小家庭安居而已。

唐仲谦、高雅琴、童琳琳、陈正元都参观过这所房子，都称赞物有所值。按照唐丹娜、唐家明、童丽、张绍棠的月收入去供这幢豪宅，完全可以在三十年内成为屋主。唐丹娜提出的方案，童丽也表赞同。在唐家明未回美国之前，也就是说她俩未成为新娘子前，房子一方面每月供款给银行，另一方面房子租出去给人暂住。这一出一入，减少了原本每月的供款近一半。当然，在出租给房客之前，唐丹娜找了装修工程专业人士，对整个房子作了一次规范装修粉刷，这已经使唐丹娜从供款中支付了十二万。童丽提议将房子租给单身女生或男生。大约因为房子距离加州州立大学仅仅是五分钟车程，通过网站介绍，不到一个星期便租出去了。租客是四个加州大学的女留学生，她们的原居国是文莱、新加坡、日本和马来西亚。唐丹娜、童丽每隔一星期到豪宅去看看，做点儿简单清洁，一旦发现住屋有问题，及时作出处理。就这样过了大半年，唐丹娜与童丽对大屋渐渐产生了感情。童丽说，她有时晚上做梦，也梦到过豪宅后面的草坪，那片绿茵茵的青草坪，带给她对人间仙境的憧憬。唐丹娜笑道，人间仙境应该也包括整幢房子，就像厨房里有锅勺等各式炊具，也有碗、筷、汤匙等各样餐具。童丽感到兴奋的是，她和唐丹娜四人合供的豪宅，在不到一年时间升值了二十万。房地产这一行真不错，想一想林阳从一个普通地产经纪到如今成为实业公司老板，用了十二年时间，他拥有的不动产净值已在两百万以上。童丽除了暗暗佩服他的拼搏精神，也为任冰嫁了个赚钱有道的好老公，以及实现了三年抱俩孩子的愿望而欣喜。

那天是农历十二月二十八，离农历春节只差两天。唐丹娜和童丽照例去豪宅巡查，做些清洁工作。那个来自新加坡的留学生李晓菁见面打了招呼，说："丹娜、童丽，中午我去过旧金山中国城，那里正在摆街会，看那种阵势，那种气氛，与新加坡华人过年没有两样，你们在这里的居民，太会生活了。"

唐丹娜与童丽相视一笑。唐丹娜说："晓菁，摆街会年年都有，这次是农历春节，还有七月节、中秋节、圣诞节的街会，这都是习俗。你在这边过年，是不是每逢佳节倍思亲的感受？"

李晓菁笑了："那是人之常情。我为你们生活丰富多彩点个赞。我今年没回新加坡过年，是因为学期中，我答应过父母，我不请假回去。"

"那她们三位呢？"童丽瞅着李晓菁。

"幸子回东京，宋丽芳回文莱，梁燕云去纽约和舅妈舅舅一家过年。看来这几个晚上我都要靠视频跟亲友见面。"

唐丹娜望着李晓菁，眼前这个攻读工商硕士的女孩，也有思乡情结。四个留学生中，李晓菁是读书最用功的。李晓菁出身于书香世家，父母均为大学教授，有个姐姐是国立大专讲师。李晓菁来美国深造而放弃做千金小姐，又何尝不是一种向上的生活态度。唐丹娜友善说道："来我家，晓菁，来我家吃团年饭，吃过团年饭再回去视频。"童丽也说："丹娜开口，这是天使邀请你喔，我当你答应啦！"

李晓菁点头道：“好，谢谢！我一定去。”

这几年团年饭，唐仲谦、高雅琴都请童琳琳、童丽、陈正元来一块吃。今年春节前，陈正元花了十天假期回深圳看儿子儿媳妇和孙儿。这桌团年饭照样是六个人吃，陈正元换成了李晓菁。高雅琴要做八菜一汤一甜品，其中煲汤是唐丹娜负责，做花胶鲍鱼煲鸡汤；甜品是由童丽到程姨的糕饼店，做了栗子蛋糕，专程取后送来唐家。李晓菁自己驾车到华埠街会买了一盆栽金桔，也送到唐家。她对唐仲谦、高雅琴说，买金桔过年，是希望来年金银满屋、吉利连年。

准备吃饭时，唐仲谦也按往年惯例，开瓶X.O名酒，先倒给李晓菁。李晓菁说她不会喝酒，唐仲谦笑道，平常我们都很少喝酒，适逢年节可小酌浅饮。年三十晚吃团年饭，是按中国农历传统习俗，喝酒是要的，这表示喜气洋洋。你买盆金桔送给我们，我们很欢喜，也知道你很有家教。我给你敬上好酒，是恭祝你来年学有所成，为父母家人争光，为自己的理想更进一步。唐丹娜、童丽也附和着，请李晓菁喝酒，不多喝，喝一点意思意思。李晓菁含笑点头，看着唐仲谦往她杯子里倒了小半杯名酒，心里感动得无以言表。

美酒佳肴，李晓菁吃得有点飘飘然。八道菜除了白斩鸡，其他七道菜都是首次吃：松子鱼、香酥鸭、东坡肉、茄汁虾、蠔豉发菜炆支竹猪肉、蒜子豆苗、奶油白菜。唐丹娜、童丽轮流给李晓菁添菜。高雅琴亲手舀一碗热汤，放在李晓菁桌前。

童琳琳取来纸巾要替李晓菁擦嘴，李晓菁急忙接住纸巾，说她自己擦。几人热情好客，李晓菁心里暖烘烘的热乎着，几乎要流泪。唐丹娜一看，说晓菁你的眼睛好像有点什么，轻轻用纸巾捂住她要流出的热泪。吃过饭后，高雅琴、童丽到厨房里一会，出来时高雅琴端上一盘切好的金山橙和火龙果块，童丽送上她特制的栗子蛋糕。李晓菁这顿饭加上饭后水果、蛋糕，吃得饱饱的，打了几个饱嗝。唐丹娜专门泡了杯助消化的香柠热茶给她，看着她喝下去；又对童丽说，你先送童教授回家休息，然后到豪宅接我，我用晓菁的车送她回豪宅，在那边等你。李晓菁说她没醉，可以自己驾车。唐丹娜说现在都快晚上十点钟，我不放心你一个人驾车回去，说到底你是客我是主，权且让我代你做回司机。唐仲谦、高雅琴、童琳琳都说丹娜言之有理，晓菁不要客气，就让丹娜送你回去。

出了门来，唐丹娜先让童丽的凌志SUV离开，再取过李晓菁手上的车匙，开了车门，让李晓菁上车，自己再钻进驾驶座。正想扣上安全带，李晓菁侧过脸吻了她："丹娜，你真好。"唐丹娜含笑道："你好容易感动。"她替李晓菁系好安全带，发动了汽车。李晓菁问："丹娜，我这台法国车是手排档，你没问题吧？"

"我跟童丽开的车都是手排档、自动挡两用，没问题。"唐丹娜说完放下手刹，再加挡倒车，又换挡出车，十分麻利。李晓菁知道身旁这位被人称为天使的唐丹娜，不仅多才多艺，开车也特棒。她忍不住问了一句："丹娜，你的男朋友现在怎样呢？听说他人在非洲，是个医生。"

"是的。他叫唐家明，到那边做医护志愿者。"

"你怎么肯让他去那种地方？"

"晓菁，如果我是个医生，我也报名去。越是贫穷落后的地方，越会加深人对世界的生活感知。"

"佩服你，祝福你吧！丹娜，今晚是年三十，祝你明年心想事成。"

"谢谢！我也祝福你，祝你学业有成、万事如意！"

下车的时候，唐丹娜掏出一个红包，递给李晓菁："晓菁，这是我父母要我转交给你的利是，请收下。"

李晓菁笑道："丹娜，代我多谢你爹哋、妈咪，我收下，谢谢！"

"你进去吧，我看着你进去。这房子就你一个人，注意安全。"

"丹娜，住在这幢大屋我放心，有闭路电视、防盗系统，一切都很完善。"她取过手袋，关上车门，用遥控电匙锁上，朝唐丹娜挥挥手："再会。"唐丹娜见她进了大门，门自动关闭，便掏出手机打电话给童丽，刚拨好电话号码，童丽的车已经从路口转出，迎面停下。

上了车来，唐丹娜嘻嘻一笑："童丽，你以为只有你吻过我？李晓菁也给了我一个香吻。"

“真的？我就知道。我的丹娜年三十有女孩子吻，你甜得没法说。”

“现在要去哪？送我回家？”

“年三十晚要守岁。不过十二点不许回家睡觉。”

“你说的也对。今晚吃团年饭，喝了点儿酒，心情开朗，也没想那么早去睡。你想去哪？”

“我们上钻石山，去看看旧金山夜景。我好多年没去哩。”

“山上面风好大，你撑得住吗？”

“丹娜，我前两天买了两件羽绒衣，就放在车后座。”童丽从后座先取出一件羽绒衣，替唐丹娜穿上，再取出一件，自己穿上：“怎么样，够暖和吧？”童丽知道唐丹娜喜欢白色，这两件羽绒衣都是纯白的颜色。

唐丹娜紧紧抱着童丽：“谢谢，童丽，给你一个爱的拥抱。”童丽笑了：“丹娜，你的拥抱值一百分。走，上车，我们去钻石山看风景。”童丽拉着唐丹娜上了车来，系好安全带，呜呜踏了油门，一溜烟开出了大马路。

从钻石山上看旧金山夜景，别有一番情趣。静谧的夜显得神秘而深邃，却也令人陶醉。唐丹娜紧紧依着童丽，俯览脚下方圆几十里的不夜之城。无数灯光将大街、马路照射得如白昼一样可爱，从东向西那条笔直宽敞的大马路两旁，灯光特别璀璨，不用猜这一定是著名的市场街。童丽兴致勃勃地用手指着向唐丹娜介绍，这是米慎区，那是湾景区，这是日落区，那是列治文区、华埠北岸区，那边是肖化区。唐丹娜以前来过钻石山，不过是白天时间，现在是深夜，感觉很不同。远看金门大桥与海湾大桥，犹如一对从天而降的姐妹，立在金山内海之上，相视而笑。桥上的灯光宛如钻石般闪烁，很迷人，很惬意。

风很大，从耳边呼啸而过。童丽干脆用右手抱着唐丹娜，笑道："丹娜，我们现在是受冻并快乐着。"

唐丹娜瞧了她一眼："童丽，偶尔来山上吹吹风，是不是人的视界宽些。"

"丹娜，你在考我。你看看这山上，除了十几座高压线铁架，只有我俩，能不宽吗？师父说过，住在旧金山的居民，至少要来钻石山看一次，不然就不算真正的居民。你上次来是什么时候？"

"大概是十岁，那年暑假，爹哋妈咪带我来过。不过那天是将近下午的时间，太阳很晒。现在是晚上。"

"我记得第一次来钻石山，是我买那辆丰田车的同一天。我一个人开车上山来，那种感觉是超嗨的，好像自己是个征服者，旧金山都在我的脚下。"

"童丽，站得高看得远。我们不是征服者，是建设者。唐家明说过，你如果是一个旧金山人，就应该而且能够为这座城市多做善事。"

“怎么突然说起家明呢？”

“他一个人在那么远的非洲，现在那边瘟疫肆虐，怎不叫人担心？虽然他是医生，我还是挂心。”

“我的丹娜，不要去想那些，今晚是年三十。”童丽看了看腕表，轻叫道：“丹娜，现在离大年初一只有五秒。来，我们闭上眼，许个愿。”

唐丹娜、童丽不约而同双手合十，静静地许了个愿。过了一会，童丽问：“丹娜，你许了什么愿？”

“祝愿爹哋、妈咪、家明身壮力健，福如东海。你呢？”

“我祝愿妈咪长生不老，我和丹娜一生一世都甜甜蜜蜜。”

“好你个童丽，真会逗我开心。”唐丹娜惬意一笑。童丽再次伸出右手圈住唐丹娜，眼里闪出两点晶亮：“丹娜，你我曾经在同一个晚上做同一个梦，这种几率是亿分之一。”

“好，好，我相信。现在已经过了十二点钟，我明天要上班，求你放过我，带我回家。”唐丹娜用肩膀轻轻碰了碰她。

“好呐，我送你回家，走吧。”

回到家里，唐丹娜蹑手蹑脚进房去，怎知母亲在她的房间等她。唐丹娜叫了妈咪，乖乖坐下来。高雅琴望着女儿，轻笑道：“丹娜，你是不是去守岁了？”

唐丹娜答道：“是。童丽带我上钻石山看夜景、许愿。”

高雅琴笑了：“丹娜，现在是大年初一，妈咪发给你一个红包，取个好意头。”

唐丹娜伸出双手接了红包，说：“多谢妈咪。”高雅琴又说：‘我看你还是赶紧睡觉，你今天要上班。起床到厨房吃早餐，你爹吔煲了锅红米粥，我到时煎几块年糕，你吃了再上班。”说着，她站起来，望着女儿又说：“丹娜，你今年二十九岁了。”

唐丹娜点点头，目送着母亲离开房间。她迅速脱下外套、外衣、羊毛衣、牛仔裤，取下耳环、手表，换上一套新睡衣，躺到床上盖好丝棉被。可是，唐丹娜并没有睡意，心里总是感觉有些事要去想。母亲说她今年二十九岁了，意思很明显，是该结婚了。也许母亲是出于做母亲的希望，而没有整句话说出来。说到结婚，还缺唐家明。按时间计算，家明应该在今年中秋回来，这是家明和唐丹娜的约定。高雅琴对唐家明的远行并无异议，也许是在替家明担心，惦记着女儿的婚事。自从林静美的事发生之后，高雅琴再不会过问家明的言行举止，包括他与女儿的交往。在高雅琴眼里，唐家明早已是唐家合格的女婿。唐丹娜想，只要唐家明如期归来，她便着手筹办婚礼，这不仅是给自己父母的承诺，也是对家明爱的承诺。兴许与她先前的想法异曲同工，就像在任冰婚礼仪式上，唐丹娜略一伸手，便接住那束色彩缤纷的幸运花。

15

唐丹娜担心的事终于发生了。那天深夜，唐丹娜如往常一样打开电脑看朋友圈信息。她留意到署名詹姆斯发来的电邮，内文上写道：

丹娜：

我是詹姆斯，唐家明是我最好的同事。昨天中午我们医疗队奉调到五十多里外的另一土著人部落驻诊。刚出发仅十几分钟，来了一群野象，它们疯狂地向我们袭击，同事们分散躲避，领队鲍勃教授设法引开了这些庞然大物，一直到将近五点钟。全队人安全脱险，可是唐家明失联，无论我们怎样联络，都找不到他。鲍勃教授不断地祈祷：“孩子，你快点平安归队。”到现在唐家明与我们失联已经三十六个小时，医疗队是来这里执行国际人道主义援助，愿主保佑唐家明，我们一定要找到他。鲍勃教授说：“我们医疗队十二个人来，走应该也是十二个人。孩子，我们一定要找到你。……”

唐丹娜读过这则消息，脑袋嗡嗡作响。她原先担心非洲那里发生瘟疫，家明是在某种危险的包围之中，稍有不慎，染上那里一种无名病毒，全身起斑点，继而腹泻呕吐，整个人发高烧……殊不知家明幸运地避开了瘟疫的传染，却遭到一群野象的袭击以至不知踪影。这不仅使唐丹娜心惊肉跳，也使她陷入了极度焦虑中。她决定将这个令人震惊的消息暂不外传，而继续与詹姆斯保持联络。唐丹娜很快回复了詹姆斯，并恳请他们继续寻找唐家明。她回了电邮后想：这个节骨眼上，先等待再决定用什么办法，或者自己去非洲，与医疗队汇合，全力以赴寻找唐家明的下落。

尽管唐丹娜百般掩饰内心的牵挂与担忧，还是被唐仲谦看出来了。这天晚饭后，唐仲谦待唐丹娜回房间后，悄声对高雅琴说了几句。高雅琴想了想，便给童丽打了个电话，隔了十几分钟，童丽翩然而至。高雅琴附在童丽耳边低语了一会儿，童丽进内去拍唐丹娜的房门。唐丹娜说门没锁，你进来便是。童丽进去看到唐丹娜在浏览电脑屏幕，便说：“丹娜，你在看什么呢？”

唐丹娜回过头来朝她一笑：“在找些资料，你怎么突然来，也不告诉我。我们刚吃过饭，你吃过了吗？”

“早就吃过了。现在都快八点钟。你在找什么资料，那么全神贯注？”

“找些资讯。”唐丹娜干脆关了电脑，朝童丽淡然一笑：

“你来找我一定有些事，说来听听。”

童丽坐到椅上，说：“丹娜，我奉命前来看你。”她凑过去在唐丹娜耳旁轻道：“琴姨说，你心不在焉，吃饭的时候几乎没有夹菜吃。我的丹娜，你这是怄哪门子气？”

“童丽，我没有怄气，你太敏感。前两天正元叔叔来过，说你这阵子接了单大保险。”

“丹娜，不要避开我的问话。我感到你一定有事，不然一吃完饭就往房间躲？你该不是犯了相思病？”

“我像是犯相思病吗？”唐丹娜极力回避童丽的提问。

“家明现在怎样呢？”童丽反问。

“他很好。现在离中秋节还有三个月，应该很快见面了。”唐丹娜说得若无其事。童丽察言观色，便说：“丹娜，能否给我看一眼唐家明的电邮，我过问一下你的隐私。”

“也没什么好看，不外是一些问候，祝福出入平安的话。”唐丹娜伸手指了指电脑，似乎很不在意。她知道童丽此来是想问出个原因，可是唐丹娜压根不想去提唐家明的事。童丽坐过去，开了电脑，唐丹娜一动不动，她明了童丽在看她的反应。果然，童丽嘻嘻一笑：“我是以进为退。丹娜，我信你，不敢沾你的隐私。”说完，童丽关了电脑。

“童丽，你还要问什么？你要是有空，回家去上网看看家具、房间布置之类，看好了找个时间咱俩一块去看，好不好？”

“好好好。”童丽没辙了，只好勉强笑道：“丹娜，我要抱抱。”唐丹娜张开双臂，与童丽抱了抱：“童丽，不错，你身上这种香水好迷人喔。”

“丹娜，那我先回了。我跟琴姨说，丹娜在用功，上网看资讯。”童丽站起来看了唐丹娜一眼。凭着童丽这些年对唐丹娜的了解，丹娜是在想着一些事情，而她想的这些事情也许是其他方面，但唐丹娜并不肯说出原因何在。童丽忖想，以后再慢慢去问她，便告辞而出。

童丽走了之后，唐丹娜便立即开了电脑，她现在急切地想看到詹姆斯的电邮。这段时间一到了晚上，唐丹娜都做着同一件事，看电脑，回电邮给詹姆斯。这时的唐家明，已经失联一个多月了。医疗队的人不仅全队出动去寻人，鲍勃还向固玛求援，请他协助寻找唐家明。固玛组织了20个壮汉，分成4组，往不同方向去找唐家明。

唐丹娜一直在忐忑不安中度日。詹姆斯在电邮里安慰她，请她耐心等待，好好生活，不要自己来非洲寻找唐家明。好几次唐丹娜想哭想流眼泪，但很快她克服了自己的懦弱。这个时候不能气馁，不能灰心，不能用眼泪去作消极的等待。这样又过了一个多月，詹姆斯发回来电邮，依然没有唐家明的消息。幸运与不幸，或许往往关乎命运的安排，失联几乎每天都有发生。有的人失联一两年，甚至更长时间，也能安然无恙。当然，不是所有的失联者都是幸运者，但是人们则热切期望所有的失联者都脱离厄运，活着回到人间。詹姆斯说，医疗队的人不仅给土著人治病疗伤，对受伤的飞禽走兽也给予治疗，他们给受伤的鸟类、爬行类动物也进行人道主义救援，待它们可以行走自如就放生，让它们回归大自然。动物也是生命，地球上每个人、每只动物都有生存的权利。这种极具大爱的主张感动了唐丹娜，或许唐丹娜以前想的都是人类，并没有想到动物。詹姆斯是医生，是名正言顺的科学工作者，他以医者的大仁大义、大爱大善去看待世间的事物，这是唐丹娜自从唐家明失联后的第一种收获。

唐仲谦留意了女儿一段时日，感到丹娜有心事，试着去探女儿的口风。唐丹娜面对父亲的旁敲侧击，有问必答，却将唐家明失联一事只字不提。她意识到如果将家明目前的状况说出来，会引起恐慌。她宁愿自己忍受痛苦折磨，也不愿说出真相。高雅琴想着，女儿可能因为家明的归期未定而情绪受些影响，也不再去追问原因。连童丽都问不出来，那也许真如童丽所言，丹娜害了相思病。唐丹娜对童丽的推论，并没有否认，只要没有人在她面前提及家明，什么都可以忍耐。那天是唐家明31岁生日，唐丹娜并没有向父母、童丽提起，她如常地下班回家，洗澡吃饭，与父母聊了一下，便回自己的房间，她点燃一根红蜡烛，悄悄给家明祝贺生日，给家明祈愿，希望他早日脱离困境，奇迹般回到美国。冥冥中唐丹娜感到这种折磨她的等待与忍耐，或许就是人们所说的爱情考验。然而这种爱情考验，着实使唐丹娜不能向谁诉说，还要保持对生活的达观。

唐仲谦对女儿最近的沉默，还是有些想不明白，以往唐丹娜脸上总是带着微笑，不会像现在这样，虽未至于一言不发，但她和父母的沟通少了，脸上出现了沉思。唐仲谦与高雅琴商量，高雅琴说，丹娜是太想念唐家明，恋爱中的男女都会有这种相思症。高雅琴还叮嘱丈夫，千万不要在女儿面前提起家明。只要女儿不开口说家明的事，就什么都不问。唐仲谦细细琢磨之后，便给陈正元通了电话，希望通过陈正元从侧面去问唐丹娜，了解她目前的状况。

那天下班后，陈正元约了唐丹娜在林苑西餐厅见面。陈正元一见面便说："丹娜，最近一段时间都没见你，怎么样，心情好吗？"

唐丹娜笑道："正元叔叔你约我见面，不止问问我心情好吧？"陈正元便问："据说，唐家明大约两个月后回美国，到时候你和童丽都会成为新娘，你希望干爹送些什么给你？"

唐丹娜答道："届时你到场多喝两杯喜酒。"

陈正元问："我想唐家明也未必中秋前回来，若他因为工作的原因，未能如期返美，你准备一直等？"

"是的。我答应过家明，等他回来结婚。当然，如果他因为一些别的事暂不能如期归来，我理解。我会继续等。"

"家明现在怎样？他会如期回美国吗？"

"他很好。我与他经常用电邮联络。他是说过中秋前不一定会回来，又或者迟些回来。”

“这我就放心了。丹娜，你父母担心你，你明白吗？”

“正元叔叔，我明白。你约我见面，也是爹哋妈咪的意思。他们还是对我的婚事耿耿于怀，其实也不用担心，只要家明平安回来，一切都会水到渠成。”

“这样就好。丹娜，你成熟了。真的，你能够这样去想，证明你彻底考虑过你和家明之间的感情。”

“正元叔叔，我相信家明，我相信爱情。”唐丹娜极力做出自信的表情，其实这时候她的心境完全悬空，唯一可以说的也只有这些话了。她不愿去想万一发生的事，没有万一。尽管生活千变万化，命运也不以人的意志为转移。唐丹娜想道，既然已经发生了唐家明失联，为什么不从好的方面去想，未有发生过的也会发生，那么已经发生的也会将发生归零。唐丹娜认为她应对周遭的关心，是完全以一种从未发生唐家明失联的心境，当这些应对过后，她感到内心有种说不出来的痛苦，这种痛苦使她更加认清爱情的承受力有多大。爱情的承受力足以抵御一切痛苦，它是无形的力量。

生活中的爱情，如果说像暖水瓶，那么要加温，不能让它冷却。爱情必须有温度，就像人的体温。唐丹娜愈来愈感到她自己不能让这份爱因为家明的失联而降温。相反，似乎是无时限的等待，也未尝不是一种内在的升温。詹姆斯的电邮，依然是叙述医疗队尚在不断寻找，固玛派出的几组人，已将方圆两百多里进行毯式了搜索，但也没有消息。唐丹娜从一开始就抱着有奇迹出现的想法，觉得唐家明活着，他一直在非洲森林的某个山隘，某处崖底，某片开阳地，生命会创造奇迹。唐家明现在是处于困境吧？他不能向外界发出联络讯号，无法让人们获悉他的行踪。以唐家明的高尚医德和对生活的热爱，他的求生意志应该比一般人都强，无论任何艰难险阻，他都会安然无恙地走过来。唐丹娜有个晚上做了梦，梦境如幻如真。唐家明被一群善良的非洲土著人簇拥着，回到了医疗队。鲍勃紧紧抱住唐家明说：孩子，我知道你一定会活着回来的。医疗队的人，逐个和唐家明拥抱。詹姆斯兴奋地催促唐家明，要他立刻给唐丹娜发电邮，报个平安，给丹娜一颗定心丸。这时，唐丹娜苏醒了，她急忙去开电脑，但是，并没有唐家明的电邮，原来是真的做梦。有人说，梦境不必当真，往往是相反的。也有人说，只要你是诚心，报梦也会是真。唐丹娜伏在桌上，两眼凝视着电脑荧屏，下意识地按在那行Shut down上，荧幕瞬间一片漆黑。唐丹娜忽然感到眼睛有点儿酸，止不住竟然流出了两行热泪。她知道自己太思念家明，这也是自然反应。幸好这是在自己房间里，没有人知道她在深更半夜为了家明而潸然泪下。只要踏出房间，她必须如常地上班下班，要保持她一贯的微笑，平素的友善，不能露出半点破绽。因为她确信自己是唐丹娜，她亲口对陈正元说，她相信家明，她相信爱情。唐丹娜强迫自己不要想象多于真实，还是听詹姆斯的善言，耐心等待。

童丽告诉唐丹娜，过两天是童琳琳的生日，问唐丹娜要怎样为她的母亲祝贺生辰。唐丹娜便说提前一天给童教授做头发，生日当晚她和父母一起来童家聚餐，祝贺童教授生日快乐。唐丹娜知道童教授向来低调，不喜欢铺张。唐丹娜将此事跟唐仲谦、高雅琴一说，高雅琴喜道，既然是给童教授祝寿，将陈正元也请去，人多些就热闹些。到最后决定将张绍棠、程姨、子健也请去，一共九个人。高雅琴打电话给童琳琳商量生日宴的事，童琳琳很高兴，说就按唐丹娜的安排，大家欢聚，美酒佳肴，既是生日宴，也是聚会宴。

生日宴上最开心的当然是童琳琳，其次竟然是子健。子健不仅给童琳琳唱生日快乐歌，还送上一个吻。程姨哈哈直笑，说子健真的长大了，懂得孝敬长辈、尊师重道。吃饭前，童丽带子健参观自己的房间，子健伸出大拇指，说姐姐天使的房间像公主的房间，很香很漂亮。当她看到桌上那盏琉璃灯的时候，瞳孔放大，看得一动不动。童丽问他，喜欢不喜欢琉璃灯，子健说他做梦见过这盏琉璃灯。童丽有些惊讶，真想不到子健在梦里见到过这盏琉璃灯。子健将琉璃灯抱在怀里，向童丽要这盏琉璃灯，童丽被他问住了。这盏琉璃灯是唐丹娜、童丽友爱的象征，它见证了这对姐妹已逾八年的真挚感情。子健也不管，哭着说要姐姐天使给他，这一闹，唐丹娜从楼下上来，问过童丽，便对子健说，她想办法再去找一盏琉璃灯送给他。子健不肯，说他只要这盏梦里见过的琉璃灯。童丽几乎要流眼泪，和子健说除了这盏琉璃灯，她房间所有的物品都让他挑喜欢的拿走。唐丹娜笑道："童丽，子健是梦境成真，你何不投其所好。"童丽内心真的很不爽，舍不得这盏陪伴了她八年的琉璃灯。唐丹娜在童丽耳边低语了两句，童丽便笑了，说："子健，琉璃灯我送给你，你要好好爱护它，保护它。"子健乐呵呵地抱着琉璃灯说，姐姐天使最疼子健。

吃过饭后，童丽捧出她和程姨合做的大蛋糕，先给母亲一个热吻，再请母亲切蛋糕。童琳琳开心得一直笑着，将切开的蛋糕分到每个碟子上。她看着大伙开怀吃着，自己也吃。童琳琳知道，女儿邀请这些朋友们为她贺寿，是很孝顺很贴心的事。在美国不管你生活在什么城镇，只要你有朋友圈，你的生活绝对不会寂寞。她最欣慰的是女儿这些年和唐丹娜亲密无间，互相扶持。应该说丹娜一直宠着小丽，将小丽当做亲姐妹看待。童琳琳从未见过唐丹娜与女儿顶过嘴，也未见过两人之间有谁不开心。这对姐妹简直让人羡慕，让人感到妙不可言。姐妹竟然可以为了等待唐家明，而相约同一天成为新娘子。张绍棠自从那次车祸后，对童丽言听计从，大小事都凭童丽做主，将来与小丽结婚后，会是一个疼太太的好丈夫。至于唐仲谦、高雅琴夫妇，是心意相通的朋友，他俩不仅舍得为朋友出力、办事，教育出来的女儿丹娜，是那样多才多艺、贤慧聪敏的出众的现代天使。还有陈正元，他一直默默守着他的女神。童琳琳每每想到陈正元的义气果敢、为人处世的圆润，也会有点心动。她知道陈正元这些年来不结交女朋友，是因为她是他最重要的人。有时她会略为嫌弃自己，都五十好几的人了，缺乏年轻时的激情，都几乎忘记了恋爱的感觉。但这种想法一出现，她便立刻想道：有个伴侣难道不好吗？只是她一时感到因不知该怎样跟陈正元说明而为难。想起来不免有些苦涩的感觉，以后想妥了再说。女儿的干娘，原来跟童琳琳都是上海人。程姨真的不容易，打理一家糕饼店，生意甚好。另外照料弱智的独生儿子，看到子健的憨厚可爱，小丽肯认他做弟弟，这都是缘分。程姨对童丽非常依赖，有什么疑难问题都找童丽商量解决。眼前这一切，让童琳琳感到生活的满足与惬意。上天对她宽爱仁善，她在温馨喜悦中度过了她56岁的生日。

夜已深，唐丹娜依然留在童丽的房间。童琳琳穿件睡袍上楼来，问：“丹娜，你不回家吗？”

唐丹娜笑道：“童教授，我要还债。童丽忍痛将那盏琉璃灯送给子健，我今晚陪她入睡。”

童丽说：“妈咪，我真的舍不得。可是丹娜说姐姐要让给弟弟，我有什么办法？”

童琳琳笑了：“原来小丽是为了这事。子健是弱智人士，又是你的干弟弟，你该给他。改天我去找盏差不多的琉璃灯，买给你，好吗？”

唐丹娜接道："我上网查过，那盏琉璃灯的型号已经没有再出了。比那种型号略大一些的也有，就是颜色似乎不够莹白。我为这事在哄童丽，她要我先哄她睡再说，不要紧，反正明天是周六，不用上班。"

童琳琳摇了摇头，说："小丽，这世上只有一个唐丹娜对你千依百顺，你真的要知福惜福。"

童丽站过来扶了母亲一把："妈咪，我知道。"童琳琳看了唐丹娜一眼，再看女儿一眼，说："两个孩子，不要聊得太晚，晚安。"

童丽、唐丹娜都说了晚安，听着童琳琳下楼的脚步声渐已消失。童丽、唐丹娜不约而同轻道："娘娘回宫了。"

童丽关上房门，坐下来问唐丹娜："这几天我都没问你，唐家明现在到底怎样了？"

"还是老样子。中秋前回美国恐怕不能如期，大概要迟一段时间。他也没说准，总之是我俩的婚期也要推迟。童丽，你不会说我言而无信吧？"

"我的丹娜，你说什么呢，我都听你的。上次一起去看的白色皮沙发，你拿好主意了？"

"是的。那种皮沙发看着舒服，我俩一人一套，布置在豪宅的客厅。还好，那种皮沙发有存货。明天先去付订金，另外是卧室的大床，你想中式还是西式？"

"丹娜，我想过了。还是西式的比较好些。如果中式的就非买柚木床不可。西式的没那么讲究，只要床垫是萝丝牌就够潮的了。但买西式大床不要铁架式，要红木式，在床下面有小衣柜那种。”

“对。有两个小衣柜在床下面，可以放毛毯、衣服之类的东西，用起来也方便。明天去家具公司看后再定。”

“丹娜，结婚用的钱你够不够？”

“怎么你会这么问。我除了供车、供房，还有两万多积蓄，爹哋妈咪给我户头上存进十万块，你说够不够？”

“那足够了。我的钱现在加起来快二十万了。妈咪给我存了十二万块钱，张绍棠给我存了五万块。一切都好办，就缺个唐家明了。”

唐丹娜一听到童丽提到唐家明，便说：“车到山前必有路。童丽，为了表示我的歉意，弥补你少了盏琉璃灯，我宣布陪你洗澡，哄你入睡。行不行？”

唐丹娜的话，把童丽说得甜滋滋的。她也不再提唐家明，拉着唐丹娜的手，往洗澡间去了。

16

唐丹娜向灯具批发公司订购的两盏琉璃灯，如期送到唐家来。那天下班回家，唐丹娜一进门，唐仲谦就笑道：“丹娜，你的心肝宝贝来了。”唐丹娜一看纸皮箱外表，就知道是琉璃灯，拆开一看，比原先送给童丽的那盏略为大一些，灯的插座在底部，是开关式控制。莹白的外形让人看了很温暖，按照和童丽先前说好的，一盏给她，一盏自己留着，到结婚那会儿便将琉璃灯也搬到豪宅去。

唐仲谦问女儿：“丹娜，你买这琉璃灯，准备结婚用。现在家明的归期未定，你怎么办？”

唐丹娜巧妙地答道：“家明迟早会回来结婚，我与童丽现在做的都是为结婚而准备。还有一些家具，到时也会送到这里。我想用车房一角先放着。”

唐仲谦说：“这样也好。我知道现在有些家具大减价，甚至半价。趁这个机会先买下来，也省一笔钱。”

唐丹娜说："爹哋，家具不是一次付钱，是每月供款。皮沙发、大床、衣橱都这样。在美国，即使总统买家私也是供款。"

唐仲谦笑了："当然，一来减少些负担，二来增加些信用。"

吃过晚饭后，唐丹娜打电话叫童丽来取灯。童丽说她要先到干娘家有些事，待去过程姨家再来取灯。原来程姨患了胆结石，必须在短期内手术。程姨的丈夫为此事专程从拉斯维加斯赶回来。童丽见了程姨的丈夫，叫了程叔。接着三个人商量程姨住院手术一事。童丽希望程叔在这段时间留在旧金山，待程姨住院做手术后，出院回家静养，他再视情形而定。

程叔想了想，说："我这次回来，只请了两天假。"

童丽说："程叔，现在是非常时期。钱是赚不完的，身体比金钱重要，干娘现在不缺钱。"

程姨说："我进医院，谁照顾子健？"一句话将程叔问住了。说真格，这些年程姨自从做了童丽干娘，家庭事务有不少是童丽抽时间替她解决。程叔从妻子嘴里得知，童丽很关心子健，像亲姐姐一样去照顾子健。

童丽说："干娘，我照顾子健。倒是程叔，你看是不是多留一些时间？或者干娘从医院回家，你才回去。"程叔犹豫不决，童丽恳求地说："程叔，程姨是你的糟糠之妻。她跟你是怎样熬过来的？照我看呢，你干脆就别回去了。待程姨手术后康复，两夫妇齐心合力做糕饼店生意。”

程叔想了一会儿说：“前段日子我也想过这事，但现在一切太突然，我一时很难做决定。”

童丽说：“程叔，你有什么困难，说出来我们好商量解决。”程叔推说此事待程姨从医院回来再说。这几天先打电话向公司请假，童丽看出程叔似有难言之隐，也不作声。

从程家出来，童丽直接开车去唐丹娜家。看了这两盏簇新的琉璃灯，童丽笑颜逐开：“丹娜，你一盏，我一盏，真好。”

唐丹娜瞧她的高兴劲，却说：“童丽，要像以前一样，每天擦拭一遍，可不许偷懒喔。”

童丽嬉笑道：“还好，你只要我擦一次。我以前那盏琉璃灯，很多时候都擦两次。今晚我抱着它睡一夜，给它温暖，让它有灵气。”

说到程姨的事，童丽又不免为程姨担心。唐丹娜安慰她：“童丽，程叔那里你还须做些沟通，如果他是个爱家爱妻的男人，这事应该可以解决。关键是你怎样争取他辞去那边的工作，专心回来和程姨一起打拼。”

童丽想了想：“解铃还须系铃人。不管怎样，我既然都开了口，收不回去了。”

原来程叔面前果真有道坎过不去。就在程姨进医院动手术那天，童丽在医院大楼外，向程叔问起事情的因由。程叔在那边认识了一位女荷官，叫丽莎，丽莎是个失婚女人，心理有些失衡。自从与程叔在赌城邂逅，对程叔产生了爱慕之意。程叔开始时还有些顾忌，毕竟自己是有家室的人，经过一段时间的交往，兴许丽莎也比较主动，程叔陷入了近乎无法摆脱的情感旋涡中。渐而二人有了性关系，甚至丽莎提出同居而被程叔婉拒。程叔想着两人的关系是互相慰藉，排遣寂寞，一旦同居便再难分开，可以说目前的情形是既不能让丽莎离去，也不想因此而抛弃糟糠之妻。童丽忍不住揶揄了程叔一句“好艳福”。程叔支吾以对，满脸愁思。童丽分析了程叔的心理状况，认为此事越早解决越好，便和唐丹娜商量，唐丹娜说最有效的方法是直接与丽莎面对面摊牌。也就是说，与程叔一道去趟拉斯维加斯，将这件事来个了断。童丽问唐丹娜，我俩是否一块去，唐丹娜答道这件事当然姐妹出面。现在程姨还在医院住着，必须趁此去那边，不能让程姨知道程叔有外遇的事。主意已决，程叔也同意此行。在程姨开刀做手术当晚，童丽、唐丹娜、程叔三人搭机前往拉斯维加斯。

程叔将丽莎约出来见面，介绍了童丽、唐丹娜的身份。丽莎开始有些紧张，童丽好言相劝，说程姨现尚在医院，请丽莎放过程叔，以后也不再纠缠，还说丽莎如有任何要求，可提出彼此商量解决。经过将近两个钟头的商谈，最后丽莎同意离开程叔。童丽将预先准备好的两万元现金，亲手交到丽莎手上，说这些钱就当做了结费，谁也没欠谁。丽莎见童丽以德说理，以理服人，又见她给了两万元，自然也没再异议。紧接着程叔向那家公司辞了职，办了手续，便和童丽、唐丹娜一起搭夜机返回旧金山。

程叔有感于童丽的侠义和以德服人，说：“小丽，你干娘有了你，真是好运气。那两万块钱我改日还给你。真多谢你，专程去解决了我的忧虑，也幸好丽莎是个明事理的人。”

童丽说：“程叔，天下人以和为贵。只要你诚心诚意去办一件事，没有什么办不成的。再说，我也感到幸运，原来这件事比我们想象中要容易解决。”

唐丹娜笑了：“程叔，毕竟程姨是你的结发妻子。只要你们一家三口平平安安，生活过得好，童丽也没有白当你和程姨的干女儿。”

程叔点头说：“丹娜说得好。那我先告辞，我先去医院一趟。”

童丽说：“程叔，你先去看望干娘，有事给我电话。”待程叔离去后，童丽舒了一口气，说：“丹娜，那两万块钱花得值。”

唐丹娜问：“那当然了，不就看作破财免灾吗？”

童丽说：“我原先是准备了两种解决办法。一是私了，这钱就送出去。二是请律师打官司，这钱就作为律师费。”

“原来是这样。走，我请你吃宵夜。”

“丹娜，现在快十二点钟，去哪吃宵夜？”

“你不知道吗？日落区有家粥粉面店，营业到凌晨两点钟。”

过了两天，程姨出院回家。童丽见了干娘，笑道：“干娘，你的气色好喔。”

程姨喜道：“你程叔答应回糕饼店，帮助我一起打理生意。小丽，你真行，程叔全都听你的。”

童丽说：“那因为程叔心里想着你，他是个爱妻爱家的男人。”

子健问童丽：“姐姐天使，我也是男人，是吧？”

童丽笑道：“子健当然是男人，是男子汉。”童丽只字不提前往拉斯维加斯的事，免得程姨追问。程叔坐在一旁，也没吭声。童丽机灵，对程叔说：“程叔，你在家看着干娘，我到超市买些食材，中午饭我在这里吃。”

子健高兴地说：“姐姐天使，带我去超市。我最喜欢上次你买给我的巧克力冰激凌。”

“好，子健想吃巧克力冰激凌，姐姐天使带你去买。”

童丽和子健出门后，程姨深有感触，望着丈夫说：“小丽这个天使，是上天赏赐给我们程家的。以后她结婚有了孩子，恐怕就难经常见面了。”

程叔安慰妻子：“小丽人品真好。若以后当了母亲，定会是一个贤妻良母。你不必担心，只要你想见她，她都会有办法来见你。”

程姨轻叹：“小丽一脸福相。刚认识她那时，我还想她来做我的儿媳妇，可惜她已有男朋友。现在子健都过了二十岁了，怎么办？”

程叔望着妻子：“子健还很年轻，有道是男人三十而立。以后找些机会替儿子物色对象，凭我们的条件，不愁找不到儿媳妇。”

“话是这样说，可子健是先天弱智，他的智商很低，到现在还不能完全照顾自己。前段日子听小丽说，社区服务中心有个特别职业培训班，里面的青年都跟子健年龄差不多，我想送子健去那边。”

“这样也好。让子健在职训班学习，这样他的智商可以有所提高。比他现在蹲在家，无所事事好得多。待会小丽回来，向她问问。”

过了一星期，童丽带着子健到社区服务中心。原来该中心主任是温筱梅的母亲。童丽喜出望外，跟她谈了子健的现状，并且取了申请表格。童丽专门去参观了这群青年的工场。工场由两个训练有素的社工主持，主要是负责训练职培，做一些小包装。例如塑胶玩具的配件集齐，然后装进特制的胶盒，又例如将某些维生素丸装进塑料瓶里，然后封好盖子，这些是较为简单的工作，且在室内操作，每天工作八小时，薪金与政府现时的工薪酬劳一样。童丽与两位管工谈了几句，他们都说这份职业适合子健。

从社区服务中心出来，童丽对子健说：“子健，以后你来这里实习，每月都有薪水，你天天都可以自己买巧克力冰激凌。”

子健说：“我真的可以来这里吗？”童丽说：“真的。过两天你爹哋带你来，你记住要听话，不能耍赖喔。”

子健说：“姐姐天使，我记住你的话。”

短短十几天，程姨手术出院后很快康复，回到糕饼店继续做生意。程叔也在童丽的帮助下与感情纠葛作了切割，到糕饼店与妻子一道打拼。子健顺利进入了社区服务中心的职训班，当起全职的包装工。这些事使童丽有了一种新的认识：在生活中要向好向善的方面去想，做利他主义的事，你定会有所收获，这就是善良无敌。

唐丹娜为童丽的义举而欣慰，专门请她到家里来，替她做了新头发，陪她洗澡，替她上指甲油，还特别做了四菜一汤以表慰劳。童丽喝了点酒，对唐仲谦、高雅琴说：“谦叔、琴姨，如果以后丹娜和我都结了婚，都搬到大屋去住，你们愿不愿意搬去？那边每个单元都有两房两厅，地方大。”

唐仲谦说：“小丽，你结了婚，开始是两个人，以后是三个、四个或者更多人。地方大有好处，以后会用得着。我们这房子再过几年就供满了。住了二十多年，还是有感情的。”

高雅琴问：“小丽，你有问过你妈咪吗？她愿意跟你一起搬出去住？”

童丽笑答："你猜猜娘娘怎么说？'小丽，我现在住的地方给我太多美好的回忆，我不想搬到外面去。就是有宫殿、别墅赐给我，我都不想去。如果久而久之，去那边住上一两天，倒是有新鲜感。你们的豪宅离我那间练琴室很近，有时下课去走走也不错。'"

唐丹娜抿嘴一笑："童丽，这说白了，童教授还是主张住在老房子。其实这事，顺着长辈，听长辈的定夺最好。"

童丽嘻嘻一笑："丹娜，结婚之后你打算要几个小孩？"

唐丹娜说："至少生两个，最好是一女一男，凑成好字。"

童丽诙谐说道："丹娜，你很有水平，连生小孩都理想主义。"

这时，有人打童丽手机，童丽接了，原来是程叔，他告诉童丽说子健到现在还没有回家，这把童丽吓了一跳，看了腕表，已经过了七点半钟，便对程叔说，分头去找子健。

唐丹娜和童丽匆匆出门，由唐丹娜开车，照童丽所说的路线去找。童丽估计子健或许是坐巴士忘了下车，便沿着巴士站逐个顺路去找。童丽给程叔打电话，原来程叔程姨在同一辆车上，他们在附近的马路来回寻找。童丽突然想起有次她带子健在这附近一家超市买过东西，便对丹娜说，先停在这里，你留在车上，我到外面找一找。果然，童丽在超市里面找到了子健。子健见了童丽，乐呵呵地说："姐姐天使知道我在这里，我正想买巧克力冰激凌。”童丽原先的担心全没了，对子健说，这次的冰激凌，姐姐买给你吃，下次不可以单独一人在外，下班后先回家。接着便打电话告诉程叔和唐丹娜，找到子健了。

回到程家后，童丽叫子健去洗澡，又对程叔说：“程叔，这次是运气好，一找就找着了。以后要去接子健下班，不然他不熟悉巴士路线，那真是不得不防哩。”

程叔说：“我原以为子健已经坐了一段时间巴士，对巴士线路已经很熟悉。这次的事提醒了我，绝不能掉以轻心。子健到底是个弱智人士，要多给他照顾。以后我负责去接他下班。”

程姨也说：“多亏了童丽，子健安然无恙。丹娜，太谢谢你们。”

唐丹娜笑了：“程姨，我跟童丽正在家吃饭，现在既然找到了子健，那我们就告辞了，改天见。”

程叔说了抱歉的话，送二人出门，看着车子远去。车上，唐丹娜问童丽：“好你个童丽，子健在超市里面你都能想的到。”

“丹娜，刚开始我心慌慌，都不知道从何找起。后来想起前阵子我带子健在那家超市买过东西，便进去碰碰运气。丹娜，如果子健走丢，程叔程姨或者会被追究责任，想起来是很可怕的。幸好程叔程姨也意识到这一点。钱可以少赚些，孩子不能丢，人命关天啊。”

“童丽，我好感动。怎么样，是要回我家再接着吃饭，还是去哪？”

“丹娜，回去吃。不过明晚你再请我吃那个德国烤猪蹄，我特想吃。那次吃得不过瘾，你说是不是？”

“是是是。明晚请你吃烤猪蹄，到时候不见不散。”唐丹娜有感于童丽的善良之心。从程叔的事到今晚发生的事，童丽对生活的见识让唐丹娜为之欣慰。唐丹娜想起了沈玉贞、余秀明说过的话：世上的一切会给天使让路。是的，在生活中你想着让别人也过得好，并为之努力，是会有好结果的，因为天使要做的事，上天定会给予照顾。

可是当唐丹娜在房间里面对电脑时，就换成了另外一个人。詹姆斯的电邮变得越来越短，也许他觉得自己是在履行一种责任，他也不知道何时会有唐家明的消息。唐丹娜忖想，中秋已近，该如何向父母、童丽瞒住唐家明失联一事？想起来不免有催泪之感，谁也不知道唐丹娜的心事，也许目前只有詹姆斯晓得。莫名的孤独在唐丹娜内心滋长着，只要一回到房间，她就会想起唐家明。等待的滋味是痛苦的，无以言表的。与其说这是生活的考验，毋宁说是爱情的折磨，这样的心底之苦，只有唐丹娜独自一人咀嚼。

中秋节傍晚，程叔程姨邀请童教授童丽、唐仲谦一家三口来家过节。大家围桌餐聚。子健首先夹了个鸡腿给童丽，说给姐姐天使敬上。童丽却说："子健，夹菜应该先敬父母、长辈，你先夹给我，次序不对。"

程叔笑道："小丽，子健孝敬你是应该的。"程姨也说："小丽，子健往年都先夹菜给我俩。今年你和你妈咪来这里过节，他夹菜给你是对的。"说着，她也夹起一个鸡腿给童琳琳。她这一说，唐丹娜夹菜给程叔、程姨，童丽夹菜给唐仲谦、高雅琴、子健。到后来是唐丹娜、童丽互相夹菜给对方。这顿中秋节晚餐，吃得很丰盛，鸡、鱼、肉都有。程叔早年是学厨出身，做得一手好菜。众人吃得赞不绝口，尤其是童丽，乐呵呵地叫道：程叔，大厨师，一级棒，就凭这几道名菜足可以去应聘酒家大厨。程叔却谦虚说道，这几道菜只可以在家里做来吃，上不了大桌，更说不上宴席菜肴。今晚难得大家赏脸来家过节，我只有献上手艺，大家不嫌弃就很好了，接着又向唐仲谦、高雅琴、童琳琳敬酒。子健说他也要喝酒，童丽问程叔，弟弟要喝酒，姐姐成全你。她给子健倒了小半杯，又给唐丹娜、自己倒了小半杯，举起酒杯要碰杯时，童丽陡地察觉唐丹娜眼眸里有晶莹的泪光，她不作声，直到吃过饭后才悄悄问唐丹娜。

"丹娜，你流泪了，是在想家明？"童丽一手挽住唐丹娜的腰。唐丹娜瞧她做了个默认的微笑。然而，童丽并不知道丹娜内心的思念与痛苦。她真希望童丽只是认为她在想念唐家明，不作其他联想。中秋节对于中国人来说是个团圆喜庆合家欢聚的节日，而今身在非洲原始森林的唐家明，他的境况又怎样呢？唐丹娜在举杯时是一时感触，中秋佳节见不到自己的爱人，那是一种怎样的失落？唐丹娜知道童丽没有通知张绍棠，是不想让丹娜去联想自己的男朋友，仅此而已。唐丹娜已经想好一旦童丽问起唐家明，她必须用含糊其辞去回答，不能让童丽猜想其他的原因。

童丽果然没有追问，而是换了一个话题。她说这几天抽空去看家具，发现有款新上市的书架组合柜，问唐丹娜想不想购置。唐丹娜巴不得她说这事，便说你喜欢就买下来，通知家具公司送到唐家的地址。童丽开心地谈起这款组合柜的多种用途，唐丹娜只是听，也不插话。

童丽认真看了唐丹娜一眼：“丹娜，你怎么变迟钝啦？”

“是吗？我是有点心不在焉。你看，窗外的月色多美。”唐丹娜避开她的视线。

童丽用头靠在唐丹娜肩上，轻道：“你有心事，说给我听。”

唐丹娜轻笑道：“你什么时候成了心理学家。还好，你不是沈玉贞。她要演说，那种张力，你我都学不来。”

“你是说家明以前的女朋友？为什么会提起她？”

“她也是我的朋友，我想她了，有什么不妥吗？”唐丹娜反问道。

“为什么想她？”

“因为她人太好。”

“哦，原来你真的在想人。”

“对啊，我在想人。”……

17

周末，唐丹娜与童丽到豪宅去，将后院草坪的草剪了一遍。这种体力活把两人累得气喘手酸，说到底这是她们的大屋，整理后院责无旁贷，如果请人来剪修，至少也得给两百块钱。用童丽的话来说，宁肯自己辛苦些，省出来的钱用来购置别的家具。阳光下唐丹娜、童丽有说有笑，坐在草坪上欣赏面前的豪宅。

“童丽，那天听李晓菁说，她过多两个月就毕业回新加坡，到时其他几位小姐也陆续要离开。你准备将房子继续出租吗？”

“那是当然。总不能丢空，你也知道每月要供多少钱。如果万一短时间租不出去，干脆我俩先搬来这边住。”

“对，可能这是最佳的办法。”

“唐家明有消息了吗？准备什么时候回美国？”

“他没说，我也没问。童丽，我们还是坚守诺言，一直等到家明回来。”

“他去非洲两年多了，真难为他了。”童丽望了唐丹娜一眼。“还好，唐家明值得你等他。”

李晓菁走进后院，朝两人打了招呼，说：“两位勤劳的女主人，你们剪草已经完成了吗？”

唐丹娜站起来，将童丽也拉了起来：“晓菁，有什么事吗？”

“今早上我到外面买了些葱油饼、油条，刚刚煮了锅小米粥，请两位进去吃。你们赏脸吗？”

“多谢。童丽，你看我俩多有口福，晓菁请我们吃早餐。”

“晓菁，你怎么知道我们今天会过来这边？”

“这还用说吗？就算你俩来这里不剪草，也做清洁。我算准了你俩一定会来。”

进了屋，李晓菁用小汤碗给两人盛上粥，自己也端起一碗粥，说：“两位，请用餐。”

唐丹娜一边吃一边问李晓菁，毕业后大概什么时候回原居地。李晓菁说快了，再过三个礼拜。童丽便问，其他三位准备何时离开美国。李晓菁一一作答，并说来美国留学是一种生活体验。李晓菁颇有感触，来美国念书，长进了知识，尤其是认识了两位才艺出众的女主人，脚踏实地做事情，对生活不断进取。童丽轻松地说，我和丹娜只是华人中的普通人，或许我俩天生就是一对好姐妹。在生活中你肯付出，肯多做善事，都会有好报。李晓菁笑道，那么说，能遇上你们姐妹俩也是我的福气。三人说得兴致勃勃，忽然有人致电童丽，童丽取出手机一听，原来是母亲。童琳琳说她在练琴室，下午两点钟后没有课，要童丽在豪宅等她，她要来看一看房子。

唐丹娜问："童丽，你妈咪要来，那我们就都别出去，就在这里等她。"

童丽却说："现在还不到十一点，要等三个小时，多浪费时间。"

李晓菁接道："你们若是嫌闷的话，我这里有几张影碟，电影、演唱会的都有，随便挑来看。另外还有小说、诗集。"

童丽哈哈笑道："李晓菁，你就是一个女文青，周末时间在家就泡在文艺里面。"

唐丹娜看了看李晓菁那几张影碟，发现有张影碟是演唱会集锦，便对童丽说看看这张影碟。童丽将影碟放进光盘机里，一会儿电视屏幕展现出群星耀眼的画面。唐丹娜知道，李晓菁读的是工商管理，课余时间吸收文艺营养，当然是一件好事，还留意看了看那两本小说和诗集，也是英文版，显然她将英文放在首位，中文是其次的。这和她的居住国很有关系，当然是受当地教育根深蒂固的影响。你在哪里生活，就会有哪里的生活模式，甚至将它带到世界的每一个角落，问题在于你的生活模式是否完全适合另一种环境，而在另一种环境里你又能走多远。李晓菁属于那种小家碧玉的女生，生活中谨言慎行，以不沾染前卫潮流思想为宗旨。

唐丹娜和童丽在看影碟，李晓菁在看诗集。童丽问："晓菁，我们在看影碟，你也可以不受影响，真是服了你。"

李晓菁微笑着答道："因为我的潜意识在诗的意境中徜徉。"

也许李晓菁说得没错。在同一个生活环境下都会产生许多不同的理念，更何况这只是在屋内。唐丹娜想，李晓菁代表着一种近乎静态的而又向善的生活观。将近三年的留学生岁月，把她打磨得有些圆熟起来。她不去随波逐流，也不人云亦云，专注在她的学业上以达到理想的进步与成绩。也许这也是相当一部分留学生的缩影。唐丹娜对童丽说："你妈咪迟些来这里，你准备些什么招待她？"

童丽嗤地笑了："丹娜，妈咪来大屋，是视察。怎么了？是不是想到什么好主意？"

"还是等她来了再说。"唐丹娜其实心里也没底。童琳琳是个要求很高的长辈，她是不会预先说想要什么，而是看过之后才说。既然她提出要来大屋看看，那么就随她心愿，希望她高兴就好。

李晓菁放下手上的诗集，问唐丹娜："上次听你们说要订购两盏琉璃灯，究竟是什么样的灯？"

唐丹娜说："那两盏灯早就送到了。现在我跟童丽的床前各有一盏。要说这灯，它能带给我和童丽好运气。”李晓菁问了灯的外形、照明度、重量，又说：“看来这灯也适合我，找个时间去买一盏，带回新加坡。”

童丽说：“你不用找。丹娜向灯具公司订购，一星期内送货上门。”李晓菁说：“那太好了。丹娜，麻烦你代我订购一盏，用这里的地址。”

“没问题。”唐丹娜取出手机，将琉璃灯存档照片给李晓菁看了。她笑眯眯地说：“这灯真漂亮，满适合我的。嘿，看了二十几页诗，还不如选中一盏琉璃灯来得实际。”

唐丹娜也笑道：“看来拜伦的诗也要给琉璃灯让路。”唐丹娜看了李晓菁手上捧着的拜伦的诗体小说《唐璜》，不难想象李晓菁去读经典作品的用意。无论什么样的诗歌，一来到生活现实，就显得域外之音罢了。如果将诗歌归类到精神层面去看，那琉璃灯便是物质层面，而在物质与精神平衡的社会天平上，孰重孰轻是由读者说了算。李晓菁不经意间说出了生活的选择，这不是随意而说，而是一种现实概论。

童琳琳在大屋外按门铃，童丽跑去开门。童琳琳见面便说：“小丽，我知道你跟丹娜都在，还有晓菁。”

童丽瞅着母亲提着一个大塑胶袋，便问：“妈咪，给我拿。”童丽接过一看，原来里面有几个汉堡包，几瓶饮品。“妈咪，我好久没吃汉堡包了。”

童琳琳笑了：“小丽，谁不晓得我女儿爱吃中餐。日子长了，换换口味也挺不错的，她们都在里面吗？”

一进门来，唐丹娜、李晓菁都叫童教授好。童琳琳环顾了四周，问：“丹娜，这屋子是漂亮，怎么觉得好像没什么家具？”

童丽说：“妈咪，我们按部就班，家具一点点增加。现在存放在丹娜家的车房。”

童琳琳点了点头：“对。反正不急着结婚，家具有减价就先买下来。丹娜，唐家明应该快回美国了吧？”

唐丹娜早就预备了答复，便说：“童教授，我想也应该快了。家明没有说准确的日期。”

童琳琳进内看了一会儿，出客厅来便说：“三个孩子，每人拿一个汉堡、一瓶饮料，将就一下。”

李晓菁率先拿起一个汉堡包，将它递给童琳琳。接着将汉堡包给童丽、唐丹娜每人分一个。四人一边吃汉堡包，喝橘子水。童琳琳问李晓菁：“晓菁，听说你快毕业了，怎么样，学位到手了没？”

“下星期三公布成绩。按我的估计，学位是工商管理硕士。”

“那先恭喜你了。准备什么时候回新加坡？”

“还没定下来，大概下月初吧。”李晓菁又说：“童教授，谢谢您的关照。”

童琳琳说：“孩子，别这么说。你能来美国留学，你跟我们有缘，现在即将学成归国……你看这样好不好，你临行前我们为你饯行，大家聚一聚？”

李晓菁拍手笑道：“好好好！”童琳琳接着又说：“小丽、丹娜，你们到时候准备好六菜一汤。”

唐丹娜、童丽都说好。吃过汉堡包后，童琳琳说：“小丽，我今晚有个音乐会要出席，你自己吃饭。这个时间我先去帝利市见个朋友，带她一块去。再会。”

童琳琳走后，唐丹娜说：“干脆你到我家吃晚饭。晓菁怎么办？”李晓菁却说：“我晚上要看视频跟父母说说话。我自己搞掂。”

唐丹娜、童丽到后院收拾好工具，又将工具放回储物室，这才出大门来。唐丹娜悄声说：“我爹哋妈咪今晚去侨社赴宴。”童丽喜道：“那，我们来个煎牛排、罗宋汤。上次程姨教会了我做罗宋汤，你还没尝过呢。”唐丹娜嘻嘻笑道：“好个童丽，会用秘密武器。走吧，先去超市再回我家。爹哋前些时候开了瓶葡萄酒，还剩半瓶，够咱俩喝哩。”

从超市出来，唐丹娜将买好的食材放在车后厢，对童丽说：“童丽，你好久没开我的车，你来开，让我做乘客。”童丽应道：“好啊。那我就不客气了。”上了车来，从停车场转出大马路不久，唐丹娜叫道：“童丽，你看，那不是子健吗？”

童丽定睛一看，果然是子健，他捧着一叠海报，站在人行道上，给来往的人派发。童丽将车停在路旁，下车走近前去。子健一见童丽，便笑道："姐姐天使，你也要一张海报。"童丽接过一看，原来是福音宣传单，问子健："子健，你什么时候为宣道会做事？"子健乐呵呵答道："杨牧师带我去。"话音刚落，一位年约40岁的男人走上前来，一问之下，童丽才知道他就是杨牧师。宣道会利用周末时间，组织了几位义工上街派发福音传单。童丽告诉杨牧师，子健是她的干弟弟，他在社区服务中心的工场上班。杨牧师说他知道子健的情况，宣道会有个姐妹是糕饼店常客，介绍子健去宣道会做义工。童丽看见子健的头发有点长，便说："杨牧师，这次的义工时间不晓得结束了没有？"杨牧师答道："童小姐，做义工没有时间限制，你想知道些什么？"童丽说："我见子健的头发有点长了，想带他去理发。"杨牧师点头说道："可以。子健，你跟姐姐天使回去，剩下这些传单交给我。"

童丽带着子健回到车上，对唐丹娜说："丹娜，去你家先给子健做头发，晚餐我来操办。"

唐丹娜笑道："我照办就是。子健，姐姐天使的话你要听啊。"

子健凑上前来，说："唐姐姐也是天使，我也听话。"

童丽告诉丹娜，子健周末在宣道会做义工。唐丹娜说："这也是一种向善的工作，只要子健去做，对谁都有好处。"子健指着传单说："这四个字是：神爱世人。"

童丽笑了：“子健，我知道这四个字的涵义。丹娜，开车，我们得回去了。子健，你坐好。”说着她替子健系上安全带。唐丹娜发动了车，车子开出马路。也许唐丹娜只是想着童丽鉴于子健弱智的特殊，认为他的情形是理应在周末置身家中，不要去涉足外面的事。又或许童丽对于宗教信仰秉持一种审视的态度，是不是信奉了某种教义，人就变得不能自已呢？答案是你本身的取决。童丽也许是以弱智人的角度去看关于信仰的事。一个人的精神、意志未能够完全掌握在自己的思想之中，也未能够清晰分辨出自己的行为，是不是等于在向一面白墙说话？子健目前的情形，基本上具备了人的生活技能，但他的意识里面没有形态。就像他进食时所吃进嘴里的食物，只知道味道，并不明白味道是怎样来的。如果长期被同一种食物以同一种形式包围着，你保证不会被同化吗？与此同时，童丽也是以非信仰主义者面对周遭的环境与人事，对外来一切的涌进，不会轻易地被左右。

回到家来，唐丹娜叫子健先坐好，她去取理发工具。童丽将一大袋食材拿进厨房，忙着去准备晚餐。唐丹娜替子健围上围布，问子健要怎样剪。子健说他喜欢平头，洗头容易，头发很快就干。唐丹娜用电剪替他理发，不消八分钟，就剪好了头发。唐丹娜拿个圆镜给子健，让他自己照照，看看还有什么要修整。子健看了几回，笑道：“唐姐姐，你会剪头发。”唐丹娜带他去洗手间洗头，又用吹风筒替他把头发吹干。这下子子健说要看姐姐天使在做什么，走到厨房门前，童丽对他说：“子健，你不要进来，姐姐天使在准备晚餐。”

唐丹娜想了想，说：“子健，厨房不好玩。我带你去看电脑，上网找好玩的东西。”子健一听，乐了：“电脑游戏，好玩！”童丽看着子健跟唐丹娜进卧室玩电脑，便想道，子健的精神世界是无瑕的，世间上的任何事物在子健看来都可以接受。吃过晚饭，童丽将子健送回家后，又折回唐丹娜家。

唐丹娜问她：“童丽，子健送回家了？”童丽答道：“是。”唐丹娜又问道：“你有心事？”童丽说：“丹娜，现在看上去子健无忧无虑，生活起居也没有问题。但是想远一点，我又有点可怜他。”

“你是担心他以后会不会有女朋友喜欢他，还是担心别的？”

“丹娜，他以后总不能一辈子跟程叔程姨生活吧？”童丽反问道。

“那你说怎么办？”唐丹娜留意童丽脸上的忧虑。童丽沉默了一会儿，说：“爱情真的不要冲动。你知道吗，程叔程姨是近亲结婚，他俩是堂兄妹。也许他俩当初没有考虑生下来的孩子会是怎样。”

“程叔程姨以前在中国，能够相爱结婚并且有个儿子，你说容易吗？如果他俩不要自己生孩子，去领养一个，情形就不一样。”

童丽点头："我也这么想过。但是这样的事实无法改变，上帝也改变不了。做人始终都是要尊重科学，信仰改变不了科学。程叔程姨是想证明他俩的爱情信仰会开花结果。听医生说，近亲结婚生下来的孩子，都会有后遗症。子健的算是比较轻的一种，有的一生下来就成了痴呆。如果孩子一生下来就是痴呆症，那真是苦了父母，也苦了自己。"

唐丹娜点头说："童丽，你说得对。婚姻也应该相信科学。达尔文、爱因斯坦都是科学家，因此他们的婚姻观是科学婚姻观。我也问过家明，我跟他三代都没有血缘关系。只是我父亲和他父亲都姓唐，偶合而已。"

"对啊，如果我知道你俩有血缘关系，我能不阻止吗？"童丽还说："丹娜，我那时候真的好担心，也害怕，我会不会因为你的爱情而失去你。"

唐丹娜轻笑道："我还怕你不理我哩。"

童丽笑了："我相信唐丹娜是我心里的人，走不了，也不会走。"

唐丹娜摆摆手，说："不去说这些了。你妈咪说要我们弄六菜一汤，为李晓菁饯行，你准备怎样办？"

童丽接道："是我问你想怎么办。"唐丹娜说："那我就定了。汤是花胶鲍鱼鸡汤。菜是蠔豉发菜炆支竹猪肉、糖醋排骨、白斩鸡、松子鱼、炒三鲜、蠔油生菜。但是这一次要把张绍棠请来，不然你长时间没跟他互动，也不是个事儿。"

“丹娜，张绍棠逢周末都陪父母上教堂，他是个孝子。你也知道，我对基督教只是有好感，我并不是信徒。”

“对啊，我也一样。我的意思是有些家庭活动让他参与进来，张绍棠从来没有在我们面前提过他陪父母上教堂的事，我也从不问他。但是童丽，我还是认为你也做得没错，你没有阻止张绍棠的做法，自己也不受他行为的影响。同桌吃饭，各自修行。你知道吗，李晓菁对中国佛教颇有兴趣，也有些向佛的念想。我开始以为她来美国念书，难免会沾上西方的洋学风，念的全部是英文，脑子里却想着佛法无边。”

“正如你所说的，同桌吃饭，各自修行。至少李晓菁和张绍棠对社会观感不同。但都要吃饭，都要衣食住行。”童丽望着唐丹娜。“上帝说仁爱，佛祖说慈悲，我们说平等自由。其实那位杨牧师带子健上街去派发宣道会传单，是在做善事。只是他忽略了子健的心智有障碍，不能以常人眼光去看社会的一切。”

“怪不得你要将子健带回来，子健应该可以接受这一切。”唐丹娜又说：“如果是这样，那你想怎么去安排子健在周末的时间。”

“找找看，让他去尝试接受一些新的环境，比如说智障人士互助会、残障人士联谊会之类的团体。如果单一将他放到宣道会，那他只会一种思维方式，没有联想，也没有渐进。我想他找到真正的自己。”

唐丹娜知道童丽的想法，也没有更好的说辞。童丽清晰地知道人在生活中需要什么，付出什么，尤其是站在弱智人士的观点上去看待生活。是的，人在生活中除了希望并且力求自己过得好，也应同时希望别人过得好。子健先天有缺陷，这是他的不幸，他应该得到更多的关爱与温暖。或许童丽与程叔程姨的想法有不同之处，做父母的是想自己的孩子活得健康开心，但童丽想着子健不仅要平安无恙，也要试着去接受一些新事物，让他的心智尽量向健康方面靠拢。世上的事，有些是宗教信仰也解决不了的，如果无形中将子健推向宗教，他的思想不会因此而受益。

诚然，人的思想如果欠缺联想，恐怕也难有渐进。生活中千变万化，不是天晴有阳光、天阴会下雨那么简单。童丽明白生活在耶稣基督的国度，要有自己的生活方式，必须去尝试谋求新的东西。在她的眼中没有模式，没有一成不变，只有迎着阳光前行。这与淘汰不能画等号，只有时间前后的差别。你如果一直生活在风和日丽之下，久而久之，也许会渐渐忘记冬冷夏热的原理，而这些原理往往被忽略，甚至被认为不值一提。即使生活出现重复，你也不必感叹，因为你知道自己应该而且能够向生活索取你的需要，得到你的需要。

18

唐仲谦接到陈正元的电话，便匆匆离开办公室，因为陈正元开的车子正在办公楼大厦前等他，一同前往医院。唐仲谦乘电梯下楼，很快来到陈正元的车旁。他拉开车门，坐到驾驶座右边的座位上去。

“仲谦，我一面开车再跟你说。我也是接到胡培德元老大儿子的电话，立刻通知你的。”陈正元开着车说：“昨夜胡元老突感不适，他儿子将他送进医院，现在是住观察病房。”

“怎么会这样？上个月我去出席侨宴，他谈笑风生，我还向他敬酒。我想他应该很快会复原，他一向气色好，平时也做晨练。”

“仲谦，你有所不知，胡元老五年前做过心脏手术。”

“希望吉人天相。”唐仲谦忖想，胡培德已逾九十高龄，偶然抱恙在身，也是会有的。既然住进医院观察病房，也不是小病小痛了。

抵达医院，陈正元停好车，与唐仲谦一起到医院住院部查询，得知胡元老还在观察病房。两人乘电梯到了观察病房，填了探病登记。进病房一看，原来余秀明已在旁坐着，相互打过招呼。病床上躺着的胡元老，面部戴上氧气罩，人在昏睡。

“从昨晚进来之后，吃药打针，他还没醒过来。”余秀明轻声道。陈正元走近病床前，轻声叫唤胡元老几声，他依然没有反应。唐仲谦见状，便说：“我看目前这情形，先到外面问问医生他的病况如何。”

问了医生之后，才知道胡元老是心脏旧患复发，幸亏送院及时，经过抢救，现处于休克状态。至少要过二十四小时，才会知道他能否醒过来。

唐仲谦问余秀明：“Linda，你到得比我们还早。”

余秀明打了个呵欠：“应该的。我是胡元老的遗嘱律师。两个月前他找我立好了遗嘱。”

陈正元叹了口气：“我想胡元老慈善为怀，乐善好施，无人不知。Linda，你应该还没吃早餐。我们一起去用早餐，再回来看胡元老。”

餐厅距离医院大约十分钟路程，余秀明说不要开车去，徒步去便好。来到餐厅坐下，陈正元点了三客法式早餐。进餐时余秀明忽然轻叹：“我经手的遗嘱有不少，唯独这次很特别。至于内容我不便透露给二位。我想，政府应该为他颁个慈善金奖。”

唐仲谦听后，大略也猜到了遗嘱的内容，只是不方便去问余秀明。陈正元想，胡元老一定是将名下所有物业财产，捐赠给慈善机构。在美国很多富翁的遗嘱中，过半数将遗产捐作慈善用途。富翁们大约都想到同一个答案，财富靠自己创造，即便留给后人，也不会全部。当然，这些是经过法律程序的公开赠与，没有人去非议；政府也会对遗产征收税项，也不会有人对此有异议。余秀明基于律师的职业道德，固然不会透露一言半语。其实两个月前胡元老立遗嘱时，内文很清楚，他将名下所有物业财产包括私人银行存款，全部捐赠作为艾滋病治疗研究中心的经费。他对余秀明说，他曾到一间艾滋病治疗机构去探望那里的病危者，其中有一位年仅10岁的女孩，因为被传染而患上了不治之症，他见到她的时候，小女孩已是弥留之际。这种场面给他无比震撼，旋即在脑海中写道：把所有财产捐给艾滋病治疗机构作为经费，以求多救活一个人，多救活一个孩子。一个活着的长者，想到的是患病的人，想到的是捐出所有……余秀明在沉默中唏嘘不已，她确信自己的眼泪尚留在眼眶内，只差一点，就会溢出。

从医院大楼出来，唐仲谦问余秀明，要不要回办公楼，她说是要回去。唐仲谦便对陈正元说，他搭余秀明的便车。陈正元自个驾车先离开。唐仲谦上了车，余秀明说："唐先生，你和我一样，保佑胡元老早点醒来。"

唐仲谦答道："对，我是这样想，可是现在还有半天时间，晚些再来看胡元老。”

余秀明用纸巾擦了擦眼睛，说：“如果他醒了，我真想跟他长谈，听他的往事。”

回到办公室来，唐仲谦坐在靠椅上，心绪不宁，仿佛在等待一些什么而又说不出原因。也许事情发生得太突然，一向处事冷静的唐仲谦，也感觉有种悬空的不安。胡元老病发住院，尚未度过危险期，一个德高望重的长者，他的心愿写在遗嘱里，这样的大善大爱令人肃然起敬。尽管余秀明并未说出遗嘱的任何一个字，可是从她的言语神态中不难看出感叹之中的尊敬之意。生老病死，乃是人之常情。唐仲谦望向窗外，橙黄橙黄的阳光依然瑰丽，在绽放着旺盛的生命力。胡元老在有生之年，祈望上苍带给人们平安健康，而将遗产全部捐作慈善基金。唐仲谦正在思索间，余秀明从隔壁来到门口，朝唐仲谦打了个招呼，说如果她不介意的话，她想坐一会。唐仲谦赶忙站起来，请她坐到沙发上，问她：“你想喝茶还是咖啡？”

余秀明答道：“多谢，我不想喝。去过医院回来，我的心空落落的，都不晓得是种什么滋味。”

唐仲谦说：“我也有同感。希望胡元老平安无事。”余秀明望着唐仲谦说道：“唐先生，我跟胡元老只见过两三次面，第一次是那回步行慈善筹款，第二次是他来我的律师事务所。他是专门约在周末见我，因此你没碰见他，这次是第三次。可是，我和他说不上一句话。”

“有的人跟你见面的次数不多，却往往会影响你的一生。我见胡元老比你多几次，其实我也没有跟他长谈，只是说些侨社的事。他是会馆元老，经历阅历都多，我是向他取经。”

“我明白。传统侨社有传统侨社的运作方式。”余秀明颇有感触地说：“胡元老是我最敬重的长辈。”

谈了一会儿，余秀明正想回自己办公室，忽然手机响起，她接过一听，对方是胡元老长子，说父亲十分钟前辞世，他特地通知，说这是父亲先前的吩咐，因为他在你的律师事务所办理过遗嘱。余秀明潸然泪下，心里顿时产生了悲伤：“唐先生，胡元老走了。”唐仲谦站起来默哀。他此刻想到屈原的诗行：亦余心之所善兮，虽九死其犹未悔。他感觉很沉重，泪凝在眸中。人总会有一死，这是自然规律。

死亡是什么？按照佛家偈语，死亡是早登极乐世界；按照神的箴言，死亡是回到主的怀抱。中国人的习俗，将死亡看成是下地狱，听凭阎罗王发落，再转世投胎——过奈何桥，喝孟婆汤，这一切是逝者肉身灵魂能感受到的吗？以仪式来说明现实中的自白：应该说死亡之后只有两种，尤其在美国。一是送进焚化炉里烧成灰烬，一是被安放在棺材里与黄土长眠。年复一年，便会腐烂，化作一抔黄土……如果这世上人人长生不老，万寿无疆，没有死亡，人类发展至今，岂不是每个人都无立足之地吗？

死亡是人生必经之路，它是每一个活着的人，经历过或多或少的喜怒哀乐、悲欢离合、爱愁情怨等等之后，都无可避免地最终回归大自然的必然规律。死神的降临，并不意味着你一无所有，但也是可怕的。在你的生存意志抵抗死神的召唤时，你已经超凡脱俗了。你的精神、肉体、灵魂沉浸在生与死的挣扎中，那是何等的勇敢与坚韧。生命的意义、价值在你生存的每分每秒都燃烧出光辉璀璨。

死亡是生命的结束，但是死亡不代表生灵的终结。当你联想到一粒种子埋在土壤里，日复一日，它会发芽，破土而出，以后会长出沉甸甸的果实；而在这果实里面有许多粒种子，你迟早会坦然面对死亡。

也许胡元老离世前带着千丝万缕的思绪，回望自己的童年、少年、青年、壮年、老年，每一寸记忆都有温暖，在深邃的思维隧道里交织着深深的眷恋与祝福，走向另一种境界。而另一种境界，没有辉煌与平凡。然而这一切的一切，只有生活着的人们明白。慎终追远毕竟由来已久，它里面蕴含着人们对逝者的人性缅怀。

胡元老的丧礼，庄敬隆重，超过500人来送这位慈善家最后一程。在送殡行列中，唐仲谦、高雅琴、唐丹娜、童琳琳、童丽、张绍棠、陈正元等人都在彼此眼神中流露出哀思。追思一位九秩高龄的长者，他们仅是几百人之中的一群。华人侨社的悲戚与共，已在不言中。与其说这是传统侨社的文化，毋宁说是侨社传统的力量。唐丹娜在人群中发现有两位年近百岁的老人，被亲友用轮椅车推着前行，更多的是中壮年、青少年和四五岁的小孩。如此送殡场面，可谓备极哀荣。

在坟场的一个钟头，唐仲谦一语不发。送殡仪式结束后，逝者的家属通知人们去素餐。唐仲谦拉了高雅琴一把：“雅琴，我们即便去也吃不下，叫丹娜跟我们一起回吧。”高雅琴过那边低声对女儿说：“丹娜，你爹哋要我告诉你，我们一块回家。”童丽问：“琴姨，你们不去我也不去，这种情形怎会吃得下东西。”她跟母亲说了几句，便跟着唐仲谦三人离开坟场。而这时，唐仲谦却对高雅琴说去厨房煮些素面给四人吃。唐丹娜说：“爹哋，素面我会做，让妈咪陪你。童丽，我们进厨房。”高雅琴见二人进了厨房，便对唐仲谦说：“仲谦，你这是怎么了？以往我跟你也出席过丧礼，今天你是怎么了？”唐仲谦摇了摇头：“有一种说不出来的感受，是沉痛的感觉。”

这会儿唐丹娜和童丽在厨房，也在谈论送殡的感受。童丽竟然说：“丹娜，如果以后我有这一天，那就真没有遗憾了。”

唐丹娜变得很严肃，说：“童丽，你在我面前说说可以，千万别在我爹哋面前说。爹哋跟胡元老相识好些年，应该彼此是忘年之交。你也知道，胡元老介绍过不少客人给爹哋买保险，他老人家是爹哋的恩人。我想，爹哋也许想如何去报恩。”

童丽说："我不忌讳说逝者。胡元老的风范，人伦之最。"

素面做好后，端出客厅，每人一碗。唐丹娜瞧见父亲的神色，想了想，便对童丽说："吃完面后，我想将我那辆车换机油，你那辆要不要换？"

童丽说："我那辆车上个月才换过机油。我记得你上次换机油是在七月初，怎么，三个月就换一次？"

唐丹娜答道："闲着也是闲着。今天我是请了一天假，不做点事为自己，也说不过去。"

"行，换机油我帮你。上回你给李晓菁订的琉璃灯，她收到了没有？"

"早收到了。她都迫不及待，现在已经用来看书写论文了。她说一直用到回国那天，才将琉璃灯打包带走。"

"子健每天将琉璃灯擦两次，比我还擦得勤。"童丽望着唐丹娜说："看来你当年买第一盏琉璃灯，是薪火相传。"

"走吧，到车房去，顺便看看我们买好的家具。"

唐丹娜和童丽到车房看那些家具。清点之后，唐丹娜想了想，说："童丽，现在还缺一样。"童丽问她："是哪一样？"

唐丹娜说："屏风。客厅要大屏风，房间要小屏风。"童丽轻笑道："丹娜，缺屏风就去买。我还以为你说缺那一样是他……"

正说间，高雅琴进车房来，一见面便说：“丹娜，你的电话。”说着将手上的移动电话递给女儿。“是谁打电话给我？”唐丹娜问。高雅琴轻笑道：“是沈玉贞。”唐丹娜赶紧接了电话，对方真的是沈玉贞。她说她现在人在机场，这次回美国特意带了份神秘礼物，想请唐丹娜到机场接她。唐丹娜连连说好，把电话还给母亲：“童丽，是沈玉贞，太意外了。”童丽说：“那机油今天暂不换了。你去机场接沈玉贞。我回家上网找几款屏风看看。”

待童丽离开后，唐丹娜匆匆梳洗，化了个淡妆，戴上钻石耳环，换上一套银白色西装衣裙，换上黑色高跟鞋，取了挎包，出客厅来对唐仲谦说：“爹哋，我去接沈玉贞，晚饭是不是在家做？为她洗尘接风，做几道好菜？”

唐仲谦知道女儿去接沈玉贞，那是女儿的知交。“丹娜，你放心去接她，晚饭的事，我跟你妈咪包办。”

唐丹娜出门来，从车房取了车，很快将汽车开上了高速公路。从市区往旧金山国际机场，大约需要开二十几分钟。到了机场后，唐丹娜先将车子泊在停车场，再乘电梯步行到接机大厅。今天机场的人不多，正是下午三点多钟。唐丹娜留意看班机时间表，客机已经着陆半个多小时，这会旅客们应该是在排队过海关闸口。唐丹娜这会儿在想，沈玉贞说带了份神秘礼物，会不会是首饰之类，她并不晓得家明失联已有大半年。见了面，她打算就直接告诉沈玉贞关于家明的事。唐丹娜感到非常意外，这个时间已接近十一月份。沈玉贞突然从法国回来，可能已经提前获得了博士学位。两年多前也是在这个机场，她临上飞机前和唐丹娜紧紧拥抱，说了真情流露的话。也许女性与女性之间易于沟通，她说的每一句话都深深印在唐丹娜的脑海里。沈玉贞的形象，在唐丹娜看来，是个对生活、对爱情、对人生都有着相当深的洞悉能力的人。尤其她处理唐家明与唐丹娜的感情，一语中的，从一开始就想到了所有问题的正确答案。她在唐丹娜、唐家明之间选择了自己出局，对高雅琴的行为完全谅解。换言之，沈玉贞的明智证明她完全是一个出色的女强人。

闸口里的旅客们开始出来，唐丹娜全神贯注地看着每一个走出闸口的人。唐丹娜惊呆了——这时候走出来的3个人，两男一女，走在前面的是唐家明！他身后是沈玉贞与另外一位男士。

唐丹娜做梦也没想到，唐家明活生生出现在他眼前，更没有想到，沈玉贞说的神秘礼物竟然是唐家明。几乎同时，唐丹娜与唐家明都伸手握住对方的手。沈玉贞给唐丹娜一个拥抱，又介绍身旁的男士：“这位是陈国鹏，法籍华人，我的未婚夫。”唐丹娜与陈国鹏握过手后，转过头来凝望着唐家明，眼泪几乎涌眶而出：“家明，我等你两年多了！”唐家明轻笑道：“丹娜，我的承诺一定要兑现。我既然都平安归来，以后再慢慢向你解释。走。”他伸出左手，去握住唐丹娜的右手。

唐丹娜泪中带笑："玉贞，你给我这份礼物，是一生的礼物。谢谢你，好姐妹！"

沈玉贞笑了："丹娜，我可是专程从法国回来为你当伴娘，知道吗？"唐丹娜点头笑道："我知道。你们给我的大惊喜，比什么都强。"沈玉贞对唐丹娜说："丹娜，我将家明交给你了。"接着她给唐丹娜说了个地址，那是陈国鹏表兄的住址，要唐丹娜先送她和陈国鹏去，然后带唐家明回你的家，明天约齐了再见面。她向唐丹娜要了手机，往上面按了个电话号码，又说："丹娜，祝你好运！"

此刻的唐丹娜早被意外惊喜注满了心间，也不知说些什么，只想到悲喜同生四个字。今天中午在几百人的行列中送胡元老最后一程，如今来机场，竟是接到心上人。两年多来朝思暮想的那个人，而今坐在她身旁，这是一种兴奋狂喜到不行的感受。一路上唐丹娜嘴角含着甜甜的笑，偶尔看一眼坐在旁边的唐家明。骤然间，唐丹娜本来已经感动落泪的双眸，再度流出热泪。大约人们所说的喜极而泣，现在最适合唐丹娜了吧！唐家明也用眼神流出笑意，他也是非常开心。经历过非洲原始森林的风餐露宿，联合国世界卫生机构派来的工作人员，将他送到日内瓦疗伤养病，这期间他从沈玉贞父母的电子邮件中得知了沈玉贞的邮箱，便与沈玉贞联络，后沈玉贞和陈国鹏从法国去日内瓦探望他。之后，他在日内瓦康复并工作了一段时间，现在完成了国际人道救援任务，回到美国。他用詹姆斯的名义与唐丹娜联络，是因为那段时间他的腿伤得很重，同时也得了疟疾，唐家明为了不让唐丹娜担心，更不希望她到非洲去找他，因此编了段失联故事。在回美国的途中，沈玉贞跟他说了唐丹娜的近况，这让唐家明深感欣慰。她知道只要自己出现在唐丹娜面前，应该也不用去解释什么，彼此都是坚守诺言的人，都是确信、忠于爱情的人。

唐丹娜开车将沈玉贞、陈国鹏送到指定地点，看着两人进屋，才开车回家。唐家明想了想，说："丹娜，找个地方停下来，我们先谈好再回去见谦叔、琴姨，好不好？"

唐丹娜点头应道："好。"便将车子开到一处林荫处停下，熄了车火。唐家明正想张嘴，唐丹娜轻笑道："作家，唐家明不愧是作家，失联故事编得很精彩，要不是有沈玉贞在，我还以为一切属实。"

唐家明将自己两年多的生活，大概说了一遍。当他知道唐丹娜将他"失联"一事瞒住了全部人，心里感叹，丹娜心地太善良了，宁愿自己一个人在房间独自流泪，也不向亲友说唐家明失联的事。

"家明，你不用说一句抱歉的话，其实你并没有错。如果当初不是詹姆斯的劝阻，我真的会去非洲找你。"

"谦叔、琴姨都好吧？我那两年多的生活真实，如果他们问起，我会说平安顺利。"

"家明，你看上去瘦了些，肤色也黑了些，你也吃苦了。"

“那是免不了的。看见你的精气神，人是没变。怎么样？那间大屋现在怎样呢？”

唐丹娜向唐家明说了一大堆，先是给房子粉刷装修，分租给几位留学生；前段时间开始购置新家具，到现在基本上买齐。唐丹娜又问唐家明回来之后是否继续去医院上班。唐家明说他考虑开一家诊所，收入要比在医院当医生领月薪高，而且业余时间也多，也不会受时间限制；只要规划得当，找好医务诊所，就开业自己当老板。

唐家明说：“在法国的时候，沈玉贞、陈国鹏都赞成我开诊所。我想，谦叔、琴姨也会同意，你怎么看？”

唐丹娜笑答：“我父母同意的事，我当然说好。”她看见唐家明凑过来，便张开双臂，让他抱个满怀。唐家明拥住她，轻道：“丹娜，见到你真好。上天对我太好了，把一个天使送到我怀中。”

唐丹娜将头埋在他胸前，她感到命运带来无数的良辰美景，还用说什么。他捧起她的脸亲吻了她。唐丹娜伸出唇尖去依偎他的嘴唇，他先用嘴唇接吻，继而去吻她的脸，她的脖颈，她的前额，她的头发。最后唐丹娜抬起头，亲昵说了句：“爱人，我俩该回家了，爹哋妈咪做好了饭菜等我俩回去。”

19

回到家门口，唐丹娜对唐家明说："家明，除了我，最惦记你的人是爹哋、妈咪，你知道我的意思吗？"

"丹娜，我明白。见面之后给个拥抱，遇到适当的时候就改口叫爹哋、妈咪，再就是谈谈我俩的婚礼。"

唐丹娜忍不住笑了起来："哎呀，家明，你一套一套的，他们可是乐得没法说。还是照你想好的去做，只要他们喜欢就好。"

一进门，唐仲谦惊喜叫道："家明！"接着高雅琴从厨房出来，也叫道："家明！"唐家明先拥抱唐仲谦，再拥抱高雅琴，又说："我以后也改口叫你们爹哋、妈咪。"

唐仲谦拍了拍唐家明的肩头："好好。我的好女婿。"高雅琴笑得合不拢嘴："丹娜，你到机场去不是接沈玉贞吗？怎么接回来的是家明，沈玉贞在哪里？"

唐丹娜将沈玉贞、陈国鹏的事说了一遍，又说："约他俩见面，还有童丽、张绍棠，过了今天再说。今晚是我们一家人的团圆饭。”高雅琴乐得手忙脚乱，嘴里直说：“家明，终于把你盼回来啦！仲谦，今晚我们一家人痛痛快快喝酒、吃饭。”唐仲谦问：“妈咪，今晚的菜够不够？原先是预了沈玉贞，现在是家明。”

高雅琴说：“四菜一汤，我再到外面买只白斩鸡。”说着她解下围裙，唐丹娜抢道：“妈咪，我去买。”高雅琴满脸笑容：“我去买。你陪家明坐坐，仲谦，厨房的事交给你了。”

唐丹娜朝唐家明使了个眼色，意思是说：“你看看妈咪那个高兴劲儿。”高雅琴匆匆换了件外衣，出门去了。唐仲谦笑道：“真是否极泰来。”说完便进厨房去了。唐丹娜这时将中午送殡的事跟唐家明说了，又道：“莫非这是天意？”

唐家明说：“胡元老我也见过。能有几百人送他最后一程，那可真是备极哀荣。多么值得人尊敬的慈善家！改天我俩去他的坟前祭拜，这事一定要做。”

唐丹娜接道：“我也这么想。你知道吗？他也是爹哋的恩人，爹哋现在的保险客人，三分之一都经他介绍，但是当你出现在他面前，他说真是否极泰来，可想而知他对胡元老仙逝也很悲痛，只是没有当着我们的面说出。俗语有云：得人恩惠千年记。爹哋正是这样想的。”

唐家明望着唐丹娜说：“丹娜，不管怎样，我们团聚是上天所赐，一家人吃饭，可谓人生一乐也。”唐丹娜坐到唐家明旁边，问："家明，你准备什么时候去买结婚戒指？"岂料唐家明从内袋掏出一个精致首饰盒，递给唐丹娜。唐丹娜接过来打开一看，是一枚白金镶钻戒指，戒指高贵亮丽。唐家明拉起她的左手，从首饰盒取出钻戒，给她戴上："真好看。这是唐家明送给唐丹娜的求婚戒指，不知道丹娜意下如何？"

唐丹娜含笑道："夫君赠我钻戒，一生一世相陪。"唐家明轻轻抱住她："记得那次在非洲原始森林，我和詹姆斯迷了路，找不到路回医疗队驻地。聪明的詹姆斯，用指南针手表去测试方向，经过三次来回寻找出路，终于找到了路口，回到驻地。我那时想：人，迷失了方向就要去找出路。这个钻戒是我在非洲的时候买的，非常有纪念价值。现在将它戴在你的手上，也有特别的意义。是它带着我从非洲到欧洲，从欧洲回到北美洲，它的经历和我一样，永恒不变。"

"家明，你去非洲是对的。可惜我不是医生，不能跟你一起去。"

"詹姆斯早已回了加拿大，他说要来美国参加我的婚礼。原先我是想请詹姆斯做我的伴郎，沈玉贞指定要陈国鹏担任伴郎。总之，去一趟非洲，彻底打开了我的心窗。要得到幸福，就要付出，而且付出了就不后悔。"

唐家明向唐丹娜述说着他的经历，一段又一段，从遮天蔽日的非洲森林，到白雪皑皑的欧洲城堡；从非洲土著人的生活，到欧洲现代人的真实……他的经历，真可以写一部长篇小说，人生的苦乐悲欢，对于他一点也不陌生。唐丹娜听了他的叙述，感慨万千。直到高雅琴进门，她才苏醒过来，知道这是在自己家里。

吃晚饭的时候，唐仲谦特地开了瓶金奖马爹利名酒，尽管只是几道家常菜，唐家明吃得特开心。一来飞机在旧金山降落前一个钟头，用了早餐，从下飞机到现在五个多小时滴水未进，其实他也忘记了；二来这几道家常菜着实可口，味道上佳，再就是有名酒。他与唐仲谦频频碰杯，酒酣耳热，高雅琴、唐丹娜看着两人的吃相，也觉有趣。唐仲谦有些醉意，却向唐家明倒酒，唐家明也有五分醉。这顿晚饭用唐仲谦的话来说，太过瘾。

第二天上午，唐家明醒来，发现自己躺在唐丹娜的床上。看看自己，穿了套睡衣，他努力使自己清醒，大概是昨晚喝醉了，丹娜找一套她父亲的睡衣，给他穿上，好好睡一觉。正想着，高雅琴一脚踏进来，朝他问道："家明，你醒了，快去洗脸刷牙。刚才沈玉贞打过电话来，说她和陈国鹏也在家，等你约他们。"

"妈咪，丹娜呢？"唐家明下床来，站着问高雅琴。高雅琴答道："她去上半天班，下午回来。你这次回来，她说要将今年的假期全部用来陪你过。"唐家明正想张嘴，唐仲谦在高雅琴身后，开心笑道："家明，我们两个昨晚睡一床。现在你该去洗漱，吃早餐。我和妈咪到超市购物，你好好在家，丹娜大概两点钟回来。”

唐家明点头说好。到洗手间洗脸刷牙，瞧瞧镜子里的自己，笑了笑，便到厨房吃早餐。桌上的早餐是明火白粥、虾仁肠粉、油条，唐家明坐下来大快朵颐。在国外吃惯了西式早点，如今吃着地道的粤式风味早餐，味道颇有家庭的感觉。吃过早餐后，唐家明回到唐丹娜的房间，开始整理自己从法国带回来的行李，不经意间看到床边桌上那盏琉璃灯。以前听丹娜提起，这盏琉璃灯是她的护心灯，后来送给了童丽，可能她自己另外再买了一盏。看这灯莹白如玉，扭亮了它，里面射出银白的光来。唐家明想，丹娜将这盏琉璃灯视为宠物，应该是每天擦拭，看它的整盏灯，一尘不染，造工精巧，很有艺术感。他忽然发现自己身上穿着睡衣，便脱下来，叠好，再去洗了澡，从自己的行李里找出一套休闲服穿起来。

门外有人按门铃，他赶忙去开门，来人是童丽、张绍棠。童丽见面就尖叫：“唐家明，大帅哥，丹娜等你等得值！”张绍棠伸出手来和唐家明握着：“老表，你终于现身了。看你的气色，挺有精神。”

唐家明笑了：“两位请坐吧，要喝点什么？”童丽笑道：“家明，丹娜的家我比你熟。她家的厨房有多少瓶罐我都了如指掌。你们等着，我到厨房去冲壶冻顶茶来。”唐家明和张绍棠谈了些见闻，神情轻松。

童丽端着一个茶盘，上面摆着一壶热茶，几个瓷杯。她斟好了茶，又说："家明、绍棠，请用茶。"她自己端起杯先喝了一口。"棒，这茶有味，也有香气。"唐家明、张绍棠也去端起杯喝茶。接着，童丽问起唐家明这两年多的经历，唐家明如实作答，因为"失联"的故事，除了丹娜知道内中详情，是不会有第三个人知道。听了唐家明的叙述，童丽想了想，问："昨天我在这里走之前，听丹娜说是到机场接沈玉贞，怎么是你呢？"唐家明便将沈玉贞、陈国鹏陪同他回美国的前后说了一遍。童丽便说："家明，你的运气真好。"

当唐家明提到以后自己要开一家诊所，张绍棠深表赞同，还说这事去跟林阳商量。唐家明如今知道，林阳已是两个孩子的父亲，目前在主理自己开设的实业公司。任冰在自住屋楼下打理美容护肤品店的生意。当年是他和丹娜分别担任林阳、任冰婚礼的伴郎和伴娘。

唐家明说："我们四人合供的大屋，我听丹娜提过，应该是没什么问题。现在那几位留学生一个月内全部搬走，我们再将大屋粉刷一遍。至于我们四人一起举行婚礼，选好日子，就办婚礼。因为沈玉贞、陈国鹏这次是来做我跟丹娜的伴郎伴娘。他俩还要回巴黎。"

三人正谈得起劲，这时候唐丹娜回到家来，童丽笑道："丹娜，我们在讨论我们的终身大事。"她猛地发现唐丹娜手上戴着的钻戒，喜道："哗哗，丹娜变嫂子哩。"

唐丹娜笑道："你喜欢叫什么都行，反正我跟你是同一天做新娘子。”说着便拿出手机来，说：“还是先给沈玉贞打个电话，请她跟陈国鹏过来。”唐丹娜按了电话号码，那边是沈玉贞接电话，唐丹娜说她现在开车去接两人，今晚唐家设家宴，爹哋、妈咪是主厨。

童丽想了想，说：“绍棠，你在这里陪家明，我去一趟糕饼店，去程姨那边做个松子蛋糕带回来。”

唐丹娜、童丽出门来，童丽嗤地笑了：“丹娜，初夜。”唐丹娜也嗤地笑道：“好你个童丽，昨晚家明喝得酩酊大醉，我只给他换睡衣，这算初夜吗？”童丽说：“我不问了，那是你们两夫妻的事。刚才家明和我们谈了很多事情，其中提到他以后要开诊所执业，你呢？”

“你的意思是我会不会辞工去诊所帮他，到时再说吧。大屋的事，他应该也会提到，这是我们四个人的美国梦。”

童丽将唐家明的设想说了出来，又说：“丹娜，看来我们先前买下的家具买对了。屏风我昨天回去上网浏览了一遍，有几款很不错，就是价钱贵了点。”

唐丹娜说：“童丽，昨天我跟你说的，那是在见到家明之前。我也没想到我要接的是家明。不管怎么说，我欠沈玉贞一个大人情，要还。至于屏风的事，结婚之后再添置也不迟。”

“丹娜，我听你的。走，你去接他俩，我去糕饼店。”话音刚落，唐仲谦开车子回到家门口，高雅琴下车来问：“丹娜、童丽。你们要去哪里？”童丽笑答：“琴姨，丹娜去接沈玉贞、陈国鹏，我去糕饼店做松子蛋糕。今晚唐家设宴，这回我有口福，谦叔、琴姨拿出看家本领，我们当食客。”

高雅琴说：“好不容易盼到家明回来，他是我的好女婿。我跟谦叔这两年多，就等这一天。”

唐仲谦说：“丹娜、小丽，别忘了今晚还有沈玉贞和她未婚夫，她可是丹娜的恩人。请她二人来家吃饭，谈不上报恩，就算是答谢吧。”

过了半个钟头，唐丹娜把沈玉贞、陈国鹏接回家来，向两人介绍了父母、张绍棠，又说：“你们先坐坐，童丽很快就回来，她到糕饼店去，做好蛋糕带回来。”

沈玉贞笑道：“各位，我想跟丹娜单独谈谈，有些事我想请教她。”唐丹娜带着沈玉贞来到自己的房间，带上门，请沈玉贞坐下，自己也坐在床沿上，问：“玉贞，你想问什么？请说。”

“丹娜，有关家明失联的事，你应该也听家明解释过。我也不去多说，你是了解他的。我现在问你，你和家明的婚礼，有没有通知他的父母？”

唐丹娜答道：“还没有。他刚回来，日子还没定。你给我出个主意。那次的婚礼是没有法律效力的。”

沈玉贞想了想，说道：“这样吧，我和国鹏带着你俩先去一趟西雅图，就说那次的婚礼太过仓促，现今准备重新正式办。家明父母应该不会有什么意见。”

唐丹娜轻笑道："玉贞，你是想我和家明去西雅图度假，这办法挺好的。之后，将家明父母请来旧金山，出席我俩的婚礼。"

沈玉贞点头："这样最妥。再说我和国鹏做你俩的伴娘伴郎，家明父母也会赞成。男女双方长辈见证婚礼是好的。"

唐丹娜问沈玉贞，她和陈国鹏参加婚礼后，几时回巴黎。沈玉贞说她这次来，主要是要看见家明与你结婚。待两人婚礼之后，她和陈国鹏陪同家明父母回西雅图，因为她还没回家去见父母，回去后小住几天，再回巴黎。陈国鹏在巴黎开设了一家画廊，他本人是一位画家，有两个硕士学位。她与陈国鹏的邂逅，是在罗浮宫，浪漫之都擦出浪漫情爱的火花，一切都在心意相通契合中。

唐丹娜对沈玉贞的描述，听得津津有味。她没有去问沈玉贞是否已经获取了另一个博士学位，也没有去问沈玉贞和陈国鹏准备什么时候结婚。在唐丹娜看来，沈玉贞是个掌握自己命运的强者，感情生活早已毕业，可以说她是在幸运幸福中轻快地前行的现代女性。

沈玉贞细看了唐丹娜的钻石戒指，诙谐笑道："家明藏得够深的。在日内瓦、在巴黎那么长一段时间，他一直珍藏着这枚戒指。"

唐丹娜笑了："我昨天问他要的，他藏在外衣内袋里。我原以为说出来让他带我去选的，谁料他已准备，这枚戒指是在非洲的时候买的。”

沈玉贞请唐丹娜站起来，她要好好抱唐丹娜一回。唐丹娜站起来，沈玉贞紧紧将她抱住：“丹娜，祝福你。我相信你和家明一定会很幸福。”我相信。因为我记得你以前说过，世上的一切会给天使让路。”

有人在外面敲门：“丹娜，让我见见沈玉贞。”原来童丽在门外敲门。唐丹娜开门来，向童丽说：“童丽，来，你要见的沈玉贞就在这里。”几乎是同时，沈玉贞和童丽伸出手握住对方。童丽喜道：“你是丹娜的天使，太好了。”沈玉贞从家明的以往言谈中，早已知道童丽在丹娜心里的分量，便说：“童丽，应该说是你当之无愧。我是丹娜的信使，你是丹娜的守护使。”唐丹娜满心欢喜，说：“玉贞、童丽，我们三人来个合影，我再发到你们手机里。”说着，她掏出手机，拉开距离，让手机镜面正对着三人，按了两次。童丽取出自己的手机，也拍了三人的合影。沈玉贞发现唐丹娜床边那盏琉璃灯，便取出自己的手机递给丹娜，说：“丹娜，我像琉璃灯一样，天天陪伴你。”唐丹娜接过手机，给沈玉贞认认真真拍了一张半身照，一张全身照。

沈玉贞喜道：“我听家明说过，这盏琉璃灯是你俩的护心灯。我也去买一盏带去巴黎，看见琉璃灯，就像看见你们。”唐丹娜说：“你不用买，我的这盏送给你，这盏新琉璃灯订购回来也不过两个月。原先的那盏，也就是我在纽约那家商展买的那盏，先送给童丽，童丽后来送给干弟弟。现在这盏是我两个月前在那家灯具批发公司订购的，已经卖光了，因为它是限量版。这琉璃灯童丽也有一盏。玉贞，我真诚送给你。”

沈玉贞笑道：“那我不客气，这是天使送给我的护心灯。”

唐家明、张绍棠、陈国鹏出现在房门口，唐家明问道：“丹娜，我们可以进来吗？”唐丹娜笑了：“都请进。你们三位像是来抢新娘。”童丽嗤地笑了：“我不用绍棠抢，我和他都一起八年了。”

唐家明说：“丹娜妈咪要我来请你们出厅去，晚宴准备就绪。”沈玉贞说道：“我们都出厅去，国鹏，把我们带来的香槟酒拿出来，我们一起干杯！”

这顿晚饭足足吃了将近两个钟头。唐丹娜待童丽、张绍棠开车送沈玉贞、陈国鹏走后，便和唐家明商量去西雅图的事。唐家明问了原因，唐丹娜便将沈玉贞的想法说了一遍。

唐家明说：“我俩早就该去一趟西雅图。现在有机会去，我赞成。筹办婚礼的事，交给童丽、绍棠去办。你有没有想过带些什么礼物给两位老人家。”

唐丹娜答道：“你说买什么我就去买，这是做儿媳妇应该有的孝心。”唐家明说：“我回旧金山之前，跟父亲通过电话。说我以后自己开家诊所，他很高兴，希望我早日达成愿望。父亲去年退休，闲来喜欢去钓鱼。送他一套钓鱼具，买最好的。母亲喜欢搜集古玩、邮票，这个你可要花大价钱了，她不喜欢赝品。”

唐丹娜想了想，说：“我跟爹哋商量一下，他会有办法。”

正在商量间，唐仲谦从里间出厅来，唐丹娜将她和家明要去一趟西雅图的事和他说了。唐仲谦说：“那要送上一份见面礼。上次他们两位来旧金山，没有见到丹娜，这次算是正式见面。家明，你父母都喜欢什么？”

唐家明一一作答，还说：“古玩、邮票这些玩意儿，我母亲很小的时候就喜欢。”

唐仲谦笑了：“你说这事还真找对人了。我有个青花瓷瓶，是清末年间出品。丹娜妈咪有好几套邮票、金币珍藏版。丹娜，家明，还需要买些什么呢？”

唐丹娜含笑道：“我就知道爹哋最有办法，家明，我看是不是买两套外衣，送给你父母每人一套？”

唐家明接道：“好啊。我知道父母衣服的尺寸，明天我俩一块去买。”

唐仲谦问：“你们结婚要用钱，丹娜目前是既供车，又供大屋，你们真够开销？”

唐家明说：“爹哋，我在国外做医疗国际人道援助，吃住都不用花自己的钱，那两年多的积蓄至少有十五万吧。但是要开诊所，也是要用不少钱，我准备向银行低息贷款。”

“家明，你不用向银行借钱。我和丹娜妈咪给你们准备了二十万用来结婚买家具。如果不够，再想其他办法。”

唐丹娜这时才明白父母一直为她的婚事操心，她就是有几分自信，也被父母无私的帮助驯服了。她知道父亲这些年除了在保险业上坚守奖牌经纪之外，偶尔看中某些电脑股、科技股，会买少量碰碰运气，或许在这些方面有所收获。

唐仲谦大方说道：“是的，这些年来我偶尔也炒炒外币，进点股票，见好就收。到现在是略有进账。所以钱的事，你们缺多少，尽管说，总会有办法解决。”

唐丹娜笑了：“爹呲、妈咪为我们的婚事，费了大心思。我都不知道该怎么说。家明，你感动不感动？”

唐家明答道：“感动。我的爹呲在电话里提过，如果我开诊所，他会无条件支持我。”

唐仲谦点头道：“家明，你父亲说的话跟我想的相同。天下间有哪个父母不想看到自己的子女创业兴家？你们的美国梦，要实现只是时间长短的事。”

唐家明笑道：“说到底爹呲生活经验丰富，给我和丹娜上了一课。”

唐丹娜也笑道：“我以前总爱开玩笑，说爹呲是我男朋友，妈咪是我女朋友。总之，有父母的儿女像个宝。爹呲，让我瞧瞧你的珍藏，你说的那个青瓷花瓶。”

唐仲谦笑着说：“现在都快十一点钟了，明天再看行不行？”

唐丹娜问唐家明：“家明，同意现在看青瓷花瓶的请举手。”唐家明想都没想，就举起右手。唐仲谦笑了：“行，行，丹娜说了算，丹娜最大。”

20

沈玉贞对唐丹娜说："丹娜，你买给家明父母的衣物，颜色似乎淡了。据我所知，他们喜欢深棕色。"

唐丹娜说："行，我去换个颜色。"沈玉贞说："我父母跟家明父母的衣服尺寸差不多，这两套当作我买的送父母。你去另外买两套，钱由我来付吧。"

唐丹娜答道："我知道你用信用卡付款。现在信用卡越来越少人用，现在流行购物卡。你不用付钱，我另外买吧。"

沈玉贞笑道："丹娜，你并没有欠我什么。"陈国鹏插进来说："你们各有各的道理。衣服由来我来埋单，你们就不必再说了。"

第二天，沈玉贞和陈国鹏去逛商场，看中的两款套装，适合中年人穿。她便对陈国鹏说："就买这两款。"陈国鹏浅笑道："玉贞，不瞒你说，我的信用卡已刷到顶点，再刷就买不了东西了。"沈玉贞问："那你为什么不早说呢，我还以为你的钱袋子鼓鼓的。”沈玉贞取出钱包，从里面掏出信用卡，给那位售货员，可是刷卡之后，却过不了银码，查验之下，原来沈玉贞的信用卡不够支付两套衣服的金额。沈玉贞苦笑道：“这回是‘哑巴吃黄连，有口说不出’。如果我开口向父母要，那是没问题。”

陈国鹏说：“那我暂时向表兄借钱，过了这一关再说。”沈玉贞说道：“话糙理不糙。你知道买了这衣服，我们还要住一段日子，回西雅图，再回旧金山，这也得用钱。”

陈国鹏低头不语。这不是在巴黎，在那里，凭着陈国鹏的人脉关系，要解决眼前的困难是件容易的事。还是沈玉贞想到了办法，将自己挂在脖子上的钻石项链拿出来，说：“国鹏，把这项链卖了，以解燃眉之急。”陈国鹏知道沈玉贞的这条项链是她的心爱之物。她连项链都肯拿出来变卖，为的是这两套新衣服。沈玉贞说：“巧妇难为无米之炊。再说，这条钻石项链也不过一万块美金。以后我再买一条就是。”

两人到一家首饰店，与店东谈好了价钱，是比想象的低了许多，只要六千元。沈玉贞对陈国鹏说：“不是有句诗说：千金散尽还复来。你何必皱眉头？不管怎么说，这些事绝不能让他们知道。我们这次来，主要是看着唐丹娜、唐家明成婚。你我从巴黎来这边，路途遥远，当初就没有想到钱的问题。再说，他们两对夫妇，我们总该分别送份结婚礼物。”

陈国鹏想了想，说：“我在巴黎的画廊有两幅也算得上名画，请画廊的人用快邮寄两幅画来，就作为礼物吧。”

沈玉贞笑了：“国鹏，你如此大手笔，人家把你当成大富翁。就怕你这一送，吓住了他们。我知道你那两幅画也值些钱。听我的行不行，送别的礼物，在我们可以负担的情形下买礼物。他们两对夫妇，并不在意我们送什么礼，你说呢？”

陈国鹏便说：“那我们见机行事。该用的钱就用。”

可是，变卖项链的事，不知怎的让唐丹娜知道了。原来那两套衣服的单据列明是现金支付，唐丹娜悄悄问陈国鹏，陈国鹏开始不肯说，经不住唐丹娜一再追问，才说沈玉贞将自己戴的钻石项链变卖的事。唐丹娜问准了那家珠宝店的地址，向沈玉贞要了单据，用高于卖价一千元买回那条钻石项链。

唐丹娜几乎要哭了，沈玉贞为了她的婚事，竟然到了如此窘境，竟然也不向她说。唐丹娜将钻石项链交到沈玉贞手上，说：“玉贞，你付出了什么，我懂。你有困难为什么不说给我听。总之，你和国鹏从现在起的所有开销都由我埋单。不然，我就没有你这个伴娘。”

沈玉贞浅笑道：“丹娜，本来这事迟早会让你知道。君子疏财，丹娜到底是丹娜。伴娘我是要做的，谁叫我认识了你。”

唐丹娜说：“玉贞，你为家明为我做了那么多，从未想过要什么报酬，光凭这一点就值得尊敬。不错，朋友有通财之义，你的辩才我说不过，可是在这件事情上，你不该再争辩。”

沈玉贞不敢说话了。她知道唐丹娜是个对朋友掏心掏肺的人。那天去饮茶，童丽趁着唐丹娜跟唐家明低声商量事情，跟沈玉贞说了这些年来她和丹娜的生活细节，听得沈玉贞有些心痛也有些愧意。童丽告诉沈玉贞，她的母亲说唐丹娜就是为童丽的生活而生活的天使。也许童丽母亲起初是希望女儿与唐丹娜结成姐妹，见到她们在生活中彼此帮助，不离不弃，亲密如同胞姐妹，然而丹娜却认准了童丽就是生活中最重要的女伴，输血割肾也愿意。渐渐地童丽对丹娜产生了依赖感，少一天见面也不行。沈玉贞想着，能跟唐丹娜相识相知，也是她人生中的一桩大好事。就像童丽所说的，真可惜自己是女儿身，不能娶丹娜做妻子。这也印证了当年沈玉贞在机场对唐丹娜的一番谆谆心语。沈玉贞对童丽的细述也感到神奇不可思议，尤其是童丽和丹娜在同一个夜晚，做同一个梦，梦境几乎一模一样。童丽说这样的几率是亿分之一。至于灵魂附身交叉的折射，是科学家无法解释的生活现象。这世上还有不少科学理论无法解释的现象，那么就用人为去解释吧。逻辑里面的奥妙，之所以成为哲学理据，都是从生活引申而来。

沈玉贞没有说一句埋怨陈国鹏的话，而且他是说了真话。只是沈玉贞认为在不恰当的情形下，寻求意识保护的某些行为，绝不是去伤害任何人。唐丹娜是个唯善要行的女性，这一点沈玉贞是深有体会了。唐丹娜为了婚事向福利局请了两个月假，她说用这段时间来完成她的人生大事，结婚是其中之一，其次是帮唐家明开设诊所。沈玉贞问她，如果唐家明的诊所以后需要她，她会怎么做。唐丹娜说夫唱妇随，辞工去诊所上班，不然兴家创业如何实现。沈玉贞想，自己在这些生活构思上没有唐丹娜那样剔透，换言之沈玉贞即便嫁给了陈国鹏，她也不知道自己会不会做画廊老板娘……唐家明将创业的希望几乎放到首位，这些天来不断去寻找适合的诊所位置。他说最好的位置是在大屋附近，本来看中的那间诊所位置，因为出租期短，业主要收回另有用途，只好作罢。月底的时候，住在大屋的几位留学生相继搬离了豪宅，唐家明和唐丹娜来到大屋，唐家明突然有了灵感，说为什么不考虑将这大屋改一改，装修成商住两用，这不就解决了问题吗。他打电话到市政府房屋署去查询，得到的答复是大屋的地址符合商用两住的条件，向房屋署申请改建获批后即可进行。

唐家明有些兴奋，对唐丹娜说："丹娜，我们四人当初开了个好彩头啊！"你看将大屋分成前后两厢，前面做诊所，后面用来居住，这样一来我连诊所租金都可以省下来。两人约了童丽、张绍棠来商量，他们都说好，由唐家明拿主意。唐家明将自己的构想说了出来，又问童丽、张绍棠："我这样做是有些自私。但从长远看，这大屋不断在增值。再者改建之后我们暂且住着，往后看准了机会，再供一间大屋。凭我们四人合力，美国梦早日实现没问题。"

张绍棠笑道："林阳说这大屋市值将近二百四十万，就是现在放出来，也有大批买家。"唐家明说："绍棠，我们结婚总要有个居所，何况是新婚。住下来之后，等我的诊所开业，赚了钱，再想大的。"

申请改建很快被批下来，唐家明联络了一家建筑装修公司，对大屋进行改装工程。这时，唐丹娜提醒他，大屋已进行装改，该动身去西雅图了。唐家明说："丹娜，还是让装改工程竣工才去西雅图见我父母。回旧金山来让他们见到新家，我想二老更开心。"

唐丹娜将沈玉贞、陈国鹏先前的窘境说了一遍。唐家明说："我们当然要负责他俩的一切开销。只要他们需要，我们都无偿给予。你不知道，我在日内瓦那段时间，沈玉贞和陈国鹏每隔两三个月就从巴黎坐飞机来看我一次。在巴黎，我太享受了，过着少爷般的日子，这全赖他们的关照。如果他俩肯离开巴黎来旧金山定居，那我们就多了两位肝胆相照的朋友。"

唐丹娜问："家明，你有问过他们吗？"唐家明用手按着唐丹娜的肩头，说："我没有问，也不敢开口去问。你也知道沈玉贞的辩才，我跟你合在一块儿，也不是她的对手。"

唐丹娜却说："不去试试，怎么知道呢？你要真想他们留下来，我跟他们说。"

唐家明笑了："丹娜，我祝你成功！"

唐丹娜将沈玉贞约到外面咖啡店，坐下后要了两杯咖啡，开门见山地向沈玉贞说："玉贞，你愿不愿意留在旧金山？"沈玉贞笑道："是不是家明请你来做说客？我前段时间也想过，我还没有说服我自己。"

"玉贞，我看得出来，陈国鹏很在乎你。"

"我问你，丹娜，你是怎样想到希望我留在旧金山。"

"直觉告诉我，你跟旧金山有不解之缘。"

"对的，我是喜欢这里的山水草木，环境气候，人们忙碌勤奋，却又懂得享受。特别结识了你和你的朋友。国鹏对我说，玉贞，看来旧金山几乎是按照你的判断去建造，天气一流的好，食物丰富多样。"

唐丹娜问："你担心什么呢？"

沈玉贞轻笑道："丹娜，因为你太过完美，我不敢一直面对你。"

"我不是纯金打造的人，不会完美。我认为人在这世上，自己争取过好生活，也要帮助别人过好日子。你也知道，我不是信仰主义者，正确说来，是理想善行者。其实有些事是你启发了我。你退出我和家明之间，你宽宏大量原谅我母亲，还有你对家明的关爱。"

"丹娜，你这样说，我觉得那一切都已过去，不提了吧。家明，是上天赐给你的，你母亲做的事，是为女儿和男朋友。我的推理就是，我回到自己的位置上去。"

"那样的话，你选择到巴黎求学，是一种重新起步吗？"

“丹娜，你问到这份上，我还能否认吗？”沈玉贞反问。唐丹娜说：“玉贞，你有我们的朋友圈，是不是生活会充实些。”

沈玉贞连连点头，说：“对对对，你和童丽加起来是全能。煮饭炒菜煲汤，会做十道菜。换机油、发型设计、做蛋糕、做月饼，还会用手针织毛线衣，家明说你俩是家庭主妇导师，蛮会过日子。”

唐丹娜接连喝了两口咖啡：“生活技能懂的越多越好。比如说家明会弹奏吉他、唱歌，会煎牛排、煮罗宋汤，会发型设计，会修理水龙头、炉头，他的专业可是外科医生。说真的，多一样技能傍身，不但增加生活情趣，也能省钱。”

“丹娜，你把我说得有点心动。看看吧，等你结婚之后，我和国鹏回巴黎，再决定。不过，在旧金山生活真不错，风景气候、生活素质、社会环境，都合我心意。现在普遍的独立住屋大概多少钱一幢？”

“大概七八十万，看你选择住哪个区。有的区贵一些，将近一百万，有些区便宜一些，也就六七十万。我们四人合供那间大屋，三年前是一百九十万，现在市值二百四十万，也许那个区域房价一直看涨。”

沈玉贞想了想，说：“照这样看，我跟国鹏到时候选一间独立住屋，想着也舒服。说到底，立足之地，是指房子。”

唐丹娜说：“我们的朋友圈，有姐妹团、兄弟团，等到我结婚那一天，全部介绍你认识。律师、老板、大学助教、酒店经理，都包括在里面。”

“姐妹团、兄弟团是怎么一回事？”沈玉贞有些不解，便问唐丹娜。唐丹娜将那年自己的好同事任冰婚礼前组织的姐妹团、兄弟团十个人的事，简略地告诉了沈玉贞。沈玉贞有此惊喜：“丹娜，原来你们的朋友圈如此广泛，不用说平常也会有滋有味，不愁没朋友。”唐丹娜说：“一有活动，童丽打电话去联络，他们准会出现。”

沈玉贞感到，唐丹娜并不孤单。她和童丽亲密如姐妹，用爱心善意凝聚了一群有朝气、肯上进的同辈人。他们在自己的事业上自我奋斗，也彼此呼应，日常生活的互动，形成了这样的朋友圈。沈玉贞自愧不如，唐丹娜从大学毕业出来社会工作，仅仅是学士学位。而自己，已有一个博士学位，第二个博士学位还有一年时间才能获得。

唐丹娜瞄了沈玉贞一眼，说：“大概是这样的吧。人的生活总会有自己的圈子。物以类聚，我们这些人都不是从事政治、宗教的优胜者，我们有我们自己的生活方式。”

沈玉贞这时最想说的话，就是愿意加入这样的朋友圈。她想了想，又对唐丹娜说：“丹娜，我在巴黎专心读书，朋友也就是国鹏认识的一对华裔夫妇。我俩的社交活动少，再加上我是个学业上很自我的人，因此，长时间恬静如水的生活，在我看来算是一种美吧。”

唐丹娜笑了："家明却是有许多收获。相信你也听过他在非洲原始森林的经历，那里的土著人部落至今还过着与现代人做邻居的生活。那是另一种活法，与欧洲大陆的现代人生活截然不同而自有特色。"

沈玉贞说："生活环境保持有原生态，这本来就是一门科学。我记得家明跟我说过土著人首领固玛，他领着两百多人游牧族人，在非洲原始森林生活。他们甘于与现代人做邻居，与现代人和平共处，向往天郊旷野，与飞禽走兽、花草树木打交道。你认为他们的生活状态停留在两三百年前，然而他们却怡然自得，因为他们有自己的世界。欧洲大陆的现代人，是以简朴恬静，去享受现代化科技成果的佼佼者。你只能说他们之间生活模式不同，也许他们之间互不影响，只知道对方的存在。"

唐丹娜听沈玉贞说这两年多的留学生活。然而大都市的狂热与某些人为的野性，再加上重金属音乐的沸点，居然只是沈玉贞耳畔的一种社会动态。她不想投身其中，也没有受什么影响，因为来自美国，对生活的节拍处理得很有理性。偶尔，她会跟国鹏去一次教堂做祈祷，尽管这种水过鸭背式的仪式对她并没有产生宗教影响，可是那种虔诚喻世的庄重，却是她喜欢的氛围。从教堂出来后，她感到自己从肃穆凝重回到现实上来，去面对鸟语花香，去听街头艺人的萨克斯演奏，徜徉在浓厚的法兰西情调中。她知道自己未必适合这种生活，因为巴黎是一幅重彩画。她在并不刻板的留学生活中，努力去添加自己的色彩。隐约中她自我质诘，常常无法得到答案，却在无意识中去联想雨果小说中的巴黎。也许雨果那个年代，人们在雪夜里向修道院呐喊的声音，可以传到远处，但是古道热肠的老者，却围坐在火炉前向众生祈祷……沈玉贞还对唐丹娜说，那年暑假她和国鹏去里昂，在一家小商场里，见到过琉璃灯，她为之叹服，因为那盏琉璃灯太大，份量十足，想着以后有机会再买。

从咖啡店出来，沈玉贞问唐丹娜结婚想要什么礼物。唐丹娜反问她，陈国鹏不是画家吗，我希望他给我和童丽画一幅画。沈玉贞说陈国鹏是画油画的，可以吗。唐丹娜说："玉贞，你跟国鹏说，我和童丽同一天结婚，如果给我俩画一幅油画，既是礼物，又是纪念品，礼物就是这幅画。"

沈玉贞说："国鹏是画人像为主，给你两人画画当然没问题。可是这画笔颜料得去买。那我跟国鹏说，明天去买画布、画笔、颜料、画架。"唐丹娜说："这个你不用费心。童丽母亲是个钢琴家，她认识几位画家，这些画画材料我负责准备。地点选在童丽家的客厅。"

沈玉贞回去后跟陈国鹏说了给唐丹娜、童丽画画一事，陈国鹏欣然应允。隔了两天，唐丹娜、童丽带着沈玉贞、陈国鹏到童家，见过童琳琳后，便开始替唐丹娜、童丽两人画一张半身像。唐丹娜与童丽从未被人画过画，有点紧张。陈国鹏耐心教二人摆好姿势，用淡黑的炭笔先素描，再用画笔蘸颜料画人像轮廓。先画眼睛，再到整个头部，再到上半身部位，然后是二人旁边身后的景物。将近两个小时，油画便画好了。唐丹娜、童丽一齐看画，唐丹娜赞道：“非常神似，你将我俩画得太美了。童丽的微笑是我最喜欢的。”

陈国鹏浅笑道：“油画是需要补笔的。你们再回到原来位置，像刚才那样的姿势，一分钟就好。”

唐丹娜和童丽还是站回去，陈国鹏只看，却不动笔，他说这是他的创作方式，油画脱稿前，先将人像多看一遍，留在脑海中，迅速酝酿脱稿前的笔画，再提画笔，补上最后两三笔。

童丽拍手称好：“丹娜，我们去买个大镜框镶起来。”

陈国鹏说：“童丽，这画的颜料至少要两天才干。再说，油画一般不用镜框镶，是用画框裱起来。这事我到那些大公司找一找，这幅画的尺寸我知道，我去买最合适。”

童琳琳笑道：“国鹏，真是不简单，笔尖生辉，你是属于艺术的人。”

陈国鹏谦笑道：“童教授，说到艺术，你是长辈，你有的是音乐细胞。”

童琳琳说：“过奖过奖。你们今天来我很高兴，刚才在厨房做了一百只上海馄饨。小丽、丹娜，你们两个到厨房把馄饨端出来，我们吃馄饨。”

吃过馄饨后，沈玉贞说由唐丹娜开车，去那些大公司看看，找到合适的画框就买。唐丹娜便对童丽说："童丽，你留在家吧，迟些我再联络你，今晚是姐妹团、兄弟团聚会。"

唐丹娜、沈玉贞、陈国鹏上车来，唐丹娜向陈国鹏点头致谢："多谢陈国鹏大画家，我们会将这幅画挂在客厅，每天都看的见。"

陈国鹏却问："丹娜，怎么今天没看到童丽爹哋？"唐丹娜告诉他，童丽父亲早已过世十几年，是童教授带童丽长大成人。沈玉贞说："童教授不容易，一个艺术家，独力去追求艺术，还要供养女儿。"

陈国鹏又问："丹娜，童教授应该再结婚，她该有个伴啊。"唐丹娜答道："她是有个伴，就是童丽的师父，保险公司老板。到结婚那天，我介绍给你们认识。"

沈玉贞轻笑道："原来你们都是有故事的人。比起国鹏和我，恐怕我俩都没进入角色呢。"

唐丹娜说："玉贞，你和国鹏全心全意为家明，故事多着哩。"

沈玉贞说："你真这样想吗？国鹏，我记得你说过，我们的故事才刚刚开始，还没有对白。"

陈国鹏瞥了唐丹娜一眼。"我们的生活会变成很多的故事。就像刚才在童丽家，我原以为童教授会弹奏钢琴曲，可是她换了个方式，自己在厨房包馄饨，请我们大家吃。这就是中国人的习俗，以礼相待，以客为尊。很难想象，她那双充满音乐细胞的手，能够包出这么好吃的馄饨。就凭这一样，你能够说不是刚刚发生的故事吗？只是它的时间短，属于发生过的事情，可是时间长了，它就成了故事，生活中的故事。”

21

童丽到程姨家里，商量结婚蛋糕和一些其他琐碎事。子健问童丽：“姐姐天使，你和绍棠哥哥结婚，那你们是不是打电脑游戏，他给你擦身，你给他擦身。”

童丽捂嘴笑道：“是啊，结婚是这样啊。”子健说：“我也要结婚。”童丽说：“子健，结婚要有对象。你还没有对象，要找到对象才能结婚。”

子健显得很认真，说：“我也要去找对象。”童丽问：“子健，你的琉璃灯有没有天天擦。”

程姨笑道：“子健将琉璃灯私有化，我和程叔只可以看不可以碰，他一天擦三次。”子健跑进房间里，把琉璃灯抱在胸前，拿出来让童丽看。童丽看后，称赞子健：“子健，你这盏琉璃灯，越看越可爱。太棒了，你保护得很好很好。”说得子健乐呵呵地抱着琉璃灯回房去了。

程姨说：“小丽，按照往常我给客人做结婚蛋糕，是主蛋糕一个，其他小蛋糕是每桌一个。现在你和丹娜一起结婚，我看不要分开做，就做一个大型的。蛋糕的里里外外，就由程叔去设计。你有没有算过请多少宾客？”

“我和丹娜大概算了一下，50桌应该够。因为是两对新人大婚，酒席不能少，我打电话问过，可以容纳50桌酒席的酒家也有四五家。”

“小丽，我想了想，我送你的结婚礼物，就用提供酒席所有的酒水作为贺礼。”

童丽一听，说：“干娘，那要花几千块钱……”程姨说：“小丽，你是子健的干姐姐，我只有这么一个干女儿，一家人还计较些什么呢。我只是想，以后结了婚，你还有时间来看干娘吗？程叔说，嫁出去的女孩，泼出去的水，一切随缘吧。”

“干娘，我会来看你。即便以后生孩子做了母亲，我也会带着孩子来看你。你放宽心，小丽不会忘记你。”

从程姨家出来，童丽是有一些心里的话没有说，她担心程叔、程姨会触景伤情。子健已经二十多岁了，因为弱智至今没有女朋友，这也是程叔、程姨的一块心病。童丽想着，子健找女朋友，一定要找健健康康、头脑灵活、会照顾子健的女孩子。但是这事，童丽这些年来都有留意，暗中去物色，却是很难找得到。可是子健的弱智也没有多少好转，程叔、程姨唯有尽心尽力保证他的人身安全，衣食住行都给最好的。童丽暗暗叹了口气，近亲婚姻说得不好听，简直就是连累下一代，受累者也许一辈子都生活在自己的童话世界里。

回到家里，母亲还没睡，在客厅看晚间电视新闻，见女儿进门，便扭灭了电视开关，问女儿："小丽，去程姨家回来了，都谈了些什么？"童丽坐下来，将自己在程姨家的谈话，一五一十和童琳琳说了。

童琳琳点点头："对，结婚以后你有小孩子，她还是你干娘。你有空要去看她。你跟程姨有缘，到现在六年多了，她还不时打电话来向我问你的情形。至于子健，听天命吧。你结婚的钱够不够用？"

童丽说："妈咪，你不用为我操心，钱够用。我倒是有句话想问你，我师父还是单身，你有没有想过找他做个伴。"

童琳琳轻笑道："小丽长本事了。你妈咪我也单着。你是不是非要亲眼看见陈正元握住我的手，才算有伴？你不问问我跟他有没有约会？你不问问你师父有没有向我求婚？"

童琳琳的一席话，可把童丽乐得心里开花。这些年来，童丽在不少场合只见过陈正元与母亲有互动，最多也只是眉目传情吧。冷不丁童琳琳提到约会、求婚，这就等于说母亲与陈正元已是恋人关系。童琳琳向来处事低调，即便面对再大的艰难、阻力，也不会哭诉求人。在童丽的记忆中，母亲只哭过一次，那是父亲在医院病逝当日。母亲的内敛，母亲的沉着，也影响了童丽。当然，母亲的坚强，更是童丽走向独立生活的动力。而今，亲耳听到母亲发出的喜讯，童丽暗暗自喜。童琳琳叫童丽坐着等一等，她有样东西给女儿看。

隔了一会，童琳琳从里间出来，交给童丽一个小首饰盒。童丽接过一看，里面有一枚白金镶钻石戒指，那钻石在灯下闪闪发光。童丽霎时明白，这一定是师父送给母亲的订婚戒指，喜道："妈咪，小丽好感动好感动，这是师父的一片真情。这颗戒指是什么时候送给你的？"

童琳琳平静说道："胡元老公祭后的第二天，他交给我这个小首饰盒。他说，胡元老生曾说过：'正元，我知道你喜欢琳琳，如果有生之年，我希望你和她结为夫妻。'胡元老是他介绍我认识的慈善家，也是我最敬重的长辈。这些天我午夜梦回，总是想着胡元老的话，好像有一种力量在推着我，要我和一个男人进教堂。梦醒后，我发现自己刚才是在梦中。我想，这是胡元老向我报梦，他有件心事未了，我想也是的。那天出殡500多人到场，很多人都受过胡元老的恩惠，各行各业的人，男女老少，我是其中一员。如今胡元老仙逝，遗言犹在，我是不是应该遂胡元老的心愿？"

童丽兴奋莫名，说："妈咪，你应该遂，应该遂。"

童琳琳将钻戒戴在指间，说："应该，应该。我答应过你师父，只要童丽结了婚，我会作出答复。"

童丽笑了："妈咪，恭喜你！恭喜你！"童丽说完，扑在母亲怀中，她感到自己多年的宿愿，因母亲的一席话，画下完美的句号。童琳琳笑眯眯地对女儿说："小丽，暂时替我保密，做得到吗？”

“做得到，做得到。”

深夜，童丽在床上辗转难眠。也许是太兴奋的原因，她觉得自己没有一点睡意。这在半个月前，真不敢想象。胡元老的丧礼后，先是唐家明突然平安归来，又多了沈玉贞、陈国鹏两位好朋友，这些天除了上班，童丽一是去大屋看看装修，二是到唐丹娜家聚会。她和唐丹娜、唐家明、张绍棠，带着沈玉贞、陈国鹏，开车上钻石山、双峰山，游览旧金山艺术宫、金门大桥、海湾大桥，到华埠饮茶、吃饭，到市场街购物，大约这是她婚前的开心日子。如今，母亲也从孤单的心灵去接受追求者的爱。在母亲身边生活了将近三十年，她觉得今晚最开心了。她自己将要结婚，母亲也得其所爱，生活的赐予太多太多，她几乎承受不了。当她的双眼转向床头柜的琉璃灯，眼睛变得有些潮润。上天赐予了个唐丹娜给她，沈玉贞说童丽是唐丹娜的守护使，童丽现在只想说，今生今世都是丹娜的守护使。

大屋改装工程已接近尾声，童丽这两天都到唐丹娜家。唐丹娜和唐家明在为启程前往西雅图准备见面礼。童丽看到唐丹娜一丝不苟地在整理行头，笑道：“丹娜，看你这心思，像是办嫁妆。”

唐丹娜点头轻笑了：“你说对了，我是在办嫁妆。你想想，此去西雅图，主要是请家明父母来出席我俩的婚礼。”

童丽问她："丹娜，我好像没听过谦叔、琴姨说些什么。"唐丹娜说："爹哋、妈咪说，去西雅图的事，由我说了算。接家明父母来旧金山后，他们说了算。这几天怎不见绍棠陪你过来，他还在大屋那边看装修吗？"

"绍棠这两天忙着见客人，快到年底了，不少保险单要续期，不然他怎么当一家之主。"

"那么说，他是一家之主，你是一家之煮。"唐丹娜揶揄童丽，却也有几分喜气："童丽，你快要结婚了，童教授那里有什么进展？"

童丽本不想说实话，却也按捺不住内心的喜悦，母亲的话瞬间忘记了，她凑到唐丹娜耳边，低声说了几句。唐丹娜略略睁大了眼睛，童丽给她说的正是童教授今生的幸福。原先唐丹娜想着，童丽结婚搬到大屋去，童教授独居当然是寂寞的，她也不愿意女儿去大屋住，对现在住着的老房子有深厚的感情啊。一个听天命的钢琴家，却有着她对生活的执着，既不放弃她热爱的音乐，也要将女儿抚养成人。如今唐丹娜听到童丽附耳边向她报喜讯，是让唐丹娜心中的某种悬念一扫而空。童教授早就该得到这份爱，上天是会赐福善心善意的人。不仅是童教授，正元叔叔也早就该正式和童教授在一起。天遂人愿，这也是一种生活之美。

唐丹娜对童丽说："童丽，这是你妈咪的大喜事。我想，我和你送祝福，来一样特别的贺礼。"童丽忙问："你有什么好提议？”

“摆喜酒的事暂且缓一缓再论。我想，我俩给童教授正元叔叔一个蜜月度假。21天欧洲新婚旅游，全程由我俩埋单。”

“好啊，丹娜，你想得太好了。我妈咪喜欢去的地方，维也纳、奥地利、英国、法国、德国、意大利、西班牙，还有瑞士。”

“你说的这些国家，这种豪华游都包括在里面，还有威尼斯、丹麦。”

“丹娜，你把我说得轻飘飘的，这是人生一大快事。多么浪漫深情的欧洲游。丹娜，原来你早就在做功课。我罚你，你独食。”

“童丽，我也是上网看到的。前段日子家明跟我谈过欧洲现代人的生活，还有一些城市特色，于是我上网去搜集旅游资讯。现在童教授、正元叔叔是要去的，应该去的。”

“丹娜，你说我俩有没有机会去？”

“怎么没有？即便你有了孩子，还是可以一家人去，别有情趣哩。”

“可惜，我长这么大了，妈咪还没有带着我回过上海。妈咪说，现在的上海，早就旧貌换新颜。我该怎么说？妈咪这一代人，经历过‘文革’，又在美国生活了那么多年。她的经历好像是风口浪尖被命运带入静谧的港湾。如今她有了真爱，是甘于平凡，淡泊名利。”

“童丽，其实这事只要你愿意，以后有了小孩，你向母亲提出来，说要回故乡看看，她一定赞成。那毕竟是你母亲生于斯长于斯的故土。我上回跟父母回广东，姑妈教会我包粽子，用手针织毛线衣，做蠔豉发菜炆支竹猪肉，她对我说过，下次回来，希望我和丈夫、儿女一家人见她。”

童丽笑道：“我们的旅游计划，从现在就开始筹备，不会早吗？”唐丹娜呵呵笑着说：“现在的童丽，都没有向我撒娇，好成熟啊。”童丽听罢，伸过头去靠在唐丹娜肩上：“我的丹娜，玉贞说我是你的守护使。”

唐丹娜扶着她，说：“你说什么都行。我问你，那间大屋后面的草地是满好看，要是布置一些健康娱乐的设施，是不是好些？”童丽笑道：“张绍棠早就想说了，那块草地，都基本上符合羽毛球、排球的场地。你可能不晓得，他的羽毛球、排球都打得不错。”

唐丹娜忍不住笑了：“童丽，我现在发现了张绍棠越来越多的优点。平时见他说话不多，做起事认真不含糊。要说这些年他对你可是千依百顺。”

童丽打趣道：“丹娜，你为什么不说我千娇百媚呢？绍棠以后是我老公，我和他是生活一辈子的人。”

正说间，高雅琴一脚踏进房间来，见到童丽便说：“童丽，你在，好极了。走，带我去程姨的糕饼店去。丹娜，你不用去，我半个钟头就回来，厨房里熬着乌鸡药材汤，你注意时间去看一看。”

高雅琴、童丽出门后，唐丹娜将房间略略整理一下，便去厨房看那锅乌鸡药材汤，揭开盖子，一股透心的药材香味散开来。唐丹娜这时想到，母亲这些天煲汤换了口味，注重养生滋补。想了一会，便去看冰箱，先看冻箱，里面还有一包排骨、一只肉鸡。冰箱里的蔬菜也不多了，只有青瓜、番茄、菠菜，想着去超市一趟。于是将煲汤的炉火扭灭，取了挎包，正想出门，见到家明带着沈玉贞、陈国鹏进门来，三人双手都提着塑料袋。

唐家明说：“妈咪昨晚说，冰箱的肉和菜，需要买一些。”沈玉贞笑了：“丹娜，家明到了超市，像个采购大王，连洗碗水都买两大瓶。”陈国鹏说道：“丹娜，到底家明是在非洲熬出来的，深知物质的重要。”

四人进厨房，将买回来的东西整理好，唐丹娜叫三人出客厅，她泡壶新鲜的冻顶茶。沈玉贞叫陈国鹏、唐家明先出客厅，问：“丹娜，琴姨呢？是不是去童丽干娘的糕饼店了？”

唐丹娜答道：“是啊，你是怎么知道的？”沈玉贞说：“我给童丽打过电话，她说晚饭回来这里吃。这时间，她应该是跟琴姨订购嫁妆。”唐丹娜立刻领会，说：“妈咪亲自去，是母尽其职。说起来我也一时没想到习俗上女方家长要送男方家长聘礼，其中要有嫁女饼。”

“丹娜，你母亲是过来人，按习俗她可是你的老师。”沈玉贞看着唐丹娜泡好了茶，又说："丹娜，你和童丽的那幅油画，国鹏已经裱好，你准备挂在大屋哪堵墙上？"

"家明父亲发来电邮，他请人做了个大镜架，将他亲笔题写的'妙手回春'四个正楷毛笔字镶起来。待我们去西雅图回来，再商量怎样挂这两幅书画。"

"丹娜，你把茶拿出客厅，再回厨房来，趁着这时间，我们好好聊聊吧。"沈玉贞留下两杯子，倒了两杯。唐丹娜将茶壶茶杯用磁盘端出客厅去，又折回厨房来，她先扭开炉火，继续煲那锅乌鸡药材汤，再端起杯子，喝了口热茶。

沈玉贞说："旧金山的深秋，美得无与伦比。"她望向窗外，金色温暖的阳光，依然是那样明媚可人。在这个城市生活，你还会有什么遗憾？正如唐丹娜那天说过，旧金山只有春夏秋，没有冬天。尽管在挂历上还是会有四季，它似乎只在说明时间向前走着。春去夏至，秋来冬至，年复一年。

唐丹娜举起茶杯，啜一口说："我爹哋越来越喜欢喝冻顶茶，可能也影响了我，我喝茶就想到冻顶茶。"

"你说过旧金山没有冬天。丹娜，这二十几天住下来，衣食住行都照旧金山人的模式，很有新鲜感。西雅图虽然也有它的特色，也是天蓝地绿水深蓝，有微软总部，有波音总公司，有美国最大的深水港码头，还有李小龙的墓地，可是旧金山人文景观文化气息东西方融汇，无法在西雅图见到这些。或者说，我们注重的是向生活索取些什么。"

“玉贞，我在这里长大，我了解”，唐丹娜靠在窗台上，注视着远处的白云，惬意地说。

沈玉贞却说：“海明威小说里的美国城镇，严峻，人们太现实，和我现在看到的不是一回事。”

唐丹娜答道：“读万卷书，不如走万里路。你从西雅图到欧洲，又从欧洲来旧金山，行程遍布半个地球。如果我问你，最适合你长居的城市，你会不会选旧金山？”

“我想会吧。答案要到我在巴黎结束了学业，才会知道。不过，我是心动了。可是，在美国，走进银行的人永远比走进教堂的人多。你们的确很不一样。”

唐丹娜笑着问：“我倒想听听，是怎么很不一样？”

沈玉贞说：“善良、友好、浓浓的人情味，懂得去挖掘生活中美的东西，但你们却没有人信教。我原来以为美国的大小城镇，教堂无处不在。你们却是悠然自得，与信仰做邻居，相安无事。”

唐丹娜向沈玉贞举了个例子，说童丽的干弟弟是个弱智青年，那位牧师过于热心，将他领到宣道会，引导他去做义工。你想想，一个弱智的人，他会了解宗教的存在吗？当然，那位牧师也是出于善意，只是童丽干弟弟还不具备去做义工的条件。一个连回家也会迷路的青年人，他最安全的地方是在家里。你说得对，我们与信仰做邻居，虽然或多或少会受点影响。可是你看，我的父母、长辈，我的同辈，都是行善者。因为我们行善、从善，做善人善事，上天眷恋我们，因此我们活得舒坦，没有什么压抑，也不会有生活压力，这和宗教信仰又有什么关系呢？你刚才说，海明威小说里的一切，跟你看到的不一样。他的年代距离我们好远，他是在写他的年代。我也读过马克·吐温的小说，他似乎比较温和。我不是作家，但我知道，每个作者都有自己的社会观。信徒和非信徒，外来人和本地人，写出来的东西就是明显不同。

沈玉贞点了点头，问道："嘿，这锅汤好香，是什么汤？"唐丹娜答道："乌鸡药材汤，药材有北芪、淮山、杞子、龙眼肉干、红枣、蜜枣，是养生滋补的靓汤。"

沈玉贞笑了笑，说："你妈咪懂得生活。养生滋补，好靓的汤。"

正说间，唐仲谦进厨房来，对唐丹娜说："丹娜，刚才南湾的同学送我这只港式烧鸭，你剁一剁。这袋草莓，洗一洗滤干水，做饭后水果。"

沈玉贞笑道："谦叔，你们一家人都懂得享受，我真是服了。"

唐仲谦也笑道："玉贞，你是读书的高材生，你懂的比我们多。行，你们继续谈，我还要去见两位保险客户，拜拜。"

唐仲谦走出厨房后，唐丹娜"咕咚"一声将半杯茶喝了，围上围裙，洗干净双手，从刀架取出一把切肉刀，用纱布擦干净，取出一个椭圆碟，把烧鸭往砧板上一放，噼噼嚓嚓，不到5

分钟，一整只切好的烧鸭摆放在碟子上。沈玉贞以前也听过家明说，唐丹娜围上围裙，会变成另一个人。这回亲眼看到唐丹娜的刀工，内心赞叹不已。

唐丹娜去洗过手，便将那一小布袋草莓，倒进水槽，开了水龙头，从水槽旁取了个软擦子，把草莓逐个洗涮。20来分钟，将草莓洗干净，又用塑胶篮子装起来，放到一旁滤水。沈玉贞有点自惭，她越来越发现，唐丹娜懂的她很多都不懂，这跟读书多又有什么关系。

唐丹娜笑道："玉贞，民以食为天。我从小就跟父母在厨房学每一样，多懂一点，生活乐趣就增多一点。其实我跟童丽加起来，也并非全能，那是家明的赞词。古语有云：学无止境。我想，这句古语放到厨房来，也很合用。"

沈玉贞点头笑道："我留在旧金山的心动又多了。丹娜，你不用做说客了。以后，我想我跟国鹏在巴黎住得乏味了，我们就搬来旧金山定居。山清水秀，地灵人杰，这就是旧金山的写照。"

22

从西雅图回到旧金山，唐丹娜安排唐家明父母暂时住在她的房间，她暂时去童丽家住着，直到婚礼后才迁往大屋去住。这几天唐丹娜负责带着父母、唐家明父母游览旧金山市区，当然也少不了去一趟鲤鱼门茶楼，去饮茶吃点心。唐丹娜兴致勃勃，说这是件优差。

这边是唐家明、张绍棠、童丽、沈玉贞、陈国鹏，负责布置诊所和结婚的新房，先将买好的家具全部运到大屋去，拆卸、装嵌、摆设、布置，也花了两天时间。中午时分，童丽到外面买盒饭吃，晚饭回唐家，加上唐丹娜、丹娜父母、家明父母，10个人围桌吃饭。童丽回到家来问童琳琳，是否找个傍晚去唐家，与家明父母见见面聚餐。

童琳琳说："小丽，见面当然要见。但有些欠缺，你知道我若出现，他们很自然会问到另一半。还是等到了婚礼现场才见为好。"

唐丹娜坐在一旁，没有作声。她知道这时候开口，等于说童丽跟她说了母亲的秘密。童丽问：“妈咪，那么到时候你以家长身份出现，我跟绍棠要向你磕头敬茶，你怎么办？”

岂知童琳琳说：“你请司仪介绍说，这是童琳琳，童丽的母亲，这是陈正元，童丽的父亲。有什么不妥吗？”

童丽乐了：“妈咪，谢谢你，你太为我着想了。”童琳琳望着丹娜，说：“丹娜，我记得你妈咪为了成全你和家明，那种无私奉献，让我铭记在心。现今小丽要结婚，我为什么不可以提前宣布我跟你正元叔叔的婚事。你不必惊讶，或许你早有所闻。这些年来，我和陈正元没有在公开场合以情侣身份出现，是有一点顾虑。丹娜，童丽有没有告诉过，陈正元向我求婚，送我白金钻戒？”

唐丹娜迟疑间，童琳琳说：“童丽，其实我的用意也是想你告诉丹娜，你俩的情分，没有秘密。”

童丽说：“妈咪，我承认我是有说过，对不起。”童琳琳却笑道：“小丽，你干吗说对不起，我不怪你。丹娜是除了童丽之外，第一个知道我也即将结婚的人。”

唐丹娜点点头：“童教授，我真的很高兴。正元叔叔看着我长大，教会我不少做人的道理。”

童琳琳笑道：“怎么，你们两个孩子，背后尊称我娘娘。”

童丽伸了伸舌头：“妈咪好厉害啊，我们的小秘密你都知道。”

童琳琳说：“古时候称呼皇帝的老婆才叫娘娘，小丽不懂词义，要改。或者你叫我娘亲，我也受用。”

“妈咪，叫妈咪，一辈子都这样叫，舒服。”唐丹娜朝童丽说。童丽向母亲说了她和丹娜为她和师父的喜事，送上欧洲21天双人豪华游，作为贺礼，这可说到童琳琳心坎里去了。女儿提到的欧洲九国，都有童琳琳一直想去游览的国际名城。而今女儿和丹娜尽一份孝心，这使童琳琳兴奋了一整夜。

唐家明结婚前一天，詹姆斯专程从加拿大乘班机来旧金山。唐家明到机场接他，特别安排他在兄弟团。婚宴席里有一桌比较特别，那是詹姆斯同桌的宾客，有三位是童琳琳教琴室学生的家长，都是美国白人。高雅琴请来的同事，有两夫妇是印度人。唐丹娜请来的同事之中，有美国印第安人、黑人，还有两位是墨西哥人。婚礼参照林阳、任冰结婚时的模式，先到教堂进行婚礼仪式，下午是新娘新郎向男女双方家长敬茶，双方家长茶叙。傍晚六时，席开五十桌，场面十分热闹。席间穿插了一些娱乐节目，男、女声独唱，爵士舞表演，还有就是姐妹团、兄弟团十人小合唱，领唱的人还是余秀明。

婚宴散席后，最后离开酒家的一对男女，是陈正元、童琳琳。陈正元按捺不住激动，说：“琳琳，你给我的惊喜太大太大。我想不到你会请司仪公开我俩的关系。这个喜宴，好像为我们而设，真是酒不醉人人自醉。”

童琳琳伸手挽住陈正元的左臂，含笑道：“正元，我答应嫁给你，但你要搬来我家住。”

陈正元点头：“好。你有什么要求请讲。嘿，真是太大的惊喜。”童琳琳向陈正元说，女儿和唐丹娜送给他和自己欧洲双人豪华游，陈正元听罢，又是惊喜：“这两个善良天使，真是令我很感叹。”

“正元，你知道吗？小丽说她和丹娜是灵魂附身交替的折射现象，科学家都无法解释。”

“世界上真的有这种奇异出现？”陈正元停下来，认真地问。

童琳琳说：“你去问问两位新娘，究竟是怎么一回事？不管怎样说，我都感谢你，是你将唐丹娜送到我面前，使她成了小丽的知心朋友。这两个孩子，天生注定是姐妹情缘，一辈子好到底。”

“是吧。”陈正元伸手去握童琳琳的手：“钢琴家的手，细腻柔滑，的确与众不同。琳琳，我打算结婚后，保险公司交给童丽、张绍棠打理，由女儿女婿接班，名正言顺。”

“那么，你在深圳的儿子呢，他的生意做得怎样？”

“还是有进展，大约半年前，他在珠海再开了家分公司。做生意，也是要碰运气的。你准备一直教琴，没有想过将练琴室扩充，多招些学生？”

“结婚之后再说。你将保险公司交给小丽、绍棠，那你做些什么？”

“我？只想多陪陪你。说真话，我已过65岁，是夕阳下生活的人。有了你，至少年轻10岁。那样的话，五十几岁，算中壮年。”

童琳琳显得开心，轻声哼起了匈牙利圆舞曲。是的，夕阳下生活的人，也自有一番乐趣。平淡之中有份宁静伴着，何尝不是有色彩的人生？生活，有富足感是向上的良方。从恬静中感悟人生起落后的愉悦，即便见夕阳也不会有丝毫的失落，因为有爱情。童琳琳仰起头，朝墨蓝的夜空微笑，她想说，我的新生活开始了，从今以后，挽着爱人的手，倚偎前行……

新婚后第二天，唐丹娜回到父母住处，小心翼翼地将琉璃灯抱起来，走出客厅，对沈玉贞说：“这盏琉璃灯大概有十磅重，体积也不大，找个小型手提袋装起来，提着上飞机，会好些吧？”

沈玉贞说：“丹娜，用个背包装起来会更好些。反正我和国鹏的行李不多。回西雅图之后，再想其他办法带去巴黎。”

唐丹娜将琉璃灯轻放到桌上，坐下来说：“玉贞，趁现在他们出外饮茶还没回来，你有什么话，跟我说吧。”

沈玉贞喝了口咖啡，说：“丹娜，在旧金山住了近一个月，我还真有点依依不舍，我想，我爱上了这个100万人口的名城。”

“在美国人看来，旧金山是西岸环境最优美的城市。好多人喜欢它的东西方文化融合的旋律。这里的居民，大部分是移民，来自一百多个国家。光是饮食文化方面，足足有几十本食谱可供参考。”

“我其实是想问些别的事，比如说爱情。”沈玉贞并不掩饰，直接说出来。唐丹娜笑道：“你是在出考题吗？你是心理学博士，我不知道能否全部回答你的问题。”

“我知道当初你和家明是担任林阳、任冰的伴郎伴娘而相识，恕我唐突，你为什么爱上他？”

“因为林静美。”唐丹娜将那年的事详细复述了一遍。“从那次之后，我感到家明身上的真善美，特别是善。也因为林静美的病逝，激发家明报名参加联合国世界卫生机构的国际人道主义援助。他与众不同的地方是，没有一点儿功利心，只想做善事，救活更多的人。”

沈玉贞想了想，说：“他从来没有跟我和国鹏提起林静美。原来家明遇到过这样伤感的事情。在日内瓦，他开始变得沉实，腿伤痊愈后，却被传染得了疟疾，幸好他身体底子好，挺得住。”

唐丹娜听着沈玉贞的细述，对唐家明多了一份了解。尽管唐家明到非洲后不久，用失联的假象借詹姆斯的名义和她联络，唐丹娜在忧心忡忡中向上天祈祷，在房间里暗自伤心落泪。如果这是一种善意的折磨，那么唐丹娜甘愿去承受，而在那些忧心如焚的日子里，她默默忍受着折磨，宁愿自己痛苦，也不公开这一切。其实，唐丹娜在那段时间，不断向詹姆斯追问唐家明的消息，她也曾在痛苦中麻木，而在这麻木中悸痛，在等待中自己安慰自己。除此之外，她尽可能参与工作之外的活动来抗衡这些痛苦。也许沈玉贞并不完全了解唐丹娜的心态，唐丹娜的善良加上义无反顾的坚持，使她认定了这是真实的爱情，而这样的爱情不会一帆风顺。与此同时，唐丹娜清晰地认为：爱情不需要装饰。在生活中你认定了一个人，就去了解就去爱。即便有一些波折，也不必灰心失意，你需要锲而不舍，与善同行，努力去达到理想的爱情。沈玉贞与唐丹娜的长谈，从爱情到人生，从品味到个人兴趣。唐丹娜说自己已为人妻，以后会做母亲，她的生活重心是整个家庭，没有及时行乐的意识存在。那么生了孩子以后，神圣的使命从此启动，给孩子最多的爱，沈玉贞想着自己的年龄，还算是适婚年龄，但也要把握时间，在学业结束后选择结婚。她目前的思想还在摇摆不定，那就是今后的定居地，如果不是巴黎，就是旧金山。这个抉择真的不能立即作出。她与唐丹娜还有一段距离，唐丹娜在营造她的生活乐园，日子过得充实而充满自信。沈玉贞并没有怀疑自己当初决定去巴黎读艺术的选择，那是爱情真空的一种弥补方式，这种方式焕发了她的青春活力。她与陈国鹏是相爱的情侣，贫穷、疾病、种族、信仰跟她和他没有什么关系，她认为自己是在和时间竞赛。也许，巴黎这样的大都市，辉煌而又张扬，无边际的浪漫里有些桀骜不驯，在现代人眼里还是为之盛赞，这是因为法兰西情结的影响力吗？

沈玉贞、陈国鹏陪着唐家明父母回西雅图后，只住了三天，就回巴黎去了。她在上飞机飞巴黎前，给唐丹娜发了微信，大意是说：“丹娜，明年这个时间，她和陈国鹏来为丹娜、童丽的小宝宝贺喜。”我想，你们分娩的时间相距不超过一个月。果然，翌年九月底，唐丹娜生了个胖儿子；10天后，童丽生了个女儿。唐丹娜的儿子取名世平，童丽的女儿取名咏秋。坐月子那段时间，童丽自然每天抱女儿去隔壁，让咏秋多见见世平。

唐丹娜有些担心自己产后的体重，母亲每天都送来补身的汤和炖品，一式两份，给女儿一份，给童丽一份。童丽却是胃口奇佳，吃得心满意足。那天童丽对唐丹娜说：“丹娜，我已经二十几天没有洗澡，身上痒痒的。琴姨给我拿了些干姜皮，我该怎么弄？”

唐丹娜笑了：“洗澡的事，迟些再说。煮些姜皮水，我替你擦擦身子。想起来也是，童丽一向爱干净。女人生小孩后，身体虚寒，不宜洗澡，不然会留下病根。”

童丽问：“那你自己呢？”唐丹娜反问：“我有老公，当然是他给我擦身子。家明是医生，对人体生理结构比较了解。童丽，你要是愿意，我隔天给你擦一次，不用劳烦张绍棠。”

童丽嘻嘻一笑：“我的丹娜，最疼我了。”唐丹娜谑笑道：“你这叫得了便宜还卖乖。”

童丽问：“怎么没有沈玉贞的消息。去年十月我们举行婚礼的时候，她说今年会来旧金山。”

“沈玉贞去了里昂，她在电邮上说，去那边做些研究，写毕业论文，预计在明年春节前后，才会来旧金山。前几天任冰告诉我，陈国鹏给林阳发过电子邮件，询问目前金山湾区的房产最新动态。”

“这样说的话，沈玉贞是准备来这边定居。”童丽知道，唐丹娜和沈玉贞的长谈，产生了效果。当然，以沈玉贞的学历，再加上富裕的家庭环境和适应能力，在旧金山置业安居是件容易的事。

“童丽，我想过，产假休完之后，重新出发。”唐丹娜说：“去读护士课程，考取执照，回诊所帮家明。”

“丹娜，你舍得辞去铁饭碗，真够气魄。”

“我不像你，你一上班回去就是保险公司老板，我要给世平挣奶粉钱，你知道吗？我们以前没养过小孩子，不晓得奶粉贵，五块八一瓶奶粉，四块多钱五包尿片，光是这两样，就该去挣钱。”

“你继续回福利局上班，不也一样有薪酬？”

“现在失业人数激增，接近18%。我腾出一个空缺，自己去创造一个就业机会，对社会好，对自己也好。我们现在虽然以家庭为重，可是也要想想别人过得怎么样。”

“是的。自己要争取过得好，也希望别人过得好。”

晚上，唐丹娜将自己的想法跟唐家明说了，家明高兴得拍手称好。唐丹娜说她上网查询过，目前在旧金山有两间大医院设有护士培训课程，要读一年，考试合格后会获得政府颁发的证书，也就是说，可以应聘到任何公立、私立医院任职，当然可以在私人诊所任职。此外有间护士学校，师资一流，校址在加州中部某城，距旧金山两百多里。

唐家明想了想，说："世平现在年幼，你应该留在旧金山。至于医院的护士培训课程，我试试去查询，只要有学员空位，你就去读。现在在我诊所担任医助的小婷，移民来此地不过五年，已经修完了护士课程，你学成后，我介绍她到大医院去一展所长，你来做我的医务助理。"

唐丹娜说："这事就此定了。刚才看了电子邮箱，詹姆斯说他和女朋友塔莎，预备在今年圣诞后，来旧金山看看我们的儿子，他是个热情的朋友。"

"詹姆斯和我，应该说是患难之交。在非洲原始森林那段日子，他的右臂灼伤过，疗伤期间他没有选择休养，而是一边养伤一边给病患者治疗。我有腿伤，行动不方便，他背着我去大小便，给我换药，替我洗澡。你说，他值不值得我把他当成一辈子的挚友。"

唐丹娜点头道："值得。我听你说过，从非洲那里发给我的电邮，第一封是他写的，之后全部是你写的。"

"我们常常在深夜谈生活，谈自己的经历。詹姆斯可是皇家医学院最顶尖的博士医生，医德医术都很优秀。记得在日内瓦，我们在一起工作了半年，我问他回加拿大后会不会自己开医务所，他说不会，他宁愿去东正教的医院服务，他有他的宗教信仰。他对我说，家明，我们之间有一点不同，就是信徒与非信徒，但我们所做的一切，几乎都是相同的。然而这个世界一直都是有多种政治、宗教信仰的存在，彼此影响，你试试想想，除去无信仰主义者，如果世界上只有一种信仰存在，那不可能，除非是在天堂。”

“家明，我想詹姆斯的看法，并不排斥无信仰或不同信仰，他的认知是求同存异，或是求同化异。”

“丹娜，詹姆斯和我说过，他的女朋友塔莎，也是虔诚的东正教教徒，他和她都在教会医院工作。”

“家明，我们与信仰做邻居。过去是，现在是，将来都是。”

春天来了，到处盛开着鲜花。远处那片郁郁青青的树林，在和风吹拂下摇曳着嫩叶，这是唐丹娜居住的大屋。从窗口向外望去，天空碧蓝无云，给人一种清新惬意的感觉，就在二月的第一个周末，沈玉贞和唐丹娜预先说好，他乘搭法航班机下午两点前飞抵旧金山。唐丹娜打电话到航空公司核实，确定了时间。唐丹娜临出门前，对唐家明笑道：“家明，我到机场去接沈玉贞，儿子由你看着。晚饭的事，你跟童丽、绍棠商量着办。”

唐丹娜出门，登上她的路虎车，从市区一号公路转入一〇一高速公路，以加州法定的最高时速，风驰电掣般向南疾驶。到达机场后，才知道这次航班要延后一小时着陆。她在机场咖啡室买了杯星巴克咖啡，端着慢慢喝。她留意着接机大厅的人们，想了想，便到屏幕前看班机着陆时间表，原来有两个航班相差十分钟着陆。她掏出手机打电话给家明，说明航班比原定着陆晚一小时。唐家明笑道，你不用急着回来，他在家正准备食材熬汤，这是分工，童丽负责四个菜，到糕饼店做个松子蛋糕。唐丹娜打趣道，医生做住家男人，既要照看儿子，又要煲汤，好榜样。唐家明说你去接沈玉贞平安归来就好，晚饭包你们满意。

终于等到旅客们出闸口，沈玉贞挽着一个小包，推着行李箱，第一个走出闸口来。唐丹娜迎上前去，叫道："玉贞，你终于来了！"沈玉贞笑道："丹娜，你看，我把那盏琉璃灯带回来了。这一年多，是它带给我幸运吉祥。"唐丹娜从她手上接过装着琉璃灯的小包，心里无比喜悦。她的喜悦，除了接到沈玉贞，就是也接到这盏送给沈玉贞的琉璃灯。尽管那次沈玉贞回巴黎后，唐丹娜重新购买了琉璃灯，可是她有时会莫名其妙地想到送给沈玉贞的这盏擦拭得闪亮的琉璃灯。也许，琉璃灯是有灵气的，大概从第一盏开始，就带给唐丹娜幸运吉祥，甚至不止如此，还有爱情、幸福。唐丹娜想，世界上有很多盏琉璃灯，也有很多很多人喜欢琉璃灯。因为她确信：世上拥有琉璃灯的人，应该还有很多很多，因为时间作了最好的证明，由此延伸，你会亲眼见到光明澄净的世界正在出现，真的。

第一稿写于2016年10月5日至11月5日

第二稿写于2016年11月15日至2017年1月31日

校稿、改稿、脱稿于2017年2月美国旧金山

后 记

在出版了上一部长篇小说之后，我的思绪还长时间停留在创作氛围里，对世事如棋的人生一再思索。换言之，是我对文学一路走来的追求，依然怀着不忘初心的执着与虔诚。

17岁那年，我第一次拜读托尔斯泰的《安娜·卡列尼娜》，文学泰斗精辟的纯文学语言牵动着我，时至今日，依然金光闪烁："我寻求这些问题的解答，可是我的思想不能为我找到答案，因为它达不到这个水平。答案是生活本身给我的，是由于我知道什么是善，什么是恶。但这种知识并不是用什么方式取得的，它是天赋的，就像每个人都是天赋的一样，它是天赋的，因为我从任何地方都得不到它。"

我想：人总会有时间回过头去看世事沧桑变化，为了生活的现在，为了生活的进步，为了引领我们的下一代，我们有足够理由迎着阳光前行。纵观中外历史，普世价值观一直都存在，并且传承着。因此文学的精神价值必然源自于它，这已是毋庸置疑的事实。

写这部长篇，大约由于上一部长篇留下了部分素材，再加上积累，适时合用，因此还写得顺手。既然文学作品的源泉来自生活，那么写小说亦必行此道。是为记。

穗　青

2017年2月8日

记于美国旧金山

鸣谢

上海琉璃工房琉璃艺术品有限公司